LA PASSION D'HADÈS

ELIZA RAINE

*Pour tous ceux qui sont convaincus qu'ils
ont en eux une déesse de l'enfer...*

UN

PERSÉPHONE

Je m'assis avec la tête qui tourne et la nausée. Mais, en regardant autour de moi, je ressentis une énergie nouvelle, les souvenirs de ce qui venait de se passer me revenant à l'esprit dans une vague sans fin. Je n'étais plus dans la salle de bal, ni dans le beau jardin. J'étais dans une chambre à coucher somptueuse, sur un lit couvert de magnifiques coussins violets et bleus, et entourée d'un tissu transparent drapé autour du cadre à baldaquin.

Je devrais être morte !

La vraie forme d'Hadès aurait dû me tuer. Mais les graines de grenade...

— Il faut croire que les juges t'apprécient, dit une voix grave et lyrique.

C'était celle d'Héra, qui me souriait, assise au pied du lit.

— Qu'est-ce que... Pourquoi suis-je ici ? Je dois retourner là-bas et aider cet homme ! balbutiai-je.

Les yeux d'Héra semblaient briller de mille feux.

— Cet homme n'a plus besoin de ton aide depuis longtemps.

— Il voulait juste se venger, murmurai-je. Je le comprends... J'ai tué sa femme...

Je frissonnai en repensant au carnage dans la salle de bal, et j'eus de nouveau la nausée.

— Perséphone, en tant que déesse de la vengeance, je comprends ce qui a pu motiver cet homme. Mais je n'ai aucune empathie pour ceux qui s'en prennent aux dieux. Aucun mortel ne devrait avoir une telle prétention.

Son visage était figé et féroce, et son pouvoir était indéniable.

— Pourquoi ? Les dieux sont-ils réellement plus importants que les mortels ? demandai-je avec un sarcasme que je fus incapable de contrôler. Vous êtes tous si arrogants...

Héra se leva brusquement, les talons de ses chaussures claquant bruyamment sur le sol. Sa puissance envahit la pièce, et je regrettai aussitôt mon insolence.

— Si tu veux un jour redevenir la reine des Enfers, il va vraiment falloir que tu changes d'attitude ! déclara-t-elle avec froideur.

Une boule se forma au fond de ma gorge, toutes mes peurs refaisant surface.

— Quand j'étais reine, est-ce que j'étais comme toi ?

— Oui.

— J'aurais donc écartelé cet homme, membre après membre ? murmurai-je, mes yeux se remplissant de larmes brûlantes.

— Peut-être que ta colère était moins spectaculaire, dit Héra en penchant la tête, mais tu avais la même soif de vengeance que n'importe lequel d'entre nous.

Je n'arrivais pas y croire ! Pourtant, pourquoi mentirait-elle ?

Peu importe ce que tu étais avant. Ce qui compte, c'est ce que tu es maintenant.

Je m'accrochais à cette pensée, me forçant à me calmer et à ravaler mes larmes.

— De toute façon, ne t'inquiète pas : j'ai peu de chances de gagner, dis-je finalement, essayant avec difficulté de m'asseoir dans la masse de coussins moelleux.

J'avais terriblement envie de sortir de là, de voir Skop – je voulais m'assurer qu'il allait bien. J'avais besoin de comprendre ce qui s'était passé et de me ressaisir.

— Détrompe-toi, Perséphone ! Tu as autant de chances de gagner que Menthé. Tu dois vraiment plaire aux juges pour qu'ils te donnent une chance de récupérer tes pouvoirs !

— Ont-ils délibérément mis mon pouvoir dans les graines ?

— Je pense... Comment as-tu compris que tu devais manger une graine, d'ailleurs ? De toute évidence, tu ne le savais pas avant la dernière épreuve, sinon tu en aurais mangé une plus tôt...

Ses yeux brillants plongés dans les miens semblaient sonder mon esprit, et je sus immédiatement que je devais me méfier. Après tout, je ne connaissais pas cette femme. Même si elle était la reine des dieux, je n'avais pas à lui dire quoi que ce soit. Peut-être que mon nouveau pouvoir pouvait l'empêcher de lire en moi ?

Mon visage dut trahir mes pensées car Héra eut un petit rire, puis se rassit au bord du lit.

— Si tu ne veux pas me le dire, ça ne fait rien ! Mais, au cas où tu te poserais la question, Hadès a jeté un sort sur le monde souterrain qui fait que personne ne peut envahir l'esprit de quelqu'un d'autre. Ce que je trouve dommage, d'ailleurs...

— Pourquoi a-t-il fait ça ? demandai-je en arquant les sourcils.

— Hadès n'est pas le dieu que tout le monde imagine, dit-elle doucement, avec de la compassion dans sa voix. Il a plus de respect qu'on ne pense pour les créatures vivantes.

C'est aussi ce qu'Hécate m'avait dit. D'ailleurs, j'avais souvent eu l'occasion de m'apercevoir moi-même qu'il n'était pas toujours le dieu terrifiant qu'il avait été face à ce pauvre homme, notamment.

Un frisson me parcourut.

— Il m'aurait tuée..., dis-je doucement. Si je n'avais pas mangé la graine.

— Certainement, c'est vrai... Le tempérament est une chose incontrôlable, pour les mortels comme pour les immortels. Mais je sais aussi qu'il ne se le serait jamais pardonné, ce qui aurait été terrible pour tout le monde. Je suis contente que tu aies survécu.

Je la regardai en fronçant les sourcils. À quel jeu jouait-elle ? Je savais parfaitement qu'elle n'en avait absolument rien à faire de moi, mais se souciait-elle sincèrement d'Hadès ?

— Pourquoi suis-je ici ? Avec toi ?

— J'ai pensé qu'il valait mieux t'éloigner du danger. Hadès va mettre longtemps à se calmer, et je sais que mon mari, Zeus, adore profiter des situations chaotiques. Je ne voudrais pas que tu sois prise dans sa toile.

Son regard était menaçant et sa voix tranchante. J'imaginai la joie de Zeus de voir Hadès perdre de façon si spectaculaire, et la colère m'envahit.

— Combien de temps dois-je rester ici ? m'enquis-je.

— Pourquoi, tu n'es pas bien, ici ?

— Je... Je voulais juste... Je voulais voir Skop.

Aussitôt, il y eut un éclair de lumière blanche, et le kobalos apparut sur le lit, les fesses nues et l'air complètement perdu. Il tourna sur lui-même et soupira de soulagement lorsqu'il me vit.

— *Oh, putain... merci !* souffla-t-il, reprenant sa forme de chien. *Je pensais que tu étais morte.*

— Je suis très touchée de constater que tu tiens autant à moi ! répondis-je avec un léger sourire.

— *Tu plaisantes ? Évidemment que je tiens à toi ! Tu m'as sauvé la vie...'*

— Et toi la mienne. Sans toi, je n'aurais pas su comment me défendre contre ce phénix.

— *Je ne savais pas non plus, C'est Hécate qui m'a dit de te le dire. Elle ne pouvait communiquer avec toi elle-même.*

Je me souvenais de l'avoir vue pendant mon combat, avec ses yeux d'un blanc laiteux et une flamme pourpre émanant d'elle. Je ressentis alors pour elle un élan de gratitude – c'était grâce à elle que j'étais toujours en vie ; c'était elle qui avait supplié Hadès d'arrêter.

Skop se laissa tomber sur le lit avec un énorme soupir.

— *Je pourrais dormir pendant une semaine après tout ça !* déclara-t-il les yeux fermés.

— Je ne sais pas comment tu as pu t'attacher à une telle créature ! lança Héra d'un air méprisant en regardant le petit chien.

— Lui et Hécate sont mes seuls amis ici, rétorquai-je en m'allongeant à mon tour sur les coussins.

Si j'étais coincée ici, autant me mettre à l'aise. J'avais hâte qu'Héra s'en aille afin que je puisse m'entraîner à utiliser cette nouvelle énergie qui circulait dans mon corps. Je ne me sentais pas différente, mais je la sentais en moi.

— Hadès est aussi ton ami, me fit remarquer Héra.

Je laissai échapper un petit rire involontaire.

— Un ami qui a voulu me tuer, qui fait exploser les gens, et qui...

Je m'interrompis, réalisant que ma colère m'avait poussée à trop en dire, tandis que la déesse me regardait avec un sourire.

— Eh bien, maintenant que tu as récupéré un peu de pouvoir, tu vas peut-être survivre suffisamment longtemps pour te lier véritablement d'amitié avec lui ? suggéra-t-elle d'une voix douce. Tu sais, tout était très différent, ici, lorsqu'Hadès était heureux. J'espère sincèrement que nous revivrons cela un jour...

— Pourquoi personne ne me dit la raison pour laquelle je suis partie ? explosai-je, rouge de colère. Pourquoi ne me dit-on pas ce que j'ai fait à la femme de ce pauvre homme ?

Héra soupira longuement.

— Il disait la vérité sur le fait que tu aies bu l'eau de la rivière Léthé, tu sais. C'est l'une des cinq rivières des Enfers. Ceux qui boivent son eau n'ont plus aucun souvenir de leur passé. Seul le roi des Enfers peut annuler cet effet.

En entendant ces mots, je fus désespérée. Hadès refusait de me dire ce qui s'était passé. Il avait été très clair sur ce point.

— Alors j'imagine qu'Athéna avait raison lorsqu'elle m'a conseillé de passer à autre chose ; de me concentrer sur l'avenir plutôt que sur le passé, répondis-je, faisant de mon mieux pour avoir l'air sincère.

— Hadès te dira peut-être la vérité un jour, qui sait ? Veux-tu que je lui demande de venir ?

La simple idée qu'il puisse apparaître devant moi me terrorisa. Je revoyais déjà les flammes, le sang...

— Non ! m'exclamai-je. Je... Je pense que je ferais mieux de me reposer, mentis-je.

— Tu ne pourras pas toujours l'éviter. Tu es en compétition pour devenir sa femme, je te rappelle !

Puis, sans un mot de plus, Héra disparut dans un éclair de lumière blanche.

Je pestai d'être ainsi éblouie mais, en réalité, ce qui me mettait hors de moi c'était d'être en compétition pour épouser un homme aussi fou que maniaque.

DEUX

PERSÉPHONE

Enfin seule, je me redressai et fermai les yeux. Je voulais savoir ce que me permettait de faire mon nouveau pouvoir. Je me concentrai donc profondément, essayant de ressentir ce qui était différent en moi, cet élan de vie et de dynamisme que j'avais ressenti après avoir mangé la graine.

Mais, cette fois, je ne ressentis rien.

Je savais pourtant que c'était là. Lorsque j'y pensais, j'avais la chair de poule. D'ailleurs, Héra me l'avait confirmé. Mais pourquoi ne sentais-je plus cette énergie ? Pourquoi n'y avait-il rien de différent ? Peut-être devais-je essayer de faire de la magie ?

Faisant fi du ridicule, je tendis la main.

— Lumière ? demandai-je maladroitement.

Rien ne se produisit. D'ailleurs, je ne sais même pas pourquoi j'avais imaginé que je pouvais produire de la lumière ? Hécate m'avait dit que j'avais le pouvoir de faire pousser des plantes, et je sentais moi aussi, instinctivement, que mon pouvoir était connecté à la terre. C'était cette même certitude que je ressentais chaque fois que je voyais les yeux argentés d'Hadès, et qui faisait que je savais, au fond de moi, que tout ce que je vivais n'était pas un rêve.

Les yeux d'Hadès... Par tous les dieux, qu'allais-je devenir ? La panique s'empara de moi alors que je repensai à son visage, à son étreinte passionnée, puis à cette horrible lumière bleue qui l'avait entouré alors que les cadavres s'amoncelaient sur le sol. Je laissai ma main retomber sur mes genoux. Comment avais-je pu si désespérément avoir envie de lui moins d'une heure avant qu'il ne se transforme en un monstre de la mort, qu'il n'écartèle un homme, et qu'il ne manque de me tuer ? Et pire que cela : comment pouvais-je être en compétition pour l'*épouser* ? Tout cela me terrifiait ! Je devais absolument rester loin de lui, perdre les épreuves, et rentrer chez moi...

Pourtant, l'idée de partir me faisait peur. Mais ce n'était pas la peur que j'avais ressentie jusqu'à présent. C'était différent. Un sentiment nouveau.

Comment peux-tu vouloir partir ? Cet endroit est incroyable ! Peut-être pas les Enfers, mais la montagne de Zeus ? Les navires volants ? Des tenues géniales, de la magie partout, et une amie qui peut faire apparaître du vin à n'importe quel moment ? Pourquoi vouloir retourner à New York maintenant en sachant que l'Olympe existe ?

— Parce que tout le monde ici est complètement fou ! me répondis-je à voix haute, secouant la tête pour chasser ces pensées ridicules de mon esprit. Ce sont tous des meurtriers sadiques...

Puis je réalisai que j'avais – semblait-il – moi-même été une meurtrière. Je frottai mon visage, essayant d'y voir clair malgré les nombreuses zones d'ombre. Surtout, je ne comprenais pas comment une partie de moi pouvait avoir envie de rester dans un endroit aussi dangereux et désagréable.

C'est bien la preuve que j'ai dû être un monstre, avant ?

Le visage de mon frère Sam me vint à l'esprit, souriant et doux. Je repensai à mes parents, mon père s'occupant du jardin et ma mère faisant de la couture, en levant les yeux au ciel constamment. Je revis même mon professeur, monsieur Hetz. Mon projet de jardin. Les fleurs, les arbres... Tout me manquait. *Ma vie* me manquait !

— Des jardins sur les toits de Manhattan, dis-je fermement. C'est ça que tu vas faire, Perséphone ! Tu vas devenir une paysagiste de renommée mondiale. Pas la reine des Enfers !

Mais la dernière chose que je vis, avant de m'endormir à côté du petit corps poilu et ronflant de Skop, ce furent ses yeux d'argent emplis de désespoir.

Sans surprise, mon sommeil me transporta dans le jardin de l'Atlas. Je me dirigeai lentement vers la fontaine, inspirant profondément et m'imprégnant du parfum des fleurs sauvages. Une brise chaude faisait voler mes cheveux dénoués. Je me sentais bien.

— Merci, murmurai-je en atteignant le bord en marbre du bassin, au milieu duquel flottaient des nénuphars aux feuilles vert vif et à la fleur d'un rose intense. Tu m'as sauvé la vie !

— *Je t'en prie*, dit la voix. *Je suis heureux que tu sois là. Je dois te dire quelque chose d'important.*

— Bien sûr que je suis là. C'est toi qui m'amènes ici, répondis-je en plongeant mes doigts dans l'eau fraîche et claire.

— *J'aimerais que ce soit vrai, Perséphone.*

— Si ce n'est pas toi, qui me fait venir ici, alors ?

— *Je ne sais pas.*

Je penchai la tête sur le côté, le soleil caressant ma joue.

— Qui es-tu ?

— *Ton seul ami. Tu ne dois pas manger toutes les graines de grenade en une seule fois. Tu comprends ?*

— Oui.

— *Tu mérites de récupérer tes pouvoirs, mais tu risquerais d'être dépassée si tu les récupérais trop rapidement.*

— Je ne me sens pas dépassée. En fait, je ne sais pas du tout comment les utiliser.

— *Tu vas apprendre. Ne t'inquiète pas pour ça. Mais, Perséphone, écoute-moi : tu ne dois faire confiance à personne.*

— Sauf Hécate et Skop, rectifiai-je.

— *Non, personne !*

— Mais Hécate et Skop m'ont sauvé la vie. Je sais que ce sont des amis sincères.

— *Tu es naïve, petite déesse. Hécate est un agent d'Hadès et Skoptolis travaille pour Dionysos. Je suis le seul à ne travailler que pour toi seule.*

— Pourquoi ? Pourquoi est-ce que tu m'aides ?

— *Parce que tu as été lésée par mon pire ennemi, et tu as payé très cher pour cela. Maintenant, toi seule a le pouvoir de réparer ce qui s'est passé.*

Un petit frisson me parcourut malgré la quiétude du jardin. Ses mots avaient un poids que même cet endroit ne parvenait à alléger.

— Que veux-tu dire par « lésée » ?

— *La seule personne qui peut te parler de ton passé est Hadès. Même s'il ne connaît pas toute la vérité.*

— Mais, dans ce cas, comment pourrai-je un jour découvrir la vérité ?

— *Quand tu seras plus forte, nous continuerons cette conversation. En attendant, gagne d'autres graines et acquiers davantage de pouvoir.*

J'acquiesçai en silence, déterminée à suivre son conseil.

Lorsque je me réveillai dans la somptueuse chambre, toujours vêtue de ma robe de bal de la veille, le rêve était encore très présent dans mon esprit. En m'asseyant au milieu des coussins colorés, je rejouai la conversation plusieurs fois, essayant de comprendre ce que l'inconnu avait voulu me dire. Ne pouvais-je vraiment pas faire confiance à Hécate et à Skop ? Pourtant, je n'imaginais pas un instant qu'ils puissent me faire du mal... Je frottai mon cou et passai ma langue sur mes lèvres desséchées en regardant le chien endormi, étendu au bout du lit.

Parce que tu as été lésée par mon pire ennemi, et tu as payé très cher pour cela. Maintenant, toi seule as le pouvoir de réparer ce qui s'est passé.

Je frissonnai en repensant aux mots de l'inconnu. Si ce qu'il m'avait dit était vrai, cela signifiait que quelqu'un avait joué un rôle dans mon expulsion de l'Olympe. Surtout, cela voulait dire aussi que je n'étais pas entièrement responsable. Cela me réconfortait, mais, alors, de qui s'agissait-il ? Et pourquoi Hadès n'était-il pas au courant ? Je fixai la paroi rocheuse rougeoyante en laissant mon esprit vagabonder. Il me ramena inexorablement à Hadès, ce qui provoqua en moi un sentiment mitigé, entre plaisir et terreur. J'avais l'impression d'être dans montagnes russes...

— Dis donc, c'est plus joli que ta chambre !

— Hécate ! m'écriai-je en voyant mon amie entrer et marcher vers moi avec un large sourire et deux tasses de café. Merci d'avoir dit à Skop comment vaincre le phénix et... d'avoir essayé d'arrêter Hadès.

— Je t'en prie, me répondit-elle avec un sourire décontracté. Comment ça va ?

— Ça va... Mais je suis un peu perdue...

— J'imagine ! Mais bon, au moins tes pouvoirs fonctionnent, c'est génial !

— Quoi ? demandai-je en fronçant les sourcils. Qu'est-ce que tu veux dire ? J'allais justement te demander comment je devais faire pour les utiliser car je n'arrive à rien...

— Persy, tu as été soulevée à un mètre cinquante du sol par un phénix en feu, tu es tombée et tu t'es écrasée sur une table, puis tu as failli mourir électrocutée. C'est peut-être un peu normal que tu sois fatiguée, non ?

Je la regardai un instant sans rien dire, abasourdie par l'évocation de tout ce qui s'était passé.

— J'ai mal au cou, finis-je par dire.

— C'est à cause de ces putains de coussins, me dit Hécate en prenant un coussin qu'elle lança à l'autre bout de la pièce.

— Tu veux dire que ce sont mes pouvoirs qui m'ont guérie ?

— Exactement !

Elle but une longue gorgée de café et je l'imitai, essayant de comprendre ce qu'elle était en train de me dire. J'avais donc le pouvoir de *guérir* ?

— Comment ?

— Pendant que tu te reposes. Plus tu auras de forces, et plus ton pouvoir de guérison sera puissant. Tu vas même apprendre à guérir les blessures les plus graves. Tu as toujours été une bonne guérisseuse. J'imagine que c'est lié à ton territoire.

— Quel territoire ?

— Tu es la déesse du printemps. Du renouveau. De la croissance et de la fertilité. Tout ça quoi...

Médusée, je la regardai fixement, bouche bée.

— La déesse du printemps ? répétai-je, tandis que Skop se mit à aboyer.

— De toute façon, ça ne servait à rien de te le cacher plus longtemps puisque tu es en train de récupérer tes pouvoirs. Mais tu te rends compte de ce que cela veut dire ? me lança-t-elle avec une excitation presque enfantine. Tu peux gagner, Persy. Tu peux vraiment gagner !

— *Wouaf, wouaf, wouaf ! Tu es la déesse de printemps ? Putain ! Et moi qui te prenais pour une simple humaine...*, résonna la voix de Skop dans ma tête.

— C'est une longue histoire, lui répondis-je. En fait, avant, j'étais mariée à Hadès. Puis j'ai été chassée de l'Olympe et rayée de l'histoire. Le pire c'est que je ne me souviens de rien.

— *C'est quoi ces conneries ?*

— Ouais, je sais, soupirai-je avant de tourner mon regard vers Hécate. Et ce qui s'est passé hier au bal ?

— Eh ben quoi ? fit-elle en haussant les épaules.

— Hadès a failli me tuer ! Il est hors de question que j'épouse un homme qui a du sang sur les mains !

— N'exagère pas... Il a perdu son sang-froid parce que ce type t'a blessée, c'est tout. Lorsque tu auras retrouvé tous tes pouvoirs, sa vraie forme ne te dérangera plus du tout, tu verras...

Ses mots me glacèrent. Comment pourrais-je un jour

ne plus être dérangée par ce monstre entouré de cadavres ?

— Je *veux* être dérangée par les cadavres, Hécate, dis-je fermement. Je ne veux pas être comme lui. Je ne veux pas être *avec* lui !

Hécate perdit son sourire.

— Tu dis ça parce que tu as eu peur. Mais tu y arriveras, j'en suis sûre.

— Hécate, sérieusement, je ne suis pas faite pour les Enfers. Je veux sentir la chaleur du soleil, la fraîcheur de la brise, et je veux voir des arbres aussi grands que des gratte-ciel rejoindre les nuages. Ce monde n'est pas le mien ! Même si j'ai été heureuse ici, un jour, je ne suis plus cette personne. Et Hadès le sait.

Tu n'es pas la femme que j'ai épousée. Tu es devenue quel-qu'un d'autre.

C'était ce qu'il m'avait dit, alors que j'avais terrible-ment envie de lui.

Hécate me fixa un long moment, puis termina le reste de son café.

— Bon, allez, mange tes autres graines ! me lança-t-elle en changeant de sujet. Tu dois t'entraîner à utiliser tes pouvoirs.

Je soupirai en fermant les yeux.

— Tu ne veux pas oublier que j'existe, plutôt ? De toute façon, je ne veux pas les manger.

— Quoi ?! explosa-t-elle en sautant sur ses pieds. Comment ça, tu « ne veux pas les manger » ?

— Pas encore en tout cas. Je veux récupérer mes pouvoirs petit à petit.

Hécate me regarda en plissant les yeux.

— Ne me dis pas que tu fais ça exprès pour perdre ?

— Non, mais il y a encore très peu de temps, je n'étais

qu'une humaine. Je ne savais même pas que l'Olympe existait. Alors, pardonne-moi d'être *un peu* prudente !

Elle me regarda d'un air méfiant.

— Comme tu voudras, mais permets-moi de te dire que tu commets une grave erreur. Le prochain tour commence ce soir, et tu vas avoir besoin de toutes tes forces.

Je sentis mon estomac se nouer.

— La prochaine épreuve est ce soir ?

— Non, ce n'est pas la vraie épreuve. C'est juste une petite cérémonie pour commencer le deuxième tour et annoncer ce qui va suivre. Mais Menthé sera là.

Je fermai les yeux en gémissant.

Génial. Juste ce dont j'avais besoin !

— Et... Hadès aussi.

TROIS

PERSÉPHONE

Hécate me raccompagna dans ma chambre, et je retirai ma robe avec soulagement avant de prendre une longue douche chaude. J'essayai à nouveau d'utiliser mes nouveaux pouvoirs, mais à part un léger picotement, je ne ressentis rien.

— Est-ce que l'un de mes pouvoirs me permet de créer de la lumière ? demandai-je à Hécate en sortant de ma salle de bain.

Elle était assise sur ma commode, une cheville croisée sur son genou et la tête en arrière, en train de chantonner.

— Non, répondit-elle sans me regarder.

— Oh...

Je frottai mes cheveux mouillés avec une serviette.

— *Je ne peux pas créer de lumière non plus,* déclara Skop dans ma tête.

— Tu n'es pas un dieu, lui fis-je remarquer.

— *Je suis un dieu au lit !* rétorqua-t-il en remuant la queue.

Je levai les yeux au ciel, et enfilai rapidement ma tenue de combat. Je me sentais pleine d'énergie, incapable de rester immobile. J'avais besoin de faire quelque chose de physique. C'était une énergie incontrôlable qui me mettait presque mal à l'aise.

— Il me reste combien de temps avant que ce deuxième tour ne commence ?

— Ah mais ne t'inquiète pas, nous avons le temps. Ce n'est que ce soir...

— Bon. Dans ce cas je vais aller un moment au conservatoire, déclarai-je.

— Oh... Je pensais que tu voudrais t'entraîner, plutôt ? me répondit Hécate en se penchant vers moi pour me regarder droit dans les yeux.

— Peut-être plus tard...

— Comme tu voudras... Alors, amuse-toi bien ! Essaye de voir si tu arrives à utiliser quelques pouvoirs..., me suggéra-t-elle avec un clin d'œil.

Puis elle sortit de ma chambre, me laissant seule avec mes mains que je fixai en me demandant si elles étaient réellement capables de faire de la magie...

Heureusement que Skop était avec moi. Sans lui, je n'aurais jamais été capable de retrouver le chemin du conservatoire dans ce labyrinthe souterrain. Pendant que nous marchions, je lui expliquai ce que j'avais appris de mon passé – ce qui était assez déprimant –, et la manière dont les graines me faisaient récupérer mes pouvoirs. Je ne lui dis pas, cependant, pourquoi j'avais mangé la graine, et il ne me le demanda pas.

Je savais que nous étions arrivés avant même d'avoir posé la main sur la porte en bois pour l'ouvrir. Il y eut comme des étincelles à l'intérieur de moi, et je ressentais la présence des plantes de l'autre côté du mur – une énergie positive s'en dégageait. Alors que j'entrai dans la pièce vitrée et inhalai l'odeur de la terre, mon pouls s'accéléra. Je fis courir mes doigts le long d'une feuille du yucca à côté de moi, et l'énergie que je ressentais depuis mon réveil se transforma en une excitation joyeuse. Je sentais qu'il y avait quelque chose de plus que ces plantes. Comme si mon esprit était capable de voir au-delà du monde physique, je sentais les graines, incapables de pousser, piégées sous des barrières invisibles qui les retenaient profondément dans les jardinières autour de moi. Je tombai à genoux et commençai à creuser frénétiquement dans la jardinière la plus proche, à la recherche de ce que je savais y être enfoui.

— Oui ! m'exclamai-je triomphalement lorsque je délivrai une petite graine devenue toute dure.

— *Qu'est-ce que c'est ?* me demanda Skop.

— Un tournesol, dis-je instantanément.

Puis je réalisai ce qui venait de se passer et je le regardai en fronçant les sourcils.

— Comment le savais-je ?

— *Tu es la déesse du printemps, je te rappelle. J'imagine que tu en sais un minimum sur les fleurs,* répondit-il. *Est-ce que je peux t'aider à creuser ?*

Ensemble, nous retournâmes presque toutes les jardinières du conservatoire, à la recherche des innombrables graines qui y étaient emprisonnées. Elles étaient toutes dures et froides, comme figées dans le temps. Je trouvai un plateau en étain dans un amoncellement de vieux outils et, en l'espace d'une heure à peine, nous l'avions déjà rempli de notre butin végétal. Il s'agissait principalement de graines de fleurs : des pensées, des chrysanthèmes, des coquelicots... Mais certaines étaient plus intéressantes que d'autres. Notamment, j'étais presque certaine d'avoir déterré une graine d'azalée ; elle allait mettre des années à pousser et je ne pensais pas la voir arriver à maturité un jour.

— Perséphone...

En entendant mon prénom, je me figeai, agenouillée dans la terre, la peur glissant sur ma peau tandis que je reconnus la voix. Elle était douce, mais je savais avec certitude que c'était celle d'Hadès.

— Je croyais que tu m'avais donné cette pièce, dis-je sans me retourner, car je savais que je perdrais toute assurance dès que je verrais sa fumée noire. Va-t'en, s'il te plaît.

— Perséphone, je suis venu m'excuser.

— Je m'en fiche ! mentis-je. Je n'ai rien à te dire, et je n'ai pas envie de t'écouter !

J'avais la chair de poule, résistant difficilement à l'envie de me retourner pour lui faire face.

— Je t'en prie, regarde-moi.

— Non ! La dernière fois que je t'ai regardé, j'ai failli en mourir ! sifflai-je.

— Je... J'étais en colère. J'ai perdu le contrôle. C'est toi qui m'as poussé à cela.

— Alors c'est ma faute, c'est ça ? explosai-je, incapable de retenir la rage que j'avais en moi.

Finalement, je me relevai et me retournai. Mais ma colère se dissipa instantanément. Il n'y avait pas de fumée. C'était *lui*, avec ses beaux yeux argent qui brillaient de chagrin.

Rends-le meilleur. Fais de lui un homme heureux, pensai-je malgré moi.

Pourquoi ? Pourquoi étais-je si intensément attirée par lui ? J'essayai de penser à la lumière bleue et aux cadavres gisant tout autour de lui, mais cela n'y changea rien. Lorsqu'il me tendit la main, je m'avançai vers lui, les lèvres entrouvertes, et la chaleur m'envahit.

Arrête ! Tu ne peux pas être amoureuse du roi des morts ! tentai-je de me résonner.

Mais cela ne m'empêcha pas de mettre ma main dans la sienne, et il m'attira près de lui.

— J'ai cru que tu allais mourir, que cet homme allait te tuer. Et Zeus m'a empêché de l'arrêter.

Sa voix était si basse que je ne l'aurais pas entendue si sa bouche n'était pas à quelques centimètres de la mienne.

— Pourtant, il ne m'a pas tuée, alors que tu as failli le faire...

Il tressaillit et serra ma main plus fort.

— Il n'y a pas pire ennemi pour un dieu que lui-même, murmura-t-il. Lorsque la colère prend le dessus, il n'y a plus aucune pensée rationnelle. Je... Je ne me serais jamais pardonné si tu étais...

Il s'interrompit. Il semblait si triste que des larmes se logèrent au fond de ma gorge. C'était comme si nous étions liés ; comme si ses émotions devenaient instantané-ment les miennes.

— Comment as-tu su que tu devais manger les graines ?

Sa question déclencha en moi une alarme qui me sortit de ma mélancolie.

Tu ne dois faire confiance à personne.

— Peu importe. Je voudrais surtout que tu me dises la vérité sur ce qui s'est passé avant, Hadès. Je ne peux plus continuer comme ça. Je ne peux pas vivre une vie dont je ne me souviens pas. C'est tout simplement impossible ; je vais finir par devenir folle !

Hadès posa son autre main sur mon visage et très, très

lentement, fit glisser un doigt le long de ma joue. Je ressentis un plaisir si intense que je dus fournir un immense effort pour ne pas le laisser transparaître.

— Est-ce que ça changerait les choses si je te disais que c'est toi qui as choisi de boire l'eau de la rivière Léthé ? Tu m'as supplié d'oublier ce qui s'est passé. Et je t'ai promis que tu ne souffrirais plus jamais.

Un sentiment féroce et douloureux surgit en moi. Car je savais que ce qu'il disait était vrai.

— Je m'en fiche. Cela ne fait aucune différence maintenant. J'ai besoin de savoir !

— Je ne romprai pas ma promesse, Perséphone. Je ne peux pas.

J'ouvris la bouche pour contester, pour lui dire que je ne pouvais pas être tenue à l'écart de mon propre passé, mais aucun mot ne sortit. Être si près de lui annihilait toute ma résolution, diminuait ma méfiance, faisait complètement disparaître ma peur de lui. Il m'aimait. Je ne savais pas comment ni pourquoi mais, alors que je fixai ses yeux argent, j'en étais convaincue.

— Tu as dit que je n'étais pas la femme que tu avais épousée, chuchotai-je.

— C'est vrai. Mais le lien entre nous existe toujours. Et je ne peux pas aller contre ça, même si je le voulais. Surtout maintenant que tu as retrouvé ton pouvoir. Tu es pour moi comme le phare dans un port : mon repère. Tu me guides, et je ne vois que toi...

Il passa une main dans ses cheveux et ce geste me parut étrangement normal – quoique terriblement sexy.

— Le « lien entre nous » ?

— Ne me dis pas que tu ne le sens pas, me dit-il, son regard planté dans le mien.

J'aurais voulu lui dire d'arrêter d'être si arrogant, mais

j'en étais incapable. Il avait raison. Il y avait définitivement quelque chose entre nous – un lien profond, réel, et incroyablement perturbant.

Cadavres. Roi des Enfers. Feu, cendres et mort. Tu ne peux pas aimer Hadès !

— Disons que le lien que je ressens est moins violent que le tien, rétorquai-je le plus naturellement possible.

Son regard brilla de colère et je regrettai immédiatement mes mots.

— Vraiment ? me demanda-t-il finalement, d'un ton défiant. Vérifions, dans ce cas...

Il se redressa et ses yeux brillèrent d'un désir intense. Avant que je puisse commencer à répondre, il prit mon visage dans ses mains et posa ses lèvres sur les miennes. Aussitôt, je fus envahie par un plaisir violent – encore plus violent que la dernière fois. Il passa une main dans mon dos, et je fus électrisée par la sensation de sa peau à travers mon tee-shirt. Cambrant mon dos, je me plaquai contre lui, mes mains remontant le long des boutons de sa chemise.

Mais il se détacha brusquement de moi, prenant mes deux mains dans l'une des siennes. Je voulus protester, mais une force puissante déferla sur moi, m'empêchant de dire quoi que ce soit alors que je levai les yeux sur lui. De vraies flammes dansaient dans ses iris, tandis que son regard parcourait mon corps. Son désir me réchauffait le cœur et le manque de ses lèvres était la pire des tortures.

— Je crois que nous sommes partis du mauvais pied, ma belle, susurra-t-il d'une voix rauque et sensuelle. Je ne suis pas sûr que tu sois consciente de ce que signifie être destinée à Hadès, roi des Enfers et dieu tout puissant.

Je levai les yeux vers lui, haletant légèrement. *Dieu tout puissant.* C'était tellement évocateur...

— Est-ce que ça veut dire que faire l'amour avec toi est une expérience magique ? demandai-je naïvement.

Il me regarda en souriant, à la fois attendri et moqueur.

— Une expérience magique, répéta-t-il doucement.

Une vague de plaisir coula en moi. Aussi légère et agréable qu'une plume, elle partit de mon cou et gagna ma poitrine, faisant durcir mes mamelons. Mon souffle était court tandis que je soutenais avec difficulté le regard d'Hadès et la vague de plaisir descendit plus bas, jusque dans mes cuisses. Frémissante de désir, je ressentais si cruellement le manque de ses mains sur moi que c'en était presque douloureux.

Était-ce normal ? Faisait-il naître en moi ces sensations contre mon gré ? Non. C'était moi. Je n'avais jamais rien désiré aussi violemment. Plus je regardais son beau visage, plus j'en étais certaine.

Destinée.

Le mot qu'il avait utilisé résonna fortement dans mon esprit, et me ramena à la réalité.

— Arrête ! me forçai-je à dire.

Il semblait ne rien comprendre mais lâcha néanmoins mes mains. Pourtant, je réalisai qu'il avait fait ce que je lui avais demandé. Cela voulait donc dire qu'il ne m'imposait pas ses pouvoirs...

— *Destinée.* Tu m'as dit que je t'étais *destinée.* Qu'est-ce que ça veut dire ?

Il plongea son regard dans le mien, et je me sentis rougir tandis que le plaisir continuait de vibrer en moi, palpitant entre mes jambes.

— Le mariage d'un dieu olympien n'est pas un mariage normal. Héra, la déesse du mariage, organise une cérémonie spéciale uniquement pour chacun des douze dieux.

Je le regardai d'un air interrogateur et il poursuivit lentement.

— Il y a d'abord un test. Si les deux personnes réussissent, alors la cérémonie leur est accordée.

— Mais quelle sorte de test ? Quelle sorte de cérémonie ? Je ne comprends rien à ce que tu m'expliques...

Hadès serra la mâchoire.

— Je ne vois pas l'intérêt de te le dire.

— Peut-être parce que je te le demande ?! m'insurgeai-je, sentant la colère me gagner.

Il me regarda avec un sourire en coin, ce qui me mit encore plus hors de moi.

— Je te fais rire ?

— Non... C'est juste que tu... Personne d'autre avant toi ne m'a jamais parlé comme ça.

— Eh bien il faut un début à tout ! rétorquai-je, excédée. Donc, en quoi consiste cette cérémonie ?

— Je ne te le dirai que lorsque tu me le demanderas gentiment.

Je restai bouche bée. Hadès, le roi des Enfers était-il réellement en train de me *taquiner* ? Je ne comptais me laisser faire...

M'avançant vers lui, je me tins sur la pointe des pieds et approchai ma bouche de son oreille. Il sentait le bois fumé.

— S'il te plaît, susurrai-je, avant de passer doucement ma langue sur son lobe.

Je le sentis se raidir contre moi, puis il rit doucement et approcha à son tour de mon oreille.

— Ma belle, tant que tu n'auras pas récupéré tous tes pouvoirs, tu perdras à ce petit jeu avec moi.

Son souffle se propagea dans tout mon corps, me faisant frissonner de plaisir et de désir, tandis qu'une chaleur douce et moite se logea entre mes cuisses. Mes jambes menaçaient de se dérober lorsqu'Hadès enroula son bras autour de moi et me plaqua contre lui. Mes seins durcis frôlant sa poitrine, je gémis à nouveau.

— S'il te plaît, haletai-je.

— « S'il-te-plait » quoi ?

Sa voix était rauque et basse.

— S'il te plaît, touche-moi...

J'avais désespérément besoin de sentir ses mains sur moi. L'attente était insupportable.

— Pas encore, ma belle, souffla-t-il. J'ai attendu vingt-six ans pour ça, tu peux bien attendre encore un peu...

Puis il posa ses lèvres sur les miennes, m'embrassant dans un baiser doux et intense, avant de disparaître dans un éclair de lumière.

Je vacillai, tenant à peine sur mes jambes, éblouie par la lumière qu'Hadès avait provoquée en partant. Les vagues de plaisir qui avaient parcouru mon corps disparurent en même temps que lui, mais mon désir pour lui était intact.

— Putain de merde ! m'exclamai-je, enfonçant mes ongles dans mes paumes alors que je serrais les poings. Comment ai-je pu le laisser faire ça ?

— *Le laisser faire quoi ?*

Je sursautai en entendant la voix de Skop, et je me tournai vers lui, gênée d'avoir été surprise. Il était allongé, à trois mètres de moi, dans une jardinière et était couvert de terre.

— Oh non... Ne me dis pas que tu as assisté à toute la scène ? murmurai-je, sentant mon visage rougir.

— *Non, ne t'inquiète pas. Hadès m'avait enfermé dans une bulle de fumée flippante. Mais tu as l'air de t'être bien amusée, en tout cas !* pouffa-t-il en remuant la queue.

— Eh bien non, figure-toi ! Et toi, tu es un sale petit pervers ! rétorquai-je, soulagée de savoir que mon intimité avait été préservée.

— *Tu ne sais même pas à quel point !* confirma-t-il, pas du tout offusqué, en se remettant à creuser le sol.

— Skop, que se passe-t-il lorsque les dieux de l'Olympe se marient ?

— *La plupart du temps, ils sont infidèles.*

— Est-ce qu'ils divorcent ?

— *Nan ! Le divorce n'existe pas dans l'Olympe.*

— Alors, ils se contentent de supporter l'infidélité ?

Un élan de jalousie me saisit en imaginant Hadès avec une autre femme, et je fronçai les sourcils.

De toute façon, qu'est-ce que ça peut bien te faire ? tentai-je de me rassurer – en vain.

— *Oui.*

— Pourquoi ? Pourquoi ne se quittent-ils pas ?

— *J'sais pas... Je suppose que cela a à voir avec le fait qu'ils soient immortels.*

— J'imagine alors que toutes leurs aventures ne durent pas, pour la même raison ? Le dieu survivrait à toutes ses maîtresses, mais pas à son épouse, pensai-je à voix haute. Attends... Est-ce que tous les dieux sont immortels ?

— *Non. Seuls les Olympiens. Quant aux Titans, les plus forts d'entre eux, comme Thanatos et Éris, peuvent vivre jusqu'à ce qu'ils soient tués, mais ce ne sont pas de vrais immortels.*

Intéressant, pensai-je. Les autres dieux pouvaient donc être tués...

— *C'est pour ça que la compétition pour devenir la reine des Enfers est si féroce,* me répondit Skop qui avait entendu mes pensées. *L'immortalité est la chose la plus convoitée dans l'Olympe. Et c'est l'un des avantages d'être l'épouse d'un dieu...*

J'eus un sentiment étrange. *L'immortalité ?* J'essayai d'imaginer ce que pouvait représenter de vivre pour toujours, mais cela m'était impossible. C'était tellement loin de ce que j'étais, de ma dimension de mortelle...

— Tu veux dire que les gens sont prêts à se marier avec quelqu'un qu'ils n'aiment pas uniquement pour devenir immortels ?

— *Ils seraient prêts à faire bien pire que ça !* me répondit Skop en reprenant ses fouilles.

Ne l'écoutant plus que d'une oreille, je réalisai que ce que je ressentais n'avait rien à voir avec l'immortalité elle-même, mais avec le fait qu'une femme pourrait épouser Hadès pour devenir immortelle. Cela me mettait hors de moi. Hadès méritait mieux. Il méritait une femme qui l'aimerait, qui admirerait le roi qu'il était, et qui serait prête à réaliser chacun de ses rêves.

Par tous les dieux, comment pouvais-je penser une chose pareille ? Hadès n'était que mort et fumée !

Persy, putain ! Mort et fumée ! Il a écartelé un homme devant toi ! Arrête de penser avec ton entrejambe !

Mais il avait dit « destinée »... Étais-je *destinée* à être avec lui ? Ou ne l'avais-je été qu'avant, lorsque j'étais cette autre Perséphone – celle qui, semblait-il, avait tué la femme d'un homme ? Un frisson me parcourut. Tout cela me paraissait complètement fou ! Je devais absolument m'en tenir à mon plan. Perdre les épreuves, rester en vie, et retourner à New York.

QUATRE

HADÈS

Je faisais les cent pas dans la salle du petit-déjeuner, ruminant en serrant les poings.

Je la voulais ! Pourtant, je savais que c'était stupide de jouer avec elle, de la taquiner, de flirter et de me rapprocher d'elle. Bientôt, elle repartirait.

Mais je ne pouvais pas m'en empêcher. Je sentais sa magie partout autour de moi. Une lumière verte et brillante dans la mer de ténèbres sordide dans laquelle je vivais. Je jetai un coup d'œil à la plate-forme sur laquelle se trouvait jadis son arbre dont les branches planaient au-dessus de la table, toujours dressée pour deux. Toutes ces années, entrer dans cette pièce avait été douloureux pour moi. C'était *notre* pièce. Celle dans laquelle nous buvions, mangions, et parlions de longues heures – jadis. Celle dans laquelle nous avions tant ri ensemble. Son arbre adoucissait alors cette pièce rocheuse, apportant vie, couleur et parfum à l'environnement immobile. Le jour de son départ, il mourut et se transforma instantanément en cendres.

Quand Hécate avait organisé ce déjeuner et que je

l'avais vue en train d'examiner le trône en roses et celui en crânes, j'aurais aimé pouvoir l'enfermer et la garder dans cette pièce pour toujours. *Elle était de retour !* La seule femme que j'aie jamais aimée et que j'avais pensé ne plus jamais revoir.

Je passai à nouveau ma main dans mes cheveux en soupirant. J'essayai de penser à autre chose qu'à elle, mais son corps m'obsédait comme si elle...

Elle n'était peut-être pas la Perséphone audacieuse et sûre d'elle que j'avais épousée, mais elle avait toujours la même gentillesse, la même rigueur, et la même énergie. Le lien entre nous était resté le même, tout comme celui que j'avais avec Héra. Comme elle, mon destin était gravé dans la pierre, mais, par rapport à elle, j'avais l'avantage du souvenir. Elle devait faire face à des dieux qui lui disaient quoi faire, dans un monde qu'elle ne reconnaissait pas. Je détestais la laisser dans cette situation inconfortable, mais comment pouvais-je lui dire ce qui s'était passé ? Cela l'avait brisée une fois, et même si je ne lui avais rien promis, je refusais de la faire souffrir à nouveau. De toute façon, cela ne l'aiderait pas de *savoir*.

Un bourdonnement impatient résonna dans mon esprit, et je soupirai, agacé d'être ainsi dérangé.

— Qu'y a-t-il ? demandai-je d'un ton sec.

— Nous avons des informations sur l'homme du phénix, s'empressa de me répondre une voix.

La simple évocation de cet homme qui avait voulu tuer la femme que j'aimais me mit en rage. Aussitôt, je quittai la salle du petit-déjeuner ; ce n'était pas un endroit pour la colère. *C'était notre endroit.*

Je m'installai sur mon trône et convoquai Kérato, qui venait de me parler. Il était le capitaine de ma garde – un immense minotaure à l'air sévère. En fait, la plupart de mes collaborateurs avaient l'air sévère, et j'avais souvent remercié les dieux d'avoir mis Hécate sur mon chemin : son sens de l'humour était plus que bienvenu !

— Je t'écoute...

— Il s'appelait Calix, Monseigneur. Il a perdu sa femme dans l'incident et avait formé une sorte de faction avec d'autres – dont on ne connaît pas le nombre – qui ont perdu des êtres chers. Ils se font appeler les « Morts-vivants du printemps », et passent leur temps à chercher des moyens de venger leurs morts.

La colère me fit gonfler, la fureur alimentant la puissance colossale qui brûlait en permanence à l'intérieur de moi.

— Comment ont-ils pu se souvenir d'elle, bordel ? Elle a été rayée de l'Histoire de l'Olympe !

Le simple fait de prononcer ces mots était douloureux. *J'ai rayé ma propre femme de l'Histoire.* Mais je restai stoïque devant Kérato.

— Nous ne le savons pas encore. Cela n'aurait pas dû être possible.

— À moins qu'ils n'aient eu accès à la rivière Léthé ?

Ce qui voudrait dire qu'il s'agissait de quelqu'un autorisé à entrer en Vierge ; l'un des quatre royaumes interdits et l'endroit le plus secret de tout l'Olympe. Cela réduisait le nombre de suspects.

— Nous n'avons capturé qu'un seul de ses complices pour le moment, et il est mort avant que nous n'ayons pu obtenir des informations de sa part. Mais nous continuons de chercher, Monseigneur.

— Faites vite ! Et la prochaine fois que vous capturerez un membre de cette faction, je veux le rencontrer personnellement.

Les images de cet homme que j'avais écartelé tournaient dans ma tête et la mélancolie que je ressentais habituellement laissa place à la satisfaction de m'être vengé. C'était la partie de moi-même que je détestais le plus, mais aussi celle qui m'aidait le plus.

Tout était la faute de Zeus. Et la pensée de mon frère ne fit qu'ajouter à la fureur que je ressentais déjà. C'était lui qui l'avait ramenée.

Tu dois l'embrasser à nouveau, sentir sa peau, entendre sa voix, et la voir briller.

Mais j'allais aussi devoir la perdre à nouveau, et mon cœur allait se briser encore une fois. Je ressentirais alors la même douleur que celle de cet homme que j'avais écartelé, membre après membre. Perséphone avait raison lorsqu'elle traitait Zeus de connard !

Je congédiai Kérato d'un geste de la main. J'avais besoin d'aller casser quelque chose, d'évacuer cette tension qui faisait rage en moi. J'avais besoin de la sortir de ma tête. Je regrettais déjà notre rencontre, la vue de ses lèvres entrouvertes, de ses yeux fermés, et de sa poitrine haletante qu'il m'était désormais impossible d'oublier.

Je devais arrêter. Ce n'était pas juste – ni pour elle, ni pour moi.

Souviens-toi de ce qui s'est passé. Tu ne peux pas garder une lumière aussi brillante dans l'obscurité.

CINQ

PERSÉPHONE

Lorsqu'Hécate vint me chercher au conservatoire, Skop et moi avions déterré toutes les graines enfouies. Je les avais triées par catégorie, puis avais dessiné les plans des futurs parterres de fleurs. Beaucoup de graines étaient inutiles, car elles ne pouvaient pas être cultivées en intérieur, au chaud, ou à côté de certaines autres plantes, mais j'avais imaginé un plan complexe dont j'étais certaine que le résultat serait magnifique.

En rentrant dans ma chambre, je pris une douche pour me débarrasser de la terre dont j'étais couverte, puis enfilai la robe qu'Hécate avait choisie pour moi. Elle était en mousseline vert foncé, avec un corset décolleté dont les bretelles tombaient sur mes épaules. En me regardant dans le miroir, j'eus l'impression que mes seins étaient énormes.

— Mes seins ont grossi, non ? demandai-je à Hécate en observant ma poitrine.

Elle éclata de rire.

— Pas du tout ! Je te l'ai dit quand tu es arrivée ici : tu

avais simplement besoin de vêtements qui te mettent en valeur.

— *Ou de pas de vêtements du tout !* intervint Skop.

Je l'ignorai. Passer du temps dans le conservatoire m'avait apaisée, mais je me sentais toujours bouleversée depuis que j'avais vu Hadès. Je ne cessai de l'imaginer nu, luisant, dur, et...

Je secouai la tête pour chasser ces images de mon esprit.

— Qu'est-ce que je vais devoir faire à ce truc, ce soir ?

— Pas grand-chose, ne t'inquiète pas : juste boire quelques verres, parler aux gens, et découvrir ce que tu devras faire ensuite pendant les épreuves. Ça ne durera que quelques heures...

Hécate portait une robe bleu électrique qui couvrait à peine ses fesses, attachée à son cou par un collier en cuir. Il ne lui manquait plus qu'un fouet et des menottes...

— Est-ce que tu as un...

Je m'interrompis pour chercher le mot juste.

— ... Un amoureux ?

— Des centaines ! me sourit-elle.

— Est-ce qu'il y en a que je connais ?

— Nan ! Bon, tu es prête ?

La cérémonie du second tour était organisée dans la salle du trône d'Hadès. Lorsqu'Hécate nous y transporta, je ressentis un étrange sentiment de réconfort en voyant les énormes flammes colorées s'élever autour de nous. Il n'y avait que deux trônes sur l'estrade : le trône fait d'os et de crânes, et celui composé de roses métalliques. En regardant de plus près les roses sculptées entrelacées avec des épines pointues et tranchantes, je ressentis cette énergie – qui devait être mon pouvoir – vibrer en moi. Doucement, je m'approchai du trône.

— Où vas-tu ? siffla Hécate en me tirant par le bras.

Je me tournai vers elle pour lui répondre mais, alors que j'allais parler, je m'interrompis en découvrant la cinquantaine de personnes qui se tenaient au fond de la salle du trône, toutes tenant une coupe de champagne à la main, et habillées en tenue de soirée. J'en reconnus un grand nombre, notamment Éros, terriblement sexy, qui me fit un signe de la main.

Je lui souris de loin, puis les bavardages reprirent, chaque invité se replongeant dans la conversation dans laquelle il était avant notre arrivée. Quelques personnes nous rejoignirent, notamment Hédoné et Morphée.

— Bravo pour la dernière fois ! me félicita Hédoné en m'embrassant sur la joue.

Je ne pus m'empêcher de frissonner de plaisir, et je tentai de rester le plus naturelle possible, priant pour qu'il ne remarque pas mon trouble.

— Merci, répondis-je en prenant une coupe sur le petit plateau rempli de verre qui était apparu à côté de moi.

— Ça ne s'est pas exactement passé comme prévu, mais tu as très bien géré la situation ! renchérit Morphée en portant ma main libre à ses lèvres.

Cela ne s'est pas exactement passé comme prévu ? C'était le moins que l'on puisse dire ! Un homme a été littéralement écartelé, à cause de moi !

Mais je gardais mes pensées pour moi et arborai mon plus beau sourire. Cette soirée était exactement la piqûre de rappel dont j'avais besoin pour ne pas oublier que tous ces gens étaient complètement fous.

SIX

PERSÉPHONE

— Est-ce que vous avez une idée de ce qui va se passer ensuite ? demanda Hécate avant une prendre une gorgée de champagne.

Je l'imitai.

— Absolument pas, répondit Hédoné. Même si des bruits courent sur la dernière épreuve du deuxième tour...

— Vraiment ? Lesquelles ? le pressa Hécate avec enthousiasme.

— Je ne peux rien dire, s'excusa Hédoné.

Je serrai les dents, me forçant à conserver mon sourire. Mais cela devenait de plus en plus difficile. Je n'en pouvais plus de cette *omertà* ! La moindre information semblait être un secret d'État.

Un gong retentit et les bavardages se transformèrent en un très léger bourdonnement, avant de disparaître complètement. Je cherchai du regard le beau commentateur ; il était devant l'estrade.

— Bonsoir, Olympe ! clama-t-il, me faisant trembler. Ce soir marque le début du deuxième tour des Épreuves d'Hadès. Et il est désormais temps de vous dire toute la vérité… Les amis : les graines que la jeune Perséphone a demandées n'étaient pas des graines ordinaires ! Perséphone n'est pas aussi simple qu'elle en a l'air !

— Hé ! protestai-je.

Mais ma voix fut couverte par la sienne, tonitruante et plus forte que précédemment.

— Ces graines contenaient du *pouvoir* ! Notre seule concurrente humaine n'est donc plus désavantagée !

Il m'adressa un large sourire, tandis que mon esprit partait dans tous les sens. Il savait pour les graines ? Pourtant, il n'avait pas dit qui j'étais réellement et il semblait ne pas savoir que les graines ne faisaient que me restituer mes pouvoirs d'origine. Mais pourquoi parler de mes pouvoirs au public ? La seule explication qui me paraissait plausible était que s'il ne l'avait pas dit ce soir, lorsque j'aurais utilisé mes pouvoirs, tout le monde aurait pensé que les dieux avaient menti en disant que j'étais humaine…

— Et maintenant, veuillez accueillir vos dieux !

Dans un éclair de lumière aveuglant, les dieux apparurent derrière lui, leurs trônes se matérialisant dans un scintillement. Mon regard fut immédiatement attiré par la forme sombre, en fumée translucide d'Hadès. Je cherchai ses yeux argentés, mais ne les vis pas. Cachant ma déception, je m'agenouillai devant la rangée de trônes et applaudis avec le reste de la foule.

Il était impossible de ne pas regarder Aphrodite. Sa peau était blanche comme la neige, ses lèvres étaient recouvertes d'un rouge à lèvres noir, assorti à ses *smoky-eyes*, tandis que ses cheveux bleu ciel, longs et raides, tombaient en cascade sur ses épaules. Elle était vêtue d'une robe bleue transparente et fendue découvrant toute sa jambe, et qui ne laissait aucun doute sur le fait qu'elle ne portait absolument rien dessous. Quant à Athéna et Héra, elles étaient habillées comme elles l'avaient été au début du premier tour, de manière traditionnelle et sage. À côté d'elles, Artémis et Apollon – souriants, l'air juvénile, et le regard brillant d'excitation – portaient tous deux une armure d'or étincelante comme celles que portaient les Grecs de l'Antiquité dans mes livres, à la maison. Arès était lui aussi entièrement vêtu d'une tenue de guerrier, comme les fois précédentes – tout comme Héphaïstos, qui semblait mal à l'aise dans son tabard en cuir.

Poséidon, en revanche, était très différent de d'habitude. L'homme sérieux et discret, aux cheveux parfaitement coupés, s'était transformé en un homme sûr de lui, à la peau bronzée, et avec de longs cheveux blancs qui, plutôt que de le vieillir, lui donnaient un air digne et extrêmement séduisant. Quant à sa toge, d'ordinaire simple, on aurait dit qu'elle était faite d'eau de l'océan, avec des tons verts, bleus et blancs qui semblaient former des vagues ondulantes. Il tenait dans son poing un trident argenté et brillant, qui le dépassait d'au moins un mètre. Face à lui, je me sentais encore plus petite et vulnérable que d'habitude. Il n'avait jamais caché son aversion pour moi mais, cette fois, il semblait encore plus irritable que les autres jours. Le faisait-il exprès pour me déstabiliser ? Je détournai les yeux et me concentrai sur Hermès et Dionysos qui me souriaient, tous deux portant des chemises hawaïennes assorties avec des palmiers orange vif et des perroquets. Je ne pus m'empêcher de sourire, et ils m'adressèrent un clin d'œil en levant le pouce pour m'encourager.

Au bout de la rangée, tout aussi imposant que la fumée tourbillonnante d'Hadès ou de Poséidon et son trident brillant, se trouvait Zeus. Son apparence était un mélange du beau jeune homme qui était venu me chercher dans le café et de l'homme plus âgé aux cheveux noirs sous les traits duquel il apparaissait souvent – et le résultat était assez époustouflant. Il ressemblait à un joueur de football à la retraite mais qui n'avait jamais cessé l'entraînement : ses muscles gonflés et son assurance le rendaient extrêmement sexy. Même de là où j'étais, je voyais la lueur violette dans ses yeux et sentais son énergie contagieuse. C'était comme s'il me transmettait quelque chose, mais je ne savais pas quoi exactement. Ce n'était pas de l'attirance pour lui, et encore moins de la passion, mais je sentais pourtant mon corps frémir, un frisson me parcourant tout entière.

— Et maintenant, pour l'annonce de la prochaine épreuve..., tonna le commentateur.

Il s'interrompit le temps que tous les dieux s'assoient sur leur trône, à l'exception de Poséidon.

Merde...

— ... Tu peux te lever, déclara le dieu de la mer et des océans d'une voix lyrique et forte.

Je me levai, jetant un regard effrayé en direction d'Hécate et Skop.

— J'ai accepté d'alléger la pression sur le royaume de mon cher frère et d'accueillir la prochaine épreuve dans mon royaume, celui du Verseau.

Je regardai Hadès d'un air interrogateur, mais il se contenta d'onduler, comme d'habitude.

— En revanche, tu dois t'attendre à être mouillée, ajouta Poséidon, les yeux rivés sur moi avec un petit sourire narquois.

Je lui adressai un sourire gêné et baissai la tête.

— L'épreuve commencera demain à midi et, si tu survis, j'organiserai un festin en ton honneur.

Si je survis ?! Mais qu'est-ce qu'il avait prévu comme épreuve ?

— Je me réjouis, mentis-je, espérant que mon enthousiasme le rendrait plus clément si j'échouais.

— J'en suis sûr, sourit-il d'un air cruel.

Pourquoi m'en voulait-il autant ?

— Eh bien, voilà, chers Olympiens ! Rendez-vous demain à midi pour la prochaine épreuve de Perséphone ! clama le commentateur.

Poséidon se rassit, et Dionysos se leva pour prendre la parole.

— Comment allez-vous ? demanda-t-il à l'audience, avec un sourire malicieux, ses cheveux noirs noués en un chignon au sommet de sa tête.

— J'espère que la soirée de ce soir vous plaira... Amusez-vous ! lança-t-il en agitant la main devant lui.

Il ressemblait à une rock star défoncée des années soixante-dix. Chaque fois que je le voyais, j'avais envie de passer du temps avec lui.

Une magnifique couleur verte se mit à briller, et quatre filles incroyablement grandes apparurent, vêtues de tutus de couleurs différentes, aussitôt acclamées par la foule. En regardant de plus près, je réalisai qu'elles avaient toutes des tatouages de couleur claire – représentant des vignes et des fleurs – sur leur peau foncée. Un battement de tambour résonna dans la pièce, me faisant sursauter, puis d'autres tambourineurs se joignirent au premier, créant une musique tribale pas vraiment agréable mais qui – je devais l'admettre – donnait envie de bouger. Puis, finalement, une flûte joua une mélodie pour accompagner les tambours, et un sentiment de bien-être et de joie m'envahit, tandis que les quatre filles entamèrent une chorégraphie synchronisée. Après quelques secondes, les invités se remirent à discuter, certains rejoignant la piste de danse, et d'autres se contentant de regarder les quatre danseuses.

— Ce sont les dryades qui viennent animer les fêtes de Dionysos, me souffla Hécate.

— Elles sont superbes, chuchotai-je.

Skop gémit.

— Tu vas bien ? lui demandai-je.

— *Ce n'est pas que je n'aime pas traîner avec toi mais, avant toi, ces dryades étaient mon quotidien,* il dit, fixant les quatre filles, sa queue remuant furieusement.

— Je suis désolée, mon petit Skop, m'amusai-je. J'imagine qu'elles te manquent. Elles sont assez fascinantes...

— *Pas aussi fascinantes que toi.*

Cette fois, la voix dans ma tête n'était pas celle de Skop.

— Hadès ?

Je me retournai et le trouvai juste derrière moi, enfumé et translucide. Tout le monde s'était écarté autour de lui et nous observait en silence.

— Bonsoir, patron, dit Hécate, avant de se tourner vers moi et de me toucher l'épaule. À tout à l'heure, je te laisse, murmura-t-elle.

Puis elle disparut, se faufilant à travers la foule.

— *Tu es magnifique ce soir,* dit Hadès, toujours dans ma tête.

— Merci, répondis-je, le plaisir réchauffant mon ventre.

— *Tu devrais me répondre en silence... Tout le monde nous écoute...*

— Je n'en ai rien à faire ! répondis-je à voix haute. Qu'ils écoutent s'ils le veulent... Je ne suis ni hôtesse ni participante à une épreuve, ce soir...

Hadès me sourit, et je vis dans un ses yeux argentés que mon audace l'impressionnait. Mon cœur se mit à battre plus fort. Ces lèvres... J'avais l'impression de redevenir une midinette !

— *Comme tu veux. Je pense que tu aimeras le royaume du Verseau.*

— Certainement... J'adore nager ! répondis-je.

— *Tant mieux. Mais tu dois savoir que Poséidon ne te facilitera pas la tâche.*

— Pourquoi me déteste-t-il ?

— *Il ne te déteste pas. Il te craint.*

— Comment cela ?

— *Lorsque tu avais tous tes pouvoirs, tu étais une déesse redoutable.*

Redoutable ? Cela m'aurait presque fait plaisir si je n'avais pas su que mes pouvoirs m'avaient servi à tuer une femme.

— Malheureusement, je ne suis plus qu'une simple humaine, maintenant. Avec juste assez de force pour me guérir moi-même et survivre à ta colère...

Il perdit son sourire et se rembrunit.

— *Je préférerais que tu ne me le rappelles pas,* dit-il à voix basse.

— Et moi j'aurais préféré que tu ne jettes pas tous ces monstres et ces cadavres autour de moi... Tu vois, on n'a pas toujours ce que l'on veut !

Je le regardai droit dans les yeux d'un air assuré. Il méritait de se sentir mal pour ce qu'il m'avait fait. Et puis, prononcer ces mots était également une manière de me rappeler que, même s'il était terriblement attirant, je n'étais pas à ma place ici.

— *Je suis un monstre. Je te l'ai dit.*

— Oui, tu me l'as dit. Mais tu m'as embrassée, ensuite, répliquai-je.

Tout le monde autour de nous retint son souffle, et je regardai la foule, les joues rouges. Menthé semblait furieuse – son regard était si plein de venin que je crus un instant qu'il allait me tuer.

Hadès gloussa dans mon esprit.

— *Je t'ai dit que nous aurions dû garder cette conversation privée.*

Je me redressai et passai mes cheveux bouclés derrière mon épaule d'un air assuré. J'étais déterminée à ne pas le laisser gagner, cette fois-ci, et j'étais prête, pour cela, à donner à la foule de quoi bavasser...

— Je sais, Hadès. Je sais que tu m'as aimée comme un fou et que tu t'es effondré après mon départ. Mais tout cela est du passé. Plus rien ne se passera entre nous. Je t'en prie : cesse de m'importuner !

Puis je tournai les talons, tandis qu'il éclata de rire dans mon esprit.

— *Bien joué, ma belle. Très bien joué...*

SEPT

PERSÉPHONE

Sa voix était sexy, mais ce n'était rien comparé à son rire. Il fit naître en moi un désir intense que je tentai de dissimuler alors que je me frayai un chemin à travers la foule. J'aurais voulu entendre ce rire toute ma vie. Plus longtemps, même, si cela était possible. Je voulais être celle qui le faisait rire, et voir son magnifique sourire illuminer son visage.

Mais cela est impossible ! pensai-je avec une légère grimace, cherchant désespérément quelqu'un que je connaissais. Le premier que je vis fut Éros, et je changeai aussitôt de direction pour m'éloigner de lui. La dernière chose dont j'avais besoin était de parler avec le dieu de l'amour...

Je sentis alors un parfum d'air marin. J'inspirai profondément, m'enivrant de cette odeur iodée, et des images d'une mer vivifiante emplirent mon esprit. *Je donnerais n'importe quoi pour passer une journée à la plage...*, pensai-je avec mélancolie.

— Bonjour, Perséphone !

Je reconnus la voix lyrique de Poséidon et je m'arrêtai

face à lui.

— Poséidon…, dis-je en m'inclinant devant lui.

J'étais impressionnée. Mais pourquoi ? Comment pouvais-je trouver le dieu de la mer et des océans plus effrayant que le roi des Enfers ? Je commençais sérieusement à perdre toute notion des réalités…

— Je suis impatiente de découvrir le royaume du Verseau. On m'a dit que c'était magnifique.

— On t'a dit vrai ! Mais laisse-moi te donner quelques conseils…

— Vraiment ?

— Tes pouvoirs t'ont été retirés pour une bonne raison. Et je pense que tu ferais mieux de ne pas les récupérer. Que tu puisses guérir et nourrir les plantes suffit amplement. De toute façon, nous savons tous les deux que tu ne gagneras pas cette compétition.

— Comment sais-tu que je peux guérir et nourrir les plantes ?

— Ma fille…, dois-je te rappeler que je suis l'un des trois dieux les plus puissants de l'Olympe ? gronda-t-il, les vagues de sa toge semblant se déchaîner. Il n'y a rien que je ne sache pas.

Mon cœur se mit à battre à toute vitesse alors que la peur s'immisçait en moi.

— Pardon, murmurai-je.

— Mon frère a déjà commis des erreurs avec toi une première fois. Je ne lui permettrai pas de les commettre une seconde fois.

En l'entendant évoquer Hadès, je fus aussitôt sur la défensive.

— Es-tu en train de me dire que tu essayes de protéger ton frère de moi ? Dois-je à mon tour te rappeler que ton frère est, *comme toi*, l'un des trois dieux les plus puissants de l'Olympe ?

— Fais attention à ce que tu dis ! cracha-t-il, une bouffée d'air humide soufflant dans mes cheveux. Je n'ai aucune rancune personnelle contre toi, Perséphone, mais je ferai ce qu'il faut.

— Ce n'est pas moi qui ai demandé à être ici ! criai-je, malgré moi.

C'était comme si quelque chose s'était déclenché en moi – la colère, la frustration, et le sentiment d'injustice se libérant d'un seul coup.

— J'ai été kidnappée, je te rappelle ! Privée d'une vie que j'aimais ! Et tu te permets de me menacer ? Mais as-tu la moindre idée de ce que vous tous m'avez fait subir ?

— Tu es vraiment la même, persifla Poséidon, les yeux brillant d'un bleu intense. Le fait de devenir humaine n'y a rien fait... Tu as toujours cette même colère, et ce même tempérament sanguin et imprévisible...

— Parce que tu ne perdrais pas ton sang-froid, toi, si on t'avait volé tes souvenirs et tes pouvoirs ?! éclatai-je, la rage bouillant à l'intérieur de moi. Tout le monde ne cesse de me parler de mon passé, mais personne ne veut me dire ce que j'ai fait ! Je suis obligée de risquer ma propre vie, et celles d'étrangers et des seuls amis que j'ai ici, pour votre bon plaisir ! Et le pire, c'est que tout le monde s'attende à ce que je perde, et même à ce que je meure ! Alors crois-moi, tu n'as rien à craindre de moi. C'est plutôt moi qui ai à craindre de vous... Ne te gêne surtout pas pour me renvoyer chez moi si vraiment je te suis si insupportable...

Je levai les mains dans un geste de colère et quelque chose de noir en jaillit. Je reculai, sous le choc, en découvrant ce que c'était : des *vignes* ! Des vignes noires s'échappaient de mes paumes, tranchantes et luisantes.

— Qu'est-ce que... commençai-je.

Mais je fus interrompue par Hadès qui apparut soudain entre Poséidon et moi. Le dieu de la mer et des océans grandit, son trident palpitant de lumière bleue, tandis que la fumée d'Hadès vacillait et dansait devant moi, grandissant à son tour, jusqu'à atteindre la taille de Poséidon.

— Ce n'est pas très *fair play* de ta part, mon frère, de pousser Perséphone à perdre son sang-froid, dit Hadès.

Il parla d'une voix si douce que je l'entendis à peine, concentrée uniquement sur les vignes qui sortaient toujours de mes mains.

— Arrêtez ! suppliai-je.

Mais les vignes continuaient de grandir.

— Tu dois te rendre compte qu'elle est toujours une menace. Tu ne veux pas le voir, mais c'est une réalité ! tonna Poséidon.

— C'est Zeus qui l'a amenée ici, pas moi ! C'est à lui que tu dois t'en prendre si tu veux t'en prendre à quelqu'un...

Les vignes atteignaient maintenant presque la taille d'Hadès, et je paniquais de plus en plus.

— Comme tu voudras. Mais, crois-moi, tu n'es pas au bout de tes surprises avec elle ! lança Poséidon avant de disparaître.

— Merde, merde, merde ! murmura Hadès à la seconde où il partit, la fumée se dispersant autour de lui tandis qu'il se tournait vers moi. Perséphone, tu dois faire disparaître ces vignes, tout de suite !

— Je voudrais bien, mais je n'y arrive pas ! gémis-je, paniquée.

— Elles disparaîtront toutes seules si tu te calmes. Respire profondément et pense à quelque chose qui ne te met pas en colère.

— Tout ici me met en colère ! criai-je, et les vignes grandirent davantage, s'enroulant autour des pieds d'Hadès.

Il blêmit et passa une main dans ses cheveux, le regard inquiet. Lorsque tout à coup, je fus éblouie par une lumière blanche.

Lorsque je vis clair à nouveau, je ressentis un sentiment de bien-être. J'étais au conservatoire, apaisée.

— Libère ton énergie. Donne ton pouvoir à la terre, me dit doucement Hadès.

Instinctivement, je compris ce qu'il voulut me dire. Cela me semblait même être la chose la plus naturelle au monde. Je tournai mes poignets vers le parterre de fleurs le plus proche, et les vignes se mirent à briller, passant du noir au vert. En quelques secondes seulement, les vignes prirent vie et se plantèrent dans le sol, tandis qu'une joie intense s'empara de moi.

Je ne savais pas combien de temps s'était écoulé pendant que ma rage et mon énergie se déversèrent dans le sol, mais Hadès resta silencieux tout ce temps, jusqu'à ce que finalement, les vignes soient entièrement plantées et que mon sentiment de bonheur s'estompe. En revenant à la réalité, je fus émerveillée. C'était comme si j'avais enfin retrouvé l'endroit auquel j'avais toujours rêvé mais dont je ne savais pas qu'il existait.

Lorsque je me tournai vers Hadès, je restai interloquée devant le désir intense qui brillait dans ses yeux posés sur moi.

— Tu es tellement belle, souffla-t-il.

— Euh... Je viens d'offenser Poséidon, de montrer à tout le monde que je ne peux pas contrôler mon tempérament ni mon pouvoir, et je suis presque sortie de mon corps pendant que les vignes se plantaient dans le sol. Je ne suis pas sûre d'être au top de ma beauté..., répondis-je, terriblement gênée par tout ce qui venait de se passer.

— Lorsque tu utilises ton pouvoir pour faire pousser des choses, pour créer de la vie, tu... Tu es irrésistible.

Il insista sur ce dernier mot. Comme s'il tentait de résister à quelque chose. *De me résister.*

— Mais... est-ce que créer la vie ne va pas à l'encontre de ce que tu fais ici ?

Il soupira longuement.

— C'est vrai. Je me suis longtemps posé cette question, moi aussi.

Avant que je puisse répondre, un sentiment d'épuisement m'envahit et, étourdie, je sentis mes jambes se dérober sous moi. Hadès s'empressa de me rattraper, et je me laissai tomber dans ses bras puissants, ma vision s'obscurcissant.

— Tu sens bon, murmurai-je.

Il se tendit.

— As-tu la moindre idée d'à quel point il est difficile pour moi de ne pas déchirer tes vêtements en cet instant ? soupira-t-il. Je ne peux pas être aussi proche de toi.

Ce fut la dernière chose que je l'entendis prononcer avant de m'évanouir.

HUIT

PERSÉPHONE

Lorsque je me réveillai, j'étais dans mon lit, et les yeux argentés d'Hadès étaient plongés dans les miens.

— Qu'est-il arrivé ? marmonnai-je, les lèvres sèches.

— Ce n'est rien. C'est simplement que tu as récupéré certains de tes pouvoirs. Tu as perdu ton sang-froid...

Ma dispute avec Poséidon me revint à l'esprit, me plongeant dans un état d'anxiété intense.

— Oh mon Dieu ! Devant tout le monde, en plus ! gémis-je, couvrant mon visage avec ma main.

— Personne d'autre que les dieux ne t'a vue. Tu te souviens que je peux utiliser ma fumée pour créer une bulle invisible ?

— Oui..., la bulle de fumée, confirmai-je en me remémorant le baiser torride que nous avions échangé, le soir du bal.

— Eh bien, Poséidon peut faire la même chose. Il voulait que personne d'autre que moi n'assiste à votre échange.

— Tu m'as dit qu'il me craignait. Pourquoi ?

Hadès soupira longuement.

— Perséphone... Tes pouvoirs et ta colère étaient... *uniques.*

J'eus un sentiment de malaise. J'aurais voulu ne pas avoir cette conversation.

— Mais je n'ai plus tous mes pouvoirs, et je n'ai pas l'intention de les récupérer tous. Je suis sûre que je serai parfaitement inoffensive à l'avenir, plaidai-je en me redressant pour m'asseoir. Où est Skop ?

— *Par terre ! Ce trou du cul ne me laissera jamais monter sur le lit...,* grommela sa voix dans ma tête.

— Tu ne vas pas manger les autres graines ? s'étonna Hadès.

— Non, répondis-je simplement, baissant les yeux.

Je n'en étais pas certaine jusqu'à présent, mais j'avais maintenant pris ma décision. Je n'avais pas besoin de pouvoirs redoutables, ni de cette colère que je ressentais. Tout cela appartenait à un passé visiblement terrible, et je devais me concentrer sur l'avenir.

— Perséphone, regarde-moi.

Je levai la tête et fis ce qu'il me demandait. Sa peau brillait autant que ses yeux. Il était *incroyablement* beau.

— Tu ne dois jamais avoir peur de ta force, dit-il doucement.

— Je n'ai jamais eu de force, lui répondis-je avec amertume. J'ai laissé les autres me traiter comme de la merde pendant des années, justement parce que je n'ai jamais eu de force !

Sa mâchoire se serra et un éclair de fureur passa dans ses yeux, des flammes orange bondissant dans ses iris.

— Ils m'ont obligé à te retirer ta force, quand je t'ai renvoyée. Tu avais peur, mais ils m'ont interdit de faire quoi que ce soit pour t'éviter cela. J'ai prié pour que tu n'aies plus peur une fois que tu serais dans le monde des mortels.

Sa voix n'était guère plus qu'un murmure, mais elle exprimait néanmoins clairement son chagrin. Il était si sincère, si profond, qu'il me faisait mal. Je portai ma main à son visage ; j'avais besoin de le réconforter, de le soulager de ce fardeau déchirant, qui m'accablait tout autant que lui.

— Tes prières ont été exaucées, murmurai-je. J'ai appris, et j'ai finalement réussi à me défendre. En fait, jusqu'à ce que je revienne dans l'Olympe, je me débrouillais plutôt bien.

— Il y a une reine en toi, Perséphone. *Ma* reine.

La chaleur se précipita en moi d'un seul coup. Je n'avais jamais rien entendu de plus doux que la voix de cet homme me disant que j'étais sa reine. Je pris une profonde inspiration, sentant mes joues brûler.

— Je crois que j'étais en train de la trouver, dis-je en souriant.

— J'espère qu'elle restera avec toi, lorsque tu quitteras l'Olympe.

Ses mots me firent mal, presque physiquement. Pourtant, je *voulais* partir. Je voulais rentrer chez moi. Alors pourquoi avais-je l'impression qu'il me trahissait en évoquant le fait de me faire quitter l'Olympe ?

— Tu veux toujours que je parte ?

Les mots m'avaient échappé mais je regrettai aussitôt de lui avoir posé la question.

— Je n'ai jamais voulu que tu partes – même la première fois, lorsque nous étions mariés. Mais tu ne peux pas rester ici.

Je fermai les yeux et m'affaissai sur les oreillers. C'était une conversation sans fin, une frustration éternelle. *Avance, Perséphone !*

— Pourquoi me suis-je évanouie ? lui demandai-je en ouvrant les yeux.

— Le pouvoir t'a épuisée. Ce n'est pas très grave, mais tu dois faire attention à ce que cela ne se produise pas dans un environnement plus dangereux.

— Comme en plein milieu d'une épreuve ?

— Par exemple...

— Comment puis-je faire ?

— Tu vas t'entraîner avec moi à partir de maintenant.

— Quoi ? m'exclamai-je en me redressant.

Je le regardai en arquant les sourcils.

— Tous les jours. Au combat et à la magie.

J'allais le voir tous les jours ? Il m'était déjà de plus en plus difficile d'arrêter de penser à lui tout le temps, comment allais-je pouvoir m'empêcher d'être séduite par lui si je passais plus de temps avec lui ?

Fumée et mort, fumée et mort !

— Très bien, mais pas de sexe magique ! déclarai-je avec fermeté.

Il me regarda dans les yeux avec un léger sourire amusé.

— D'accord. Pas de sexe magique...

Je soutins son regard, regrettant presque qu'il ait accepté si facilement.

— Bien, reprit-il. Maintenant, repose-toi avant l'épreuve de demain. Ça va être difficile.

— D'accord.

— ...

— Merci...

— Je t'en prie, répondit-il, avant de disparaître.

· · ·

Cette nuit-là, je ne fus pas transportée dans le jardin de l'Atlas pendant mon sommeil. Je le regrettai, car cet endroit calme et serein était exactement ce dont j'avais besoin, sans parler des précieuses informations que me donnait la voix.

Non. Cette nuit-là, je rêvai de feu et de sang. Des cris remplissaient mes oreilles, avant d'être couverts par le rugissement d'une bête. Puis Hadès apparut au milieu des flammes – immense, monstrueux, et bleu, ses yeux brûlant de fureur, et tout autour de lui se transformant en cendres.

Je me réveillai en sursaut, haletante, la peur faisant tambouriner mon cœur dans ma poitrine alors que je m'asseyais, bien droite, dans la faible lumière produite par les étoiles.

— *Ça va ?* me demanda Skop en levant la tête vers moi.

Après que Poséidon et Hadès avaient bafoué ses devoirs de garde, il s'était montré extrêmement protecteur tout le reste de la soirée.

— C'est juste un cauchemar, le rassurai-je avec un petit sourire.

— *Tu devrais en parler à Morphée,* me conseilla-t-il, avant de remettre sa tête sur ses pattes pour se rendormir.

Ce n'est pas nécessaire, pensai-je en reposant ma tête sur mon oreiller.

Je savais exactement ce que signifiait le rêve que je venais de faire. C'était mon subconscient qui me rappelait qu'Hadès était dangereux.

~

Le lendemain matin, j'endossai ma tenue de combat, et tressai mes cheveux. J'allais certainement devoir nager, et des cheveux détachés m'auraient gênée. Je décidai également de ne pas porter le corset en cuir que je mettais habituellement par-dessus ma chemise. Il était lourd et, même s'il offrait une certaine protection, il risquait de restreindre ma mobilité pendant l'épreuve.

En attendant, assise, que quelqu'un vienne me chercher, je regardai la boîte ouverte contenant les graines de grenade, sur la commode. Elles m'attiraient et je repensai aux vignes noires qui avaient jailli de mes mains. Je n'avais jamais ressenti une telle puissance. Grâce à elles, je m'étais sentie forte, protégée, et dangereuse. Ted Hammond apparut alors dans mon esprit, et j'imaginai les vignes noires s'enroulant autour de sa gorge. Malgré moi, je ressentis une satisfaction cruelle.

Arrête, Perséphone ! La vengeance et la violence ne font pas partie de toi ! me sermonnai-je.

Je remplaçai alors l'image de Ted Hammond par celles des vignes revenant à la vie et se plantant dans le sol. Je ressentis à nouveau ce sentiment de joie que me procurait cette connexion à la terre, forte et vibrante. L'idée de pouvoir être connectée à tout un jardin me fit frissonner d'excitation.

Sans même m'en rendre compte, je me retrouvai la main sur la boite.

Arrête ! me réprimandai-je en sautant de mon tabouret et en fermant le couvercle de la boîte. *Tu dois résister à la tentation !*

— *Je trouve que tu n'y es pas trop mal arrivée, jusqu'à maintenant... Tu as quand même réussi à me résister !* pouffa Skop.

— Les chiens kobalos ne sont vraiment pas mon type, rétorquai-je en essayant de garder mon sérieux.

— *Je pourrais peut-être te faire changer d'avis ?*

— Nan !

— *Ça valait le coup d'essayer...*

Lorsqu'Hécate frappa enfin à ma porte, je ressentis un immense soulagement. L'attente m'avait paru interminable et avait mis mes nerfs à rude épreuve...

— Tu es prête ? me demanda-t-elle en me tendant, comme d'habitude, une tasse de café.

Je la pris avec plaisir.

— Pas vraiment... Même si l'eau me fait moins peur que les flammes et les démons, soupirai-je. Et pour être honnête, je suis curieuse de découvrir le royaume du Verseau. Est-ce qu'il est sous l'eau ?

— Bien sûr. C'est une grande ville composée d'une multitude de dômes sous-marins. Tu verras, c'est très beau...

— Comment est-ce que les habitants des dômes communiquent entre eux ?

— Grâce à des tunnels. Ou ils nagent. Il y a beaucoup de nymphes aquatiques et de sirènes dans le Verseau.

— Des « sirènes » ?! Des *vraies* sirènes ?

Hécate rit et secoua la tête d'un air amusé.

— On dirait une petite fille qui vit un rêve éveillé, me dit-elle. Tu devrais voir ton visage !

— Bah j'ai vécu toute ma vie à New York, je te rappelle. Tout cela me paraît complètement fou ! rétorquai-je avant de boire une gorgée de café.

Des sirènes !

J'avais tellement hâte d'en voir une !

— Pourtant, tu as vu un squelette de Sparte, des mino-taures, un phénix plus que flippant, des dieux... Pourquoi les sirènes te font-elles autant d'effet ?

— Je ne sais pas..., mentis-je, ne voulant surtout pas lui avouer ma passion pour les dessins animés.

— T'es bizarre parfois... Bon, termine ton café. Nous devons y aller !

En regardant autour de moi, je réalisai immédiate-ment que la pièce dans laquelle Hécate nous téléporta était une salle du trône. Pas seulement à cause de l'estrade couverte de sièges gigantesques, mais aussi parce que, comme la salle du trône d'Hadès et la salle à manger de Zeus, il n'y avait pas de murs – uniquement des colonnes soutenant le plafond.

La vue était à couper le souffle. Nous étions entourées d'une eau bleu turquoise avec des centaines de dômes dorés et brillants. Flottant à différents niveaux, ils étaient tous reliés entre eux par des tunnels. Sur certains, je distinguais les bâtiments, blancs avec des touches de bronze. Au loin, derrière la ville, il y avait un groupe de baleines massives en train de nager paisiblement.

C'était époustouflant !

Le sol était en marbre. Il était blanc mais, lorsque les rayons de lumière filtrant à travers l'eau l'éclairèrent, il prit une teinte bleu pâle. Quant au plafond, il était couvert de fresques sublimes représentant le monde sous-marin : des coraux pastel abritant des centaines de poissons aux couleurs vives, et des images de créatures qui semblaient venir d'une autre planète. Les trônes vides étaient tous très simples, à l'exception de celui qui se trouvait au centre qui avait la forme d'un raz-de-marée, lisse, impres-sionnant, et parfait.

— Waouh ! soufflai-je.

— Je sais. Il a mauvais caractère, mais Poséidon a du goût, dit doucement Hécate.

— Merci du compliment ! tonna la voix de Poséidon.

— Merde..., murmura Hécate en fermant les yeux.

Les douze dieux apparurent sur l'estrade dans un éclair de lumière. Lorsque la lumière s'estompa, je vis le commentateur debout devant eux, sa toge aussi blanche que son sourire.

— Bonjour Olympe !

Je regardai Hadès, dont la fumée ondulait. Ses yeux argent plongèrent dans les miens, et je réprimai mon frisson de plaisir.

Bon sang, Perséphone, tu te laisses trop aller ! me raisonnai-je.

— Bienvenue en Verseau ! Je vais maintenant laisser la parole à votre hôte...

Hécate s'inclina. Je l'imitai, tandis que Poséidon s'avança et que les autres dieux s'assirent sur leurs trônes. Le dieu de la mer avait la même apparence que la veille, tenant toujours son immense trident resplendissant.

— J'ai prévu une épreuve digne de la reine d'un dieu de l'Olympe, déclara-t-il. Tu dois récupérer la gemme manquante et la remettre sur le trident. Une seule règle : tu dois réussir cette épreuve *seule*.

Mettre une gemme sur un trident. Ça ne semble pas très compliqué..., me dis-je, essayant d'oublier qu'il avait dit avoir prévu une épreuve « digne de la reine d'un dieu de l'Olympe ».

Au moins, cette fois, je savais ce que je devais faire. Pas besoin de deviner ni d'essayer de déchiffrer des indices improbables...

— Tu auras, le temps de l'épreuve, la capacité de

respirer sous l'eau, et un hippocampe t'accompagnera, continua Poséidon.

Je restai bouche bée, comprenant à peine ce qu'il venait de dire.

Attends... quoi ? Respirer sous l'eau et un hippocampe ?

— Mais tu ne seras en aucun cas protégée des dangers de l'océan. Est-ce bien clair ?

— Euh..., balbutiai-je.

Mais je n'eus pas le temps de dire quoi que ce soit d'autre. Sans attendre ma réponse, Poséidon frappa le sol avec son trident.

— Commençons !

NEUF

PERSÉPHONE

D'un seul coup, le sol se déroba sous mes pieds et je fus plongée dans l'eau froide, tout autour de moi me paraissant sens dessus dessous. Je criai, mais le son de ma voix fut couvert par le bruit de l'eau, et je tombai sans rien pouvoir y faire, les vagues m'entraînant dans un mouvement sans fin. Instinctivement, je fermai la bouche après avoir bu une gorgée d'eau salée, puis je fus complètement immergée. Plongée dans l'obscurité presque totale, je paniquai, totalement désorientée. Je cherchai le sol, ou quelque chose de solide sur quoi me poser – mais il n'y avait rien d'autre que de l'eau ! Je me débattais, ayant peur de couler, et mes poumons me brûlaient. J'étais terrifiée. Lorsque, soudain, une lumière vive s'infiltra dans l'eau, et je me calmai, sans très bien savoir pourquoi. Je tentai alors de marcher et, à ma grande surprise, je pus enfin le faire.

J'étais au fond de l'océan.

Il y avait devant moi un immense trident en marbre, planté dans le fond sablonneux de l'océan, et dont les trois pointes s'étiraient majestueusement vers la surface.

Je me tournai pour voir s'il y en avait d'autres, mais je ressentis soudain comme un malaise. J'avais besoin d'air !

— *Respire ! Tu peux respirer ici.*

— Hadès !

— *Respire...*

Je ne voyais pas comment je pouvais respirer, mais je décidai de me fier à lui. Fermant les yeux, je me forçai à dépasser la peur qui me poussait à garder la bouche fermée, et inhalai.

Au lieu de l'eau, de l'air frais emplit ma gorge, puis mes poumons, et je ris de soulagement alors que mes yeux s'ouvrirent.

Je respire sous l'eau !

C'était irréel...

Je tournai alors sur moi-même, observant tout ce qu'il y avait autour de moi.

À droite du trident, qui devait mesurer au moins quinze mètres de haut, se trouvaient les douze dieux, flottant au-dessus de moi sur une plate-forme, avec, tout près d'eux, les trois juges. Je leur lançai à tous un regard sombre, puis détournai les yeux.

Le fond de l'océan était jonché de bâtiments en ruine, et de morceaux de marbre blanc et de bronze nichés dans le sable. Une seule structure était entière, mais elle n'était pas en bon état. Pourtant, je devinai que c'était là qu'était cachée la gemme que je devais trouver et remettre sur le trident, mais j'étais également certaine que la recherche ne serait pas simple. Cette bande de sadiques ne pouvait pas avoir organisé une simple chasse au trésor... Il y avait forcément des dangers qui m'attendaient.

Poséidon ne m'avait-il pas dit que je serais accompagnée d'un hippocampe ? Dès que la pensée se forma dans mon esprit, je ressentis une certaine fatigue dans les jambes. Je jetai alors un dernier coup d'œil en direction des dieux, puis me jetai à terre, nageant vers le bas du bâtiment intact. Après tout, marcher dans l'eau ne m'apportait rien, sinon de la fatigue ; mieux valait donc éviter...

L'eau était fraîche mais pas froide, et c'était assez agréable d'y être immergée. J'avais nagé dans des piscines toute ma vie, mais nager dans la mer était un luxe que je n'avais pu me permettre que rarement quand je vivais à Manhattan. Je me félicitai de ne pas avoir mis mon corset en cuir : mes mouvements étaient plus faciles et plus efficaces.

En arrivant vers l'entrée du bâtiment, je ralentis pour prendre le temps d'observer. Ça ressemblait à un ancien temple grec, avec des colonnes fissurées soutenant un fronton triangulaire. Il n'y avait pas d'étage, et la moitié du temple semblait s'être enfoncée dans le sable, ce qui déséquilibrait la structure. Je m'approchai pour regarder à travers les colonnes, l'intérieur étant plongé dans l'obscurité.

Soudain, quelque chose se précipita sur moi et je reculai, tirant instinctivement Faesforos du fourreau attaché à ma cuisse. Mais, lorsque la chose fut plus près, je baissai mon bras armé et mon regard s'adoucit.

C'était un hippocampe ! Mais pas le genre d'hippocampe que j'avais vu dans des aquariums, aux États-Unis. Non... Celui-là était un vrai cheval, dont les pattes arrière étaient remplacées par une queue de poisson enroulée sur elle-même. Quant à son corps, il était recouvert de minuscules écailles irisées qui brillaient et capturaient la lumière comme de la nacre. Il se balançait et hennissait, faisant des cercles autour de moi. Il était magnifique ! Je l'admirais, les yeux écarquillés, comme une enfant le matin de Noël.

— *C'est un hippocampe. Ce ne sont pas les créatures les plus intelligentes, mais elles sont apprivoisées,* dit la voix d'Hadès dans ma tête.

— As-tu le droit de me parler ?

Dès que je lui envoyai cette pensée, une vague d'eau chaude me souleva, et la voix de Poséidon résonna dans ma tête.

— *Tu as été suffisamment aidée !*

Je vais prendre ça pour un « non », alors ! pensai-je, tendant la main avec hésitation vers l'hippocampe.

Comme un cheval, il enfouit le bout de son nez dans ma main, et poussa un petit hennissement joyeux, auquel je répondis avec un large sourire. Je remarquai qu'il était simplement équipé d'une sangle et de deux étriers. Je nageai alors au-dessus de lui, et il resta parfaitement immobile dans l'eau pendant que j'enfilai mes pieds dans les étriers. Je ne comprenais pas comment la sangle restait fixée sur son dos, mais je me dis qu'il devait y avoir quelque chose de magique... Les écailles froides n'étaient pas aussi confortables qu'une selle, mais c'était toujours mieux que de devoir nager... Surtout que, s'ils m'avaient équipée d'une telle monture, c'était que j'allais certainement devoir passer un certain temps sous l'eau...

Essayant de rester calme quant à ce qui m'attendait, je dirigeai mon hippocampe vers le temple lorsque, soudain, le sol se mit à gronder, effrayant l'animal qui se cambra.

— Doucement, mon beau, le rassurai-je en caressant son cou tout en regardant le sol pour voir ce qu'il se passait.

Le sol devant le temple vibrait, et des nuages de sable s'élevaient dans l'eau.

— Nous ferions peut-être mieux de ne pas rester là...,
dis-je à mon hippocampe. Qu'est-ce que tu en penses ?

L'adrénaline commençait à monter dans mes veines,
et je sentais que quelque chose de dangereux n'allait pas
tarder à arriver.

L'hippocampe fit claquer sa langue pour me répondre
et je compris qu'il était d'accord avec moi.

— Comment puis-je te faire avancer ?

Ma voix était à peine audible, couverte par le bruit du
monde marin, mais mon destrier semblait m'entendre
parfaitement. D'un seul coup, il se précipita en avant, et je
dus m'agripper à son cou pour ne pas tomber.

— Ralentis ! finis-je par crier.

Il m'obéit immédiatement, et je poussai un long
soupir de soulagement, des bulles se formant autour de
mon visage.

— Un peu sur la gauche ? lui demandai-je
timidement.

Aussitôt, l'hippocampe fit une embardée à gauche.
Parfait !

— Et à droite ?

Il changea de cap, se dirigeant à droite.

— Excellent ! le félicitai-je. Maintenant, allons chercher cette gemme !

Alors que nous nous dirigions vers l'intérieur du temple,
plongeant tout droit vers l'obscurité, je jetai un coup d'œil
par-dessus mon épaule.

Peut-être aurais-je dû m'abstenir...

Le sable devant le temple vibrait de plus en plus, et
des griffes noires géantes commençaient à émerger du sol.
Elles étaient extrêmement pointues et terriblement mena-

çantes. Chaque griffe était plus grande que moi, ce qui en disait long sur la taille de la créature à laquelle elles appartenaient ! Je frissonnai...

Malgré la peur, je reportai mon attention sur la mission que je devais accomplir, alors que nous passâmes entre deux colonnes, et entrâmes à l'intérieur du temple.

— Ralentis un peu, mon beau, dis-je en m'efforçant de voir clair, malgré l'obscurité.

L'hippocampe ralentit, mais il fit également un drôle de grincement, avant de se mettre à briller. Une douce lumière bleue émana alors de lui, me permettant de distinguer d'autres colonnes, et ce qui restait d'un sol en marbre fissuré, à moitié immergé dans le sable. Une créature imposante apparut sur ma droite et passa devant nous, me faisant sursauter de surprise.

Essayant de ne pas penser aux autres créatures étranges qu'il devait y avoir dans cet endroit, je demandais à l'hippocampe de se remettre en route.

— Je vais devoir te donner un nom, lui dis-je, alors que nous flottions prudemment dans la pièce, et que je scrutais le sol à la recherche de tout ce qui pouvait ressembler à une gemme.

— Qu'est-ce que tu dirais de « Bello » ? proposai-je. Puisque j'ai commencé à t'appeler « mon beau », et que tu es effectivement magnifique, ça me semble tout à fait approprié...

Il hennit joyeusement – presque comme s'il riait – et hocha la tête.

— Parfait ! Alors, enchantée de te connaître, Bello ! lançai-je joyeusement.

Mais je fus rapidement rappelée à la réalité : un cri strident provenant de l'extérieur du temple me fit frissonner. Nous devions absolument quitter cet endroit lugubre le plus rapidement possible !

Nous fîmes un tour complet de la pièce au centre du temple, mais je ne trouvai rien d'autre que des rochers, des morceaux de marbre brisés, et beaucoup, beaucoup de gros crabes. Je grimaçai en réalisant que nous allions devoir aller plus loin dans le temple : il y avait deux portes sombres au fond de la pièce, devant lesquelles nous étions en train de flotter. Je choisis au hasard celle de gauche, et dirigeai Bello vers elle. Nous la traversâmes.

De l'autre côté de la porte, il faisait nuit noire. Même la douce lueur de Bello ne parvenait pas à pénétrer l'obscurité. Je ne voyais absolument rien et une peur viscérale s'empara de moi. J'avais chaud, je suffoquais... Être immergée dans l'eau me procurait un sentiment d'étouffement qui ne faisait qu'ajouter à mon angoisse, tandis que Bello tournait lentement et que l'eau dans laquelle nous étions plongés me donnait l'impression de se réchauffer de plus en plus. J'essayai de respirer mais, même si je savais que l'eau ne pouvait pas rentrer dans mes poumons, j'avais peur d'inspirer profondément. Manquant d'air, j'étais de plus en plus oppressée, et je sentais que j'étais au bord de la crise de panique – ma vision ne tarderait à se troubler, et je serais prise de vertiges...

— Nous reviendrons ici plus tard, dis-je.

Même sous l'eau, ma voix trahissait mon manque de souffle. Bello le perçut et se précipita vers la porte. Lorsque nous la traversâmes, la pièce principale semblait presque lumineuse en comparaison avec l'endroit d'où nous venions. Surtout, l'eau était plus fraîche et me revigora. Me sentant rassérénée, Bello ralentit et je pris de longues inspirations. Petit à petit, je me calmai enfin, et mon pouls reprit un rythme normal.

— Allons dans la deuxième pièce. J'espère que la gemme s'y trouve, priai-je, car je me sens incapable de retourner dans la première. C'est tout simplement impossible !

Le plafond de la deuxième pièce était fissuré et les interstices laissaient passer des rayons de lumière bleue qui scintillaient sur une rangée de caisses en bois pourrissantes. Nous étions du côté surélevé du bâtiment – celui qui n'était pas à moitié immergé dans le sable – et je me sentis soulagée de ne pas être plongée dans une obscurité totale, comme précédemment.

— Bon... Allons trouver cette gemme ! m'encourageai-je, retirant mes pieds des étriers de Bello.

Faisant de mon mieux pour ignorer mon angoisse, je nageai jusqu'à la caisse la plus proche et soulevai le couvercle. Il était tellement vieux que je crus que le bois allait s'effriter entre mes doigts mais, à ma grande surprise, il resta entier. Il n'y avait pas de charnière et le couvercle finit donc par tomber sur le marbre sablonneux, provoquant le soulèvement d'un petit nuage de poussière. Au même moment, j'entendis un bruit de glissement et me figeai. Essayant de marcher sur l'eau aussi doucement que possible, je regardai autour de moi pour essayer de comprendre d'où était venu le bruit. Mais tout semblait normal – rien ne bougeait – et je poussai un long soupir de soulagement, nageant jusqu'au-dessus de la caisse ouverte afin de regarder à l'intérieur.

Des livres. Des piles et des piles de livres, qui avaient l'air d'être là depuis des siècles. Je les observai un instant avec une pointe de tristesse devant un tel gâchis, mais je fus tirée de mes pensées par un cri lointain terrifiant. Je décidai de ne pas perdre de temps et de rester concentrée sur ma mission.

Je me dépêchai d'ouvrir les autres caisses. Toutes contenaient des choses incroyables – une épée luisante et tranchante, une grande boîte remplie d'armures rouillées, toute une panoplie d'ustensiles de cuisine... –, mais aucune ne renfermait la gemme que je cherchais. Dépitée, je fis demi-tour pour rejoindre Bello.

— Je crois que nous allons devoir retourner dans la première pièce, soupirai-je.

Mais à peine avais-je fait un mètre que je me figeai, découvrant un serpent de mer en train de s'enrouler autour de la première caisse que j'avais ouverte. Il était aussi énorme que cauchemardesque. Sa peau changea de couleur – passant du vert à un orange fluorescent –, et je repensai aux documentaires que j'avais vus sur la façon dont les reptiles se paraient de couleurs vives en guise d'avertissement. C'était clairement une menace et une injonction à ne pas l'approcher. Malheureusement, il était si massif que, même en faisant trois fois le tour de la caisse, sa queue gigantesque était encore entre moi et la porte, où m'attendait Bello.

Je pensai un instant nager par-dessus sa queue – peut-être qu'en faisant doucement, il ne m'attaquerait pas ? Mais le fait qu'il se soit enroulé autour de cette caisse m'intrigua. Y avait-il une raison ? Pourtant, cette caisse ne contenait que des livres et je n'y avais vu aucune pierre précieuse...

Quoique, à la réflexion, je n'ai regardé ni à l'intérieur des livres, ni dessous, pensai-je.

Le cœur battant, je nageai jusqu'à la caisse contenant

l'épée, et la pris dans la main. Mais elle pesait une tonne et je dus renoncer à la sortir de la caisse : elle était beaucoup trop lourde pour que je puisse la manier. De toute façon, je ne voulais ni tuer ni énerver le serpent ; le faire partir en douceur était suffisant...

Je me mis alors à fouiller dans les autres caisses, à la recherche de quelque chose qui pourrait distraire le reptile. Alors que je jetais au sol tout ce qui ne m'intéressait pas, l'animal resta enroulé autour de la première caisse, me fixant prudemment de ses yeux noirs globuleux.

Je fis de mon mieux pour ne pas céder à la panique et continuai à fouiller. Lorsque je tombai sur la boîte remplie d'armures rouillées, un plan se forma rapidement dans ma tête, tandis qu'au loin, un autre cri strident et effrayant fit vibrer le bâtiment. Je tendis alors la main dans la boîte et en sortis un bouclier cabossé, avec un soleil gravé dessus. Il était lourd, mais pas autant que l'épée, et il semblait assez solide. Surtout, il était suffisamment grand pour me protéger de la tête jusqu'à la taille. Ce n'était pas idéal, mais c'était tout ce que j'avais. Il fallait que ça aille...

— C'est parti ! murmurai-je en passant mon bras dans les sangles du bouclier.

Puis je nageai vers le serpent et la caisse contenant les livres.

DIX

PERSÉPHONE

En me voyant approcher de lui, le serpent se redressa et siffla, la tête en arrière, sa langue fourchue et violette glissant entre ses dents. Je frissonnai mais, refusant de céder à la peur, je continuai de nager, brandissant le bouclier rouillé pour me protéger. Je passai au-dessus du serpent, veillant à rester suffisamment loin de sa tête, et me positionnai au sommet de la caisse pour pouvoir regarder à l'intérieur, à la recherche du moindre indice. Mon regard s'arrêta sur un livre relié, dont la couverture en cuir orange luisait, sous quelques autres volumes.

Orange... Comme le serpent.

Était-ce un indice ?

Décidant de le regarder de plus près, je plongeai tête la première et, me protégeant avec le bouclier, je pris une profonde inspiration et me dirigeai vers l'intérieur de la caisse.

Mais, dès que je fus à sa hauteur, le serpent m'attaqua : il cogna le bouclier avec sa tête, si fort qu'il me fit reculer violemment. Haletante, et remerciant silencieusement les dieux pour m'avoir permis de trouver ce bouclier, je retournai vers la caisse. Esquivant le serpent, je réussis à pénétrer à l'intérieur et, poussant rapidement les autres livres, je saisis le livre orange, juste avant que quelque chose heurte l'arrière de mes jambes et me pousse violemment dans la caisse. Je tombai tête la première et mon menton heurta un livre qui, heureusement, était spongieux. Mais l'impact du bouclier frappant la paroi de la caisse provoqua des ondes de choc dans mon bras et je perdis pied un instant. À peine eus-je le temps de reprendre mes esprits et de me retourner vers mon adversaire, mes doigts toujours agrippés autour du livre orange, que je vis le bout de la queue rougeoyante du serpent se précipiter sur moi, juste à temps pour brandir le bouclier devant moi et me protéger. Le serpent siffla à nouveau et, mue par mon instinct de survie, je poussai avec mes jambes contre la paroi de la caisse et me propulsai hors de portée du serpent.

Malheureusement, je ne fus pas suffisamment rapide. Ressentant une brûlure douloureuse au niveau de ma cheville, je cognai la tête contre le haut de la paroi et fus stoppée dans mon ascension. Baissant les yeux, je découvris ma jambe prise entre les mâchoires de la créature, dont les crocs étaient rougis par mon sang.

Mon sang !

Priant pour que le serpent ne soit pas venimeux, je tirai sur mon pied et me précipitai vers la porte où se trouvait toujours Bello, essayant de défaire mon bras du lourd bouclier, alors que mon cœur martelait dans ma poitrine.

— Partons ! criai-je à l'hippocampe en passant devant lui, me précipitant à travers la porte, aussi loin que possible du serpent.

Lorsque, enfin, nous fûmes de retour dans la pièce principale, je me tournai, le bouclier toujours accroché à mon bras, et je fus soulagée de constater que seul Bello m'avait suivie.

Je pris alors le temps de retirer correctement le bouclier puis, essayant d'ignorer la douleur qui se propageait dans mon mollet, j'ouvris le livre en retenant mon souffle. Je priai de toutes mes forces pour ne pas m'être trompée...

Heureusement, ce n'était pas le cas...

Devant moi, brillant de toutes les couleurs de l'océan, se trouvait une gemme large et plate, nichée dans un trou découpé dans les pages du livre. Le soulagement me submergea et je l'attrapai triomphalement, laissant tomber le livre sur le sol.

— J'ai réussi ! m'exclamai-je joyeusement en regardant Bello, brandissant la gemme avec un large sourire.

Mais un élan de douleur me fit aussitôt grimacer. Je levai ma jambe afin de regarder de plus près la blessure que le serpent m'avait infligée. La morsure était petite, mais le sang jaillissait, brillant d'une faible lueur orange.

Merde !

Quelque chose n'était pas normal ; je n'avais plus qu'à espérer que ce ne soit pas dangereux... J'essayais de convoquer mes pouvoirs, mais une immense fatigue m'envahit, sans que je sache si c'était le contrecoup de ma rencontre avec le serpent, ou quelque chose de pire. Comme du venin...

Réunissant mes dernières forces, je mis soigneusement la gemme dans ma poche, puis me jetai sur Bello en prenant soin de mettre mes pieds dans ses étriers. Installée sur son dos froid, je me reposai entièrement contre lui, mon esprit commençant à divaguer. Mais, dans un sursaut de conscience, réalisant que j'étais encore très proche des dangers que représentaient le serpent et la pièce noire, je me ressaisis.

— Voyons si je peux utiliser ces foutus pouvoirs ! marmonnai-je en fermant les yeux, essayant de retrouver le sentiment que j'avais eu dans la véranda.

Mais, après une minute de concentration, tout ce que je ressentis fut un très faible picotement dans ma poitrine. De toute évidence, je n'allais pas réussir à me guérir moi-même... La meilleure chose que je pouvais faire était donc de terminer l'épreuve, puis de me faire soigner par quelqu'un d'autre.

— Bon, j'abandonne ! Allons-y, dis-je d'un ton résolu en tapotant doucement le cou de Bello, qui hennit alors que nous flottions ensemble.

Un cri perçant provenant de l'extérieur résonna dans la pièce et je me crispai, sentant mon pouls accélérer alors que je me préparais mentalement pour ce qui allait suivre.

— Tu es prêt, Bello ? On y va ! criai-je en dirigeant mon hippocampe hors du temple, vers cette créature inconnue à l'origine de ces cris horribles.

— Merde, merde, merde, merde ! murmurai-je alors que nous quittions le bâtiment en train de couler pour rejoindre l'océan d'un bleu éclatant.

La chose entre moi et la statue du trident était si atroce que, en comparaison, le serpent semblait presque agréable. Je me mis à trembler, tout mon corps me criant de fuir le plus vite possible, sans me retourner.

Dans un tourbillon de sable provenant du fond de l'océan, la créature se dressait devant moi. Elle avait la forme et la couleur d'un ver, mais était aussi large qu'une maison. Et sa tête... Sa tête n'était en fait qu'une énorme bouche béante, avec des dents acérées qui encerclaient sa mâchoire circulaire, et d'énormes cornes noires ressemblant, à des griffes, au sommet de ce qu'il fallait pourtant appeler « sa tête ». Sa peau était répugnante : craquelée et abîmée comme du vieux cuir, avec de grosses gouttes de la couleur du sang qui s'en échappaient alors qu'elle roulait et déambulait dans l'eau. Elle était tellement grande qu'elle dépassait d'au moins six mètres le tourbillon de sable qui s'était formé au sol, et je réalisai, lorsque Bello recula soudainement, qu'elle s'était approchée de nous et que nous courions un véritable danger.

— Je te présente Charybde ! gronda la voix de Poséidon.

La créature hurla en entendant son nom.

L'adrénaline fit disparaître la douleur de ma jambe et me sortit de ma torpeur. Reprenant possession de mes moyens, je posai ma main sur le cou de Bello que je sentais trembler de peur.

— Ne t'inquiète pas, lui dis-je avec toute l'assurance dont je fus capable. Toi et moi sommes bien plus rapides que cette chose ! Mais nous devons y aller *maintenant*, avant que ce monstre ne soit complètement sorti du sable. Allez !

Bello reprit vie et fonça vers le haut, au-dessus de Charybde, si vite que je sentais le poids de l'eau tirer la peau de mon visage. En baissant les yeux alors que nous planions au-dessus du monstre, une vague d'excitation se forma en moi. Nous étions plus forts que lui ; nous allions atteindre la statue du trident en un rien de temps, et Charybde ne pouvait rien y faire...

Mais j'allais très vite déchanter. En une seconde, mon espoir se transforma en désespoir : la créature retomba dans son trou, sa bouche ouverte et massive formant l'épicentre d'un tourbillon de sable duquel jaillit un puissant jet d'eau qui nous captura et nous empêcha de poursuivre notre ascension. Bello poussa un cri perçant, tandis que, prise de panique, je regardai, impuissante, d'autres dents tranchantes comme des rasoirs apparaître aux côtés des premières dans la bouche de Charybde, chacune d'entre elles étant au moins aussi grande que moi. Pris au piège dans le jet d'eau, Bello et moi étions attirés vers le bas, comme dans des sables mouvants.

— Tu peux y arriver ! criai-je à Bello en levant les yeux vers la statue du trident, le cœur battant.

Mais il n'y arrivait pas. Lentement, inexorablement, nous étions entraînés vers la gueule terrifiante de la créature.

Désespérée, je regardai tour à tour le trident, Charybde, le sable, et le jet d'eau tourbillonnant de plus en plus vite autour de nous. Bello avait cessé d'essayer de sortir de là, incapable de lutter plus longtemps contre la force du monstre. Quant à moi, je me sentais complètement inutile, assise sur son dos. Mais si Bello ne pouvait pas se libérer de la force du tourbillon, il n'y avait aucun moyen que je puisse le faire...

En tout cas pas en nageant. Mais peut-être pouvais-je agir autrement ? En faisant ce que je savais faire ?

Je fixai l'endroit où je devais mettre la gemme, sur la pointe centrale du trident, et me concentrai de toutes mes forces sur Poséidon. Je repensai à ce qu'il m'avait dit, à la façon dont il m'avait reproché d'être revenue, et d'être une menace pour l'Olympe. Je repensai également à la condescendance et à la cruauté dont Éris avait fait preuve envers moi, le soir du bal. Enfin, je repensai à Zeus, à son arrogance, à sa vanité, à ce qu'il faisait subir à Hadès.

Soudain, des vignes noires jaillirent de mes paumes, et ce fut comme si tout mon corps était traversé d'électricité. Pourtant, cette fois, je n'eus pas peur. Cette fois, j'avais le contrôle. Cette fois, je *voulais* que les vignes apparaissent. Je les lançai en direction du trident, avec une force incroyable, et elles traversèrent l'eau à toute vitesse avant de s'enrouler autour de la pointe centrale du trident.

Bello hennit à nouveau en se cambrant, et je détournai mon attention, remarquant vaguement que mes bras luisaient d'une couleur verte.

Nous étions de plus en plus proches de Charybde qui n'était qu'à trois mètres en dessous de nous, sa gorge ouverte ressemblant au cratère d'un volcan entouré de poignards géants. C'était terrifiant.

Je ne pouvais pas finir ma vie comme ça...

Je tirai sur les vignes de toutes mes forces, priant pour qu'elles soient plus fortes que le tourbillon.

Et elles l'étaient !

D'un seul coup, je fus propulsée en avant, et je criai de douleur alors que Bello et moi sortîmes du tourbillon, les vignes tirant avec une force inouïe sur mes poignets. Je serrai fermement mes jambes autour de Bello pour ne pas tomber, des larmes coulant malgré moi sur mes joues alors que je fermai des yeux, incapable de les maintenir ouverts face à la puissance de l'eau qui battait mon visage. Ce ne fut que lorsque Bello et moi nous heurtâmes au marbre froid de la statue que je m'aperçus que nous avions rejoint le trident. J'ouvris alors les yeux, mais la douleur dans mes poignets était si atroce que j'avais du mal à savoir ce que je devais faire. J'entendis à nouveau ce hurlement hideux, et Bello – apeuré – hennit en se cambrant vers l'avant, de sorte que j'eus une vue plongeante sur Charybde qui sortait de son trou et s'élançait vers nous.

L'imminence du danger me fit immédiatement retrouver mes moyens. Remarquant brièvement que les vignes avaient disparu, je fourrai ma main endolorie dans ma poche et en retirai la gemme.

Je n'avais que quelques secondes avant que la bête ne nous atteigne.

— Vas-y, Bello ! hurlai-je.

Aussitôt, mon hippocampe fonça vers la pointe centrale du trident, la seule à laquelle il manquait une gemme bleue et brillante, tandis que le souffle chaud et putride de Charybde nous enveloppa. La bête se rapprochait dangereusement, ses énormes dents n'étant plus qu'à quelques mètres de nous.

C'était maintenant ou jamais.

Baignée d'adrénaline, je poussai sur mes pieds dans les étriers de Bello pour me redresser et, avec un cri de guerre, j'écrasai la gemme dans l'emplacement vide, tandis que Charybde nous encerclait de ses dents et qu'elle s'apprêtait à les refermer sur nous.

ONZE

PERSÉPHONE

Tétanisée, je regardai les dents tachées de sang qui n'étaient plus qu'à quelques centimètres de nous, lorsqu'une lumière blanche clignota. Pour la première fois depuis mon arrivée dans ce monde de dingues, je fus soulagée de la voir apparaître, car cela signifiait que j'étais transportée ailleurs – or, n'importe quel autre endroit valait mieux que celui dans lequel j'étais...

Je me retrouvai dans la salle du trône de Poséidon, par terre et entièrement sèche. Encore éblouie, je me redressai, mais retombai aussitôt au sol. Ma jambe...

La blessure de ma cheville, noircie et enflée, apparaissait à travers le cuir déchiré de mon pantalon. Je tendis la main pour la toucher mais, à peine l'effleurai-je qu'une vague de douleur traversa toute ma jambe. Je grimaçai, d'autant plus que mes poignets continuaient de me faire mal, au point que je pouvais à peine me concentrer sur autre chose.

— Ce n'était pas la bonne gemme ! gronda Poséidon.

Je clignai des yeux vers lui.

Il était devant son trône, les onze autres dieux se

tenant derrière lui, comme avant que l'épreuve ne commence. La seule différence était le visage de Poséidon. Il avait un air étrange, comme s'il luttait contre quelque chose.

— Où est Bello ? demandai-je, inquiète.

Poséidon inclina légèrement la tête et me regarda en arquant un sourcil.

— Je te remercie d'avoir si bien traité mon hippocampe. Il est en sécurité.

— Tant mieux, soupirai-je, soulagée.

Puis je relevai la tête vers lui, et repensai à ce qu'il venait de me dire à propos de la gemme.

— Comment ça, j'ai utilisé la mauvaise gemme ?

Je serrai les dents et tentai de serrer les poings, provoquant aussitôt une douleur dans mes avant-bras – une douleur si intense que j'en eus presque la nausée.

— Cette gemme n'était pas la même que les deux autres du trident. Elles étaient turquoise, alors que la gemme que tu as trouvée était bleue. La gemme qui correspondait aux deux autres se trouvait dans l'autre pièce.

Je voulus argumenter, mais il m'en empêcha.

— Passons maintenant au jugement ! ordonna-t-il

— Place aux juges ! annonça la voix du commentateur qui se trouvait derrière moi.

Toujours par terre, je pivotai sur moi-même, sans pouvoir n'utiliser ni mes jambes ni mes mains à cause de la douleur. Je devais avoir l'air ridicule, mais je m'en fichai. Essayer de me lever et retomber aussitôt aurait été bien pire...

Ma tête tournait alors que je regardais les juges, faisant de mon mieux pour ignorer les vagues de douleur qui me traversaient.

— Rhadamanthe ?

— Pas de jeton ! déclara le juge d'un air joyeux.

Il me sourit, et je sentis la rage transformer mon visage.

— Éaque ?

— Pas de jeton ! dit-il d'une voix grave.

— Minos ?

— Pas de jeton !

Je les dévisageai alors qu'ils disparaissaient, terrassée par un profond sentiment d'injustice.

Puis je fus à nouveau éblouie.

Lorsque la lumière s'estompa, je constatai que je n'étais pas dans ma chambre. J'étais cependant sur un lit, et je regardai autour de moi avec méfiance.

Je ressentais toujours une profonde colère, qu'aiguisait la douleur vive qui traversait mes bras et mes jambes. J'avais réussi à échapper à un serpent de mer et au monstre le plus terrifiant que j'ai jamais imaginé, et je n'étais même pas récompensée pour cela ? C'était tellement injuste !

De toute façon, tu ne veux pas gagner... Alors pourquoi es-tu en colère ? me dis-je pour me raisonner.

C'était vrai. Je ne voulais pas gagner, je voulais juste survivre. Or, j'y étais parvenue...

Pourtant, quelque chose n'allait pas. En fait, c'était moi qui n'allais pas...

Ma vision se troubla d'un seul coup.

— Est-ce qu'elle va bien ? demanda une voix masculine.

J'essayai de voir qui c'était, mais les forces me manquèrent et je m'écroulai sur les oreillers derrière moi.

— Je ne sais pas, mais ne reste pas dans mes pattes ! répondit une voix féminine.

Hécate..., pensai-je, avant de perdre connaissance.

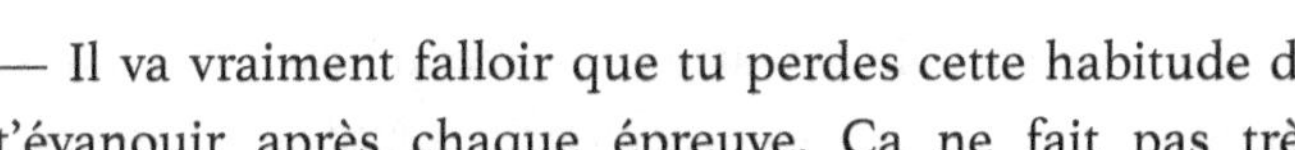

— Il va vraiment falloir que tu perdes cette habitude de t'évanouir après chaque épreuve. Ça ne fait pas très sérieux...

Je me relevai d'un seul coup et Hécate, surprise, fit un pas en arrière.

— Mes mains ! m'exclamai-je, terrifiée.

La première chose à laquelle je pensai en reprenant connaissance était que je ne pouvais plus utiliser mes mains. Je tentai donc de fléchir mes doigts, et je soupirai de soulagement en constatant que non seulement j'y arrivais, mais que je ne ressentais plus aucune douleur.

— Tout va bien, me rassura Hécate. Tes vignes t'ont cassé les deux poignets, c'est tout.

Je la regardai avec incrédulité.

— *C'est tout ?* Tu plaisantes ?

— Non, pas du tout... Tu avais juste besoin de te reposer pour guérir, ce n'était rien. En revanche, le venin dans ta cheville était plus grave. Cette merde a failli te tuer !

— Vraiment ?

— Oui, vraiment... Heureusement, l'un des dieux les plus puissants du monde a un petit faible pour toi, me dit-elle avec un clin d'œil.

— Hadès ?

— Il t'a guérie. Il risque de gros ennuis si quelqu'un le découvre. Même si, pour être honnête, je ne sais pas ce que Zeus pourrait lui faire de pire que ce qu'il lui a déjà infligé. Il lui en a déjà tellement fait voir, soupira-t-elle en s'asseyant sur le bord de mon lit.

Je regardai autour de moi en essayant d'enregistrer ce qu'elle venait de me dire. *Hadès m'avait guérie !*

— Où suis-je ?

— À l'infirmerie.

Cela expliquait les armoires métalliques qui tapissaient les murs, et les trois autres lits simples qui se trouvaient à côté du mien.

— Où est Skop ?

— Hadès n'a pas voulu le laisser entrer. Il ne veut pas prendre le risque que Dionysos sache qu'il t'a guérie.

— Mais... Cela veut-il dire que les autres dieux s'attendent à ce que je meure empoisonnée par le venin ?

Mon ventre gargouilla. J'étais affamée.

— Non. Hadès va inventer une histoire et dire qu'un apothicaire avait le bon antidote. Qui existe d'ailleurs, mais nous n'avions pas le temps de le chercher...

— Merci de m'avoir sauvée, murmurai-je en la regardant dans les yeux.

— Je n'ai rien fait, tu sais. C'est le patron que tu dois remercier, rétorqua-t-elle avec un sourire parmi les plus chaleureux et les plus sincères que j'aie jamais vus.

Puis elle se rembrunit.

— Je sais que tu ne vas pas être contente, mais nous devons aller à la fête de Poséidon...

— Tu plaisantes ?

Je la fixai en fronçant les sourcils. J'avais failli mourir – encore une fois – et il fallait que j'aille à la fête de ce monstre ?

— Non, me répondit Hécate d'un air tout à fait sérieux. Poséidon a dit à tout le monde que si tu survivais, il organiserait une fête en ton honneur. C'est donc ce qu'il fait, et tu dois y assister.

— Mais les juges ne m'ont donné aucun jeton ! J'ai raté l'épreuve !

— Mais tu as survécu ! Allez, va te préparer !

Hécate m'avait apporté une longue robe jaune, assez simple à l'exception des marguerites blanches qui ornaient la jupe. Je l'enfilai, puis la laissai s'occuper de mon maquillage et de ma coiffure. Je restai immobile tandis qu'elle s'affairait autour de moi avec des yeux totalement blancs.

Tout cela était ridicule ! Ils m'avaient presque tuée pour leur bon plaisir, et tout ce qu'ils trouvaient à dire, c'était que la gemme n'était pas la bonne ?! Franchement, qui aurait pu voir que la couleur était légèrement différente ?

Tu l'aurais vu si tu avais été plus attentive ! me répondit ma petite voix intérieure que j'avais passé des années à essayer de faire taire.

— C'est vraiment une bande d'enfoirés ! marmonnai-je en soupirant.

Aussitôt, le blanc dans les yeux d'Hécate disparut.

— Ouais..., me répondit-elle vaguement. Ça y est, tu es prête ! lança-t-elle d'un ton beaucoup plus enjoué, fière du résultat.

Il n'y avait pas de miroir à portée de main, mais je lui faisais confiance. Elle avait toujours fait du bon travail...

— Sauf Hadès, ajouta-t-elle d'un air malicieux, en se dirigeant vers la porte. Il est quand même moins con que les autres, non ?

Un frisson me parcourut en entendant son nom, et je

m'en voulus. Je devais absolument cesser d'être attirée par lui ! Et le plus tôt serait le mieux...

Je suivis Hécate hors de l'infirmerie et dans un long couloir éclairé par des torches dont les flammes avaient une couleur normale – orangée et non bleue, comme dans les Enfers.

— Tu savais que ce n'était pas la bonne gemme ? demandai-je à Hécate, incapable de dissiper la colère que je ressentais encore à l'idée d'avoir été dupée.

— Euh... Disons que j'ai surtout compris que la gemme que tu devais trouver était dans la pièce plongée dans le noir. L'autre était trop facile.

— « Trop facile » ?! m'exclamai-je en m'arrêtant net, les sourcils arqués. Parce que tu trouves que le serpent était « facile » ? Il a failli me tuer, je te rappelle !

— C'est vrai... Mais la pièce sombre était si atroce que tu n'as pas tenu plus d'une minute à l'intérieur. Claire-ment, elle était pire que le serpent...

Je me remis en marche, les poings serrés.

— Vous vivez vraiment dans un monde de tarés ! marmonnai-je.

— Je vais finir par le savoir... Tu n'arrêtes pas de le répéter ! Mais fais attention, tu risques d'en offenser certains si tu continues comme ça.

— Je m'en fous ! De toute façon, la plupart des Olym-piens sont des connards ! répondis-je sèchement.

— J'espère que tu ne parles pas de moi ! lança Hécate d'un ton menaçant.

Une lumière bleue vacilla dangereusement autour d'elle, et je me repris aussitôt.

— Non ! Bien sûr que non !

— Tant mieux... Même si je peux parfois être une vraie

garce, dit-elle avec un petit sourire et un haussement d'épaules, tandis que sa lumière bleue s'estompait.

Je n'en doutais pas...

Lorsque nous descendîmes le petit escalier qui se trouvait au bout du couloir, ma colère disparut instantanément alors que je découvrais où nous étions.

Nous marchions dans l'un des tunnels que j'avais vus, plus tôt, et qui reliaient les dômes du royaume du Verseau. C'était à couper le souffle !

Tout le tunnel était dégagé, offrant une vue imprenable sur les dômes dorés qui brillaient tout autour de nous. Je voyais maintenant beaucoup plus clairement ce qu'il y avait à l'intérieur du dôme le plus proche : des bâtiments blancs et bronze entourant une cour animée remplie d'étals. La plupart des gens que je pouvais distinguer étaient des humains, et ils portaient des vêtements de style asiatique – principalement des saris aux couleurs vives.

— Le royaume du Verseau est célèbre pour ses marchés de bijoux, m'informa Hécate, s'arrêtant pour me laisser admirer le paysage. Nous sommes du côté est, qui est le quartier commerçant. Le côté ouest de la ville est plus formel, avec des salles de réunion et de grands temples. Et au nord, les dômes sont plus gros et plus clairsemés car ce sont uniquement des fermes.

— Des fermes ?

— Oui. Poséidon veut être autonome, et il a donc installé des fermes. Je ne sais pas quelle part de son pouvoir il utilise pour faire pousser autant de choses, mais on trouve de tout, ici. Il ne fait pas confiance aux autres dieux.

— Il ne me fait pas confiance non plus, marmonnai-je

en admirant la magnifique cité sous-marine qui se trouvait devant moi. Pourquoi est-il si exécrable ?

— J'imagine qu'être le frère de Zeus ne doit pas être facile. Hadès..., commença-t-elle, avant de s'interrompre.

Intriguée, je me tournai vers elle, et elle se mordit la lèvre.

— Quoi, Hadès ?

— Hadès a une relation différente avec Zeus, dit-elle doucement. Il a plus de raisons de détester Zeus que Poséidon n'en a jamais eu...

— Pourquoi ?

Hécate soupira.

— C'est à Hadès de te dire tout ça...

Elle s'interrompit à nouveau, hésitant un instant avant de continuer.

— Lorsque Zeus a sauvé ses frères et sœurs mangés par Cronos, et qu'il a mené la guerre contre les Titans, il est devenu le roi des dieux. Et en attribuant les pouvoirs à chaque dieu du nouveau monde, il a fait en sorte d'avoir le dernier mot sur toutes les décisions prises. Puis il a donné à ses frères les deux royaumes restants parmi les plus puissants : le royaume des mers et celui du monde souterrain. L'un représentant la vie, et l'autre la mort – sombre et terrifiant.

— Attends... Tu veux dire qu'Hadès n'a pas choisi d'être le roi des Enfers ?

J'étais sidérée.

— Non, me répondit Hécate en secouant tristement la tête. C'est Zeus qui a choisi pour lui. Les trois frères ont alors dû apprendre à maîtriser les pouvoirs correspondants à leurs royaumes respectifs. Poséidon a acquis le contrôle de l'eau, Zeus celui des tempêtes et du ciel, quant à Hadès... Il n'est pas le dieu de la mort, tu sais ? C'est

Thanatos le dieu de la mort. Mais Hadès a été contraint de devenir ce qui convenait pour régner sur le royaume des morts.

— Et il est devenu un monstre..., murmurai-je, réprimant un frisson.

— Exactement. Il fallait qu'il soit le dieu le plus craint de tous. Car il n'y a pas que les morts dans le monde souterrain ; c'est aussi la résidence des dieux et des créatures les plus dangereuses du monde, qui ont été capturés dans le Tartare. Si certains d'entre eux se soulevaient contre l'Olympe, nous disparaîtrions...

Je laissai mon esprit divaguer, essayant d'imaginer ce que ce serait si Hadès avait régné sur les mers ou les cieux, et non sur les Enfers. Serait-il différent ? En fait, je réalisai que je ne savais presque rien de lui. Et je n'étais pas sûre d'en savoir davantage un jour... La seule chose dont j'étais certaine, c'était que Zeus et Poséidon, même s'ils étaient censés être des dieux bienveillants, étaient en fait des monstres, eux aussi – peut-être, même, étaient-ils plus terrifiants qu'Hadès.

— Hadès déteste-t-il ses frères ? demandai-je.

Se sentait-il parfois à l'écart, comme cela m'était souvent arrivé ?

Je me revis, enfant, pleurer dans la caravane dans laquelle je vivais avec mes parents. Je savais ce que c'était d'être une paria, d'être mise à l'écart par les autres.

— Il faudrait que tu lui poses la question mais, en effet, je ne dirais pas qu'il les considère comme ses meilleurs amis. Mais, ne t'inquiète pas, Hadès n'est pas stupide. Au fil du temps, il a noué des alliances avec les quelques êtres de ce monde qui sont plus forts que Zeus.

— Océanos ? dis-je, me souvenant de ce que Skop

m'avait dit à propos de Zeus contrarié par le retour du dieu de l'océan.

Hécate me regarda avec surprise.

— Oui. Comment le sais-tu ?

— C'est Skop qui me l'a dit. Océanos est un Titan, n'est-ce pas ? Comme toi ?

— Ouais, sauf qu'il est un milliard de fois plus puissant que moi. Lui, Prométhée, Atlas, Nyx, Hélios, et un tas d'autres Titans, sont restés neutres pendant la guerre. Depuis, ils se sont faits discrets, ou ont complètement disparu, car Zeus méprise les Titans. Mais, récemment, Océanos est revenu.

— Mais, s'il est revenu, pourquoi n'a-t-il pas repris le royaume de la mer et des océans à Poséidon ?

— Ça ne marche pas comme ça, me répondit Hécate en se remettant à marcher dans le couloir, avec moi à ses côtés. Poséidon gouverne ce royaume, mais pas *tous* les océans. Bien sûr, il a le pouvoir sur l'eau, mais il n'en est pas *propriétaire*. Il y a également le royaume d'Héphaïstos sous la mer, composé d'immenses forges volcaniques.

— Oh... Donc, un dieu peut avoir plusieurs royaumes ?

— C'est drôle que tu me poses cette question ! me fit-elle remarquer avec un petit rire. Mais... non.

J'attendis qu'elle continue, mais elle se tut. Le silence s'installa entre nous, uniquement brisé par le bruit de nos sandales sur le sol du tunnel en verre.

— Pourquoi est-ce drôle ? demandai-je finalement.

— Pose la question à Hadès. Je suis sûre qu'il saura t'expliquer mieux que moi.

Je levai les yeux au ciel mais, en réalité, j'étais ravie d'avoir une excuse de parler à Hadès.

DOUZE

HADÈS

Pourquoi Perséphone n'était-elle pas encore là ? La dernière fois que je l'avais vue, elle était blanche comme du marbre, empoisonnée par le venin de ce putain de serpent. Même en pouvant me déplacer à la vitesse de l'éclair, j'avais décidé de ne pas aller chercher l'antidote. Je ne voulais pas prendre le risque que le venin atteigne son cœur car, alors, il aurait été trop tard.

Le simple fait de penser à sa mort me terrifiait. C'était d'ailleurs pour cela qu'elle avait été renvoyée ; c'était pour qu'elle reste en vie que j'avais accepté qu'elle soit arrachée à moi. Comment pouvait-elle être là, à risquer sa vie un jour sur deux ?

Réalisant que j'étais en train de faire monter la température, je pris une profonde inspiration pour me calmer. Poséidon était méfiant depuis l'épreuve. Je n'avais pas encore vu Zeus, mais j'étais persuadé qu'il était dans le même état d'esprit. La soirée s'annonçait difficile, et je devais absolument me maîtriser. Or, pour cela, j'avais besoin de voir Perséphone – vivante, rayonnante, et en bonne santé.

La fête organisée en son honneur se tenait dans la cour d'un petit dôme, magnifiquement décorée. Une immense piscine circulaire avait été installée au milieu du sol en briques pâles, dans laquelle des sirènes et des nymphes s'amusaient, s'éclaboussaient, et battaient des cils en direction des autres invités. En réalité, personne ne faisait vraiment attention à leur visage ; c'était surtout leurs corps qui attiraient tous les regards... Pour ma part, je les remarquai à peine, trop occupé à guetter l'arrivée de Perséphone. De nombreux dieux inférieurs étaient présents. Tous parlaient et riaient sous des lumières dorées scintillantes illuminant le bleu de l'océan tout autour de nous.

— Elle sera bientôt là, Hadès, me dit Héra dans ma tête.

Elle était assise sur l'un des trônes, à côté des autres dieux, les yeux rivés sur la foule.

— Je sais, répondis-je d'un ton bourru.

— J'ai parlé avec elle, tu sais. Après le bal masqué.

Je retins mon souffle.

— Je ne l'ai pas reconnue, reprit-elle. Elle n'est plus la reine cruelle et sûre d'elle que tu as connue.

Les mots de Perséphone me revinrent en mémoire, faisant monter en moi un sentiment de colère et de douleur.

J'ai laissé les autres me traiter comme de la merde pendant des années, justement parce que je n'ai jamais eu de force !

Tout était ma faute. Elle avait été l'une des femmes les plus fortes que j'aie jamais connues, et je l'avais laissée seule, sans défense.

— Elle ne restera pas longtemps dans l'Olympe, dis-je à Héra, m'obligeant à me calmer.

Elle ne devait pas rester. C'était l'accord que j'avais accepté vingt-six ans plus tôt...

— Je n'en serais pas si sûre, rétorqua Héra. La force que l'on acquiert en surmontant un traumatisme est très différente de celle avec laquelle on naît. Elle est beaucoup plus puissante – elle a en elle la véritable force.

— Comment cela ?

— Son expérience en tant qu'humaine l'a changée. Sa puissance n'est pas un don ; elle l'a *méritée*. Plus nous la mettons à l'épreuve, plus elle devient forte. Plus forte encore qu'elle ne l'était avant.

— Ce n'est pas vrai ! sifflai-je.

Mais, en réalité, les mots d'Héra m'effrayaient autant qu'ils me rendaient heureux. *Plus forte qu'elle ne l'était avant ?* Poséidon avait-il raison de la craindre ?

Je ne résistais pas au plaisir de l'imaginer régnant à mes côtés... Je la voyais assise sur le trône composé de roses, avec l'une de ses robes noires à corset en cuir, une couronne d'onyx sur la tête, et des vignes noires jaillissant de ses paumes alors qu'elle brillerait de toute sa puissance.

Un désir intense me submergea.

Au même moment, elle entra dans le dôme et elle ressemblait exactement à la femme que je venais d'imaginer.

Vêtue d'une robe jaune ornée de marguerites blanches, elle regardait la foule avec des yeux écarquillés. Elle était délicate, jeune, vibrante, innocente et... *Et je la désirais encore plus.*

Ses yeux se posèrent sur moi presque immédiatement, et quelque chose de plus profond que le désir me traversa. C'était une émotion plus forte que moi. Toute ma détermination à l'éviter, à ne la regarder que de loin, s'évapora et, en une seconde, je me retrouvai devant elle.

— Oh ! Bonsoir ! me lança-t-elle, mal à l'aise, et feignant la surprise.

Avait-elle encore peur de moi ?

— Bonsoir. Je suis très heureux de te voir si... en forme.

— On m'a dit que c'était grâce à toi...

Je voyais ses yeux scruter mon apparence translucide et je fis apparaître subrepticement mon visage pour qu'elle puisse me voir. Aussitôt, son regard vert s'illumina, et son pouvoir réapparut, faisant grandir encore davantage mon désir pour elle.

— Je n'ai pas fait grand-chose, répondis-je, d'un ton plus sombre que je ne l'aurais voulu.

— Je... Euh...

Elle s'interrompit et se mordit la lèvre inférieure, attirant mon attention sur sa bouche. Elle était si sensuelle que je dus convoquer toutes mes forces pour ne pas l'embrasser.

— Je parlais à Hécate, tout à l'heure, et elle m'a dit que je devais te demander quelque chose, dit-elle finalement d'une traite.

— Je t'écoute...

— C'est... plutôt intime...

— Oh... Je vois...

Je nous enveloppai dans une bulle de fumée, et elle me regarda en fronçant les sourcils.

— Cela ne risque-t-il pas d'attirer l'attention ? s'étonna-t-elle.

— Ne t'inquiète pas ; nous dirons que tu étais en train de parler à un griffon un peu trop enthousiaste...

Elle sourit, amusée.

— Pourrais-je te voir ?

Sans répondre, je pris mon apparence humaine, et je la vis retenir son souffle, gonflant sa poitrine.

— Pourquoi est-ce que tu portes des vêtements du monde des mortels et non une toge ? me demanda-t-elle.

— Ça emmerde Zeus, rétorquai-je en haussant les épaules. Et puis, c'est aussi bien plus confortable, ajoutai-je avec un sourire ironique.

Elle leva les yeux au ciel en riant.

— Tu le penses vraiment ?

— Non, pas vraiment... En réalité, je suis mieux comme ça ! déclarai-je en faisant disparaître ma chemise.

Son visage devint rouge écarlate, et ses yeux s'écarquillèrent, brillants de désirs.

— Remets ta chemise ! souffla-t-elle, comme si elle avait peur que l'on nous surprenne – ou comme si elle avait peur d'elle-même.

Je sentis ma queue durcir, et je lui lançai un regard sans équivoque alors que ma chemise se reformait autour de ma poitrine.

— Tu m'avais promis qu'il n'y aurait pas de sexe magique entre nous ! fit-elle mine de me réprimander.

— Tu as raison. Je suis sincèrement désolé...

— Menteur !

Je lui souris un instant, puis redevins sérieux.

— De quoi voulais-tu me parler ?

Elle devint sérieuse à son tour.

— Hécate m'a dit quelque chose sur le fait que les dieux ne pouvaient pas avoir plus d'un royaume, mais m'a conseillé de te poser la question car elle pense que tu saurais mieux me l'expliquer qu'elle...

— Hécate ne devrait rien te dire sur l'Olympe ! Ça ne sert à rien, puisque tu n'es pas appelée à rester ici, répondis-je sèchement, sa question me ramenant brutalement à la réalité.

Je vis dans son regard que ma réponse la peina, mais elle tenta de ne rien laisser paraître et me regarda en relevant le menton, les bras croisés sur sa poitrine.

— Puisque je ne suis pas appelée à rester, tu peux donc répondre à ma question sans que cela ne porte à conséquences...

Je faillis céder à l'envie de lui parler librement, comme je le faisais avant, lorsqu'elle était ma confidente. Mais à quoi cela servait-il ?

— Dis-moi ! insista-t-elle.

Hésitant, je fixai son beau visage, et ma résolution finit par s'effondrer. Pour la deuxième fois...

— Bien... Zeus me punit car j'ai créé un treizième royaume et que j'y ai installé une vie nouvelle. J'ai réussi à le cacher aux autres dieux pendant un certain temps, mais ils ont fini par le découvrir. Lorsque ce fut le cas, Zeus a détruit tout ce qui s'y trouvait.

En prononçant cette dernière phrase, ma voix était devenue volcanique, et je vis la terreur dans ses yeux. J'essayai de me calmer.

— Pourquoi ?

— Pour me punir... Mais il a merdé ! J'ai réussi à cacher l'une des créatures que j'avais créées. Une créature marine qui s'est révélée incroyablement puissante. Et, de toute façon, une fois qu'un royaume a été créé, il ne peut pas être détruit. Je l'ai donc donné à Océanos avant que Zeus ne décide ce qu'il voulait en faire. Océanos est l'un des rares êtres avec lesquels il ne peut pas discuter.

Je revoyais encore la fureur sur le visage de mon frère lorsqu'il avait accepté ma suggestion. Il n'avait pas eu le choix. Et, pendant une courte période, j'avais cru avoir gagné.

Jusqu'à ce que je *la* voie, debout, dans ma salle du trône.

— Dès le lendemain du jour où j'ai annoncé à Zeus que j'avais donné mon royaume à Océanos, il a annoncé les Épreuves d'Hadès. Il savait parfaitement que je ne voulais pas me marier ; c'était sa manière de se venger de mon insolence. Et pour être certain de me faire mal, il est allé te chercher et t'a ramenée ici, sachant que je devrais soit te perdre à nouveau, soit te regarder mourir en tant qu'humaine.

— Quel connard..., souffla-t-elle.

— Je ne te le fais pas dire...

— Et qu'est-il arrivé à la créature marine que tu as sauvée ?

— Elle vit sous la protection d'Océanos. Nous avons prévu d'annoncer au reste de l'Olympe qu'un nouveau royaume a été créé, après la fin de ces épreuves. Je pense que Zeus espère toujours trouver un moyen pour l'éviter mais, à moins de déclarer la guerre à Océanos, je ne vois pas comment il le pourrait.

Perséphone me fixa en silence, avec intensité, pendant quelques secondes.

— Pourquoi as-tu fait ça ? finit-elle par me demander. Pourquoi avoir provoqué sa colère ?

Je passai ma main dans mes cheveux, réfléchissant à ma réponse. Devais-je lui dire la vérité ?

— Après t'avoir perdue, je ne supportais plus l'obscurité, dis-je doucement. Tu avais apporté de la lumière et de la vie à cet endroit, et je n'avais qu'une envie : les retrouver, d'une manière ou d'une autre.

— Alors tu as créé ce nouveau royaume ? À partir de rien ?

Elle me regardait comme si j'étais fou.

— Exactement. Je n'étais pas certain de pouvoir le faire seul, et Hécate m'a beaucoup aidé. Mais c'est un Titan. Elle est beaucoup plus forte qu'elle ne le laisse paraître, et...

Je m'interrompis, réalisant que j'étais en train de babiller – ce qui n'était pas du meilleur effet pour un roi. Je me redressai, essayant de retrouver une certaine dignité mais, en regardant dans les yeux de Perséphone, je découvris qu'ils étaient emplis d'émotion.

— Tu veux dire que tu as littéralement créé la vie pour me remplacer ? murmura-t-elle.

— Oui. Le gouffre que tu as laissé dans mon cœur aurait été impossible à combler, sinon.

— Est-ce que ça a marché ? Est-ce que cela t'a permis de guérir ton cœur ?

— Non.

En un instant, elle fut dans mes bras et m'embrassa avec une fougue inouïe, qui libéra d'un seul coup toute la puissance que je contenais au fond de moi. Mon corps tout entier s'embrasa. Glissant mes mains dans ses cheveux, je l'attirai aussi près de moi que possible, submergé par son désir.

— J'ai besoin de toi, gémit-elle sur mes lèvres.

Elle leva sa main vers ma mâchoire et me poussa légèrement en arrière, pour me regarder dans les yeux. Son regard était brillant et intense ; ses pupilles dilatées. Je déplaçai une main dans le bas de son dos, la pressant contre moi, et elle se tendit en sentant mon excitation.

— Moi aussi, soufflai-je.

Elle me lança un regard lubrique.

— Vraiment ? murmura-t-elle.

Puis elle laissa tomber sa main sur sa jupe. J'étais si dur que je n'étais pas certain de pouvoir me retenir...

Doucement, comme une douce torture, elle remonta le tissu fluide de sa jupe, révélant petit à petit ses longues jambes magnifiques. Je pris une profonde inspiration, m'enivrant de son parfum divin lorsque, juste avant d'atteindre le haut de sa jupe, elle s'arrêta et passa sa main entre ses jambes, sur son sexe que je ne voyais pas encore.

J'étais sur le point d'exploser. Je devais la toucher. Mais ce n'était pas le bon endroit. Elle méritait mieux – *nous* méritions mieux.

— Tu mérites d'être aimée comme une déesse, soufflai-je. Mais je ne peux pas faire ça ici. Quand je te toucherai enfin, je veux t'entendre crier mon nom ; te regarder venir encore et encore.

Son visage devint plus rouge, ses lèvres s'entrouvrirent davantage. Je fis courir mes doigts le long de sa joue, attirant son visage près du mien, et l'embrassai à nouveau, profondément et lentement. Elle gémit doucement en m'embrassant en retour, et le plaisir me submergea.

Et si je l'emmenai avec moi, maintenant ?

— Tu as raison, dit-elle, à bout de souffle, s'écartant de moi, laissant le tissu de sa jupe retomber au sol. Nous nous devons de participer à la fête...

TREIZE

PERSÉPHONE

J'essayai de me concentrer sur ce que les gens me disaient, mais c'était presque impossible. Je hochai distraitement la tête alors qu'une nymphe des bois me répéta pour la cinquième fois qu'elle avait trouvé extrêmement injuste qu'une fausse gemme ait été mise sur mon chemin, lors de la dernière épreuve. Mais je ne pensai qu'à une chose : Hadès. Il m'attirait comme un aimant. Immanquablement, ma capacité à réfléchir et à raisonner disparaissait dès que je l'apercevais. À ma décharge, n'importe quelle fille aurait probablement été dans le même état que moi face à un homme ayant créé un monde – une vie même – pour essayer de la remplacer. Il ne faisait aucun doute qu'il m'avait aimée. Surtout, il ne faisait aucun doute que l'alchimie qu'il y avait dû avoir entre nous existait toujours...

— *Persy !*

Skop ! Enfin... Après Hadès, il était celui que j'avais le plus hâte de retrouver lors de cette soirée. Je me tournai vers lui et, sous le regard ahuri de la fille qui était en train de me parler, je tombai à genoux pour accueillir mon petit chien adoré, qui fendit la foule en courant et bondit dans mes bras.

— *Tu pourrais arrêter de frôler sans arrêt la mort ? Tu vas finir par me tuer, putain !*

J'éclatai de rire en le serrant contre moi.

— Je ne m'inquiète pas pour toi..., répondis-je avec un large sourire.

— *Ce sont vraiment des gros cons de ne pas t'avoir donné de jeton. Des gros gros gros connards !*

— Je suis d'accord. Mais au moins, je suis toujours en vie.

— *Tu sais, je crois que tu devrais manger une autre graine. Peut-être qu'avec plus de pouvoir tu...*

— Doucement, papillon ! l'interrompis-je en me relevant. J'avais tellement de pouvoir que je me suis même cassé les deux poignets ! Je crois que j'en ai largement assez...

— *Si tu avais eu plus de pouvoir, tes poignets n'auraient sûrement pas été cassés, justement. Ou tu aurais été capable de les guérir plus rapidement, en tout cas...*

— Est-ce que l'on pourrait parler de tout ça tout à l'heure ? dis-je rapidement à Skop, dans ma tête, remarquant que la nymphe avec laquelle je discutais avant qu'il n'arrive me regardait en haussant un sourcil, d'un air interrogateur. Désolée, m'excusai-je auprès d'elle en souriant. Je dois sortir mon chien. C'était un plaisir de te rencontrer !

Skop trotta derrière moi alors que je m'éloignais d'elle, scrutant la foule à la recherche d'Hécate. Je l'aperçus en train de parler à Hédoné et Morphée.

— Où est-ce que tu étais pendant tout ce temps ? demandai-je à Skop.

— *Euh..., Disons que j'ai été un peu distrait par les nymphes et les sirènes entièrement nues dans la piscine...*

— Eh ben voyons... Tu étais si heureux de me retrouver vivante que tu t'es dit que tu allais batifoler avec quelques femmes nues avant de venir vers moi...

— *Exactement. C'est un gros sacrifice de ma part, d'ailleurs. Car une demi-heure ne suffit pas pour réellement apprécier des seins nus...*

— Mouais...

— *Surtout quand il y en a beaucoup ! En fait, maintenant que je te sais en sécurité, je vais peut-être retourner les voir...*

— Quoi, les seins ?

— *Oui...*

— Bon, à plus tard ! soupirai-je en riant.

Skop ne se fit pas prier : il bondit en direction de la piscine, remuant la queue.

— Ce kobalos est un véritable danger public, déclarai-je en rejoignant mes amis.

Morphée éclata de rire, et Hédoné me lança un regard compatissant.

— Ils sont connus pour ça, dit-elle. J'espère qu'il ne te cause pas trop de problèmes ?

Je m'en voulus immédiatement d'avoir mal parlé de Skop.

— Non, non, il est super ! m'empressai-je de corriger. Tant que tu n'es pas une sirène nue, évidemment ! Mais, sérieusement, nous sommes vraiment devenus très proches lui et moi.

— Vraiment ? s'étonna Morphée.

— Oui. Quand il n'y a pas de paires de seins entre lui et moi, il est prêt à tout pour me protéger.

— En même temps, il est là pour ça... C'est ton garde !

me fit remarquer Hécate. Est-ce que tu as pu parler au patron ?

— Euh... Oui, balbutiai-je, essayant de ne pas montrer l'émotion que je ressentais encore.

— Comme c'est mignon ! s'exclama Hédoné. C'est tellement agréable de passer du temps avec l'homme que l'on finira peut-être par épouser...

Morphée passa son bras autour de ses épaules nues d'un air conquérant.

Je restai près d'eux pendant toute la fête, parlant poliment à tous ceux qui venaient vers moi, et faisant de mon mieux pour éviter Menthé et les dieux. Hadès et moi nous regardions de loi. Il était sous forme de fumée, mais il me regardait toujours suffisamment longtemps pour que je puisse apercevoir ses yeux argentés. Je passai le reste de la soirée à regretter de m'être montrée raisonnable et d'avoir mis un terme à notre intimité, dans la bulle de fumée.

J'écoutai vaguement la voix rauque d'Hédoné me parler des différents dômes dans l'océan, de leurs habitants, et de certaines des boutiques célèbres qui s'y trouvaient. À un moment, un immense groupe de tortues nagea jusqu'à nous, et je tendis la main vers l'une d'entre elles, petite et particulièrement mignonne, qui faisait des sauts périlleux. Le dôme était transparent et solide ; on aurait dit du verre, mais je soupçonnai qu'il devait être construit dans un matériau plus mystérieux ou divin que cela. La petite tortue se cogna la tête contre le dôme, juste au niveau de ma main, puis se précipita vers sa famille qui s'éloignait.

— Cet endroit est vraiment fantastique ! m'extasiai-je.

Et il aurait pu appartenir à Hadès, si Zeus avait réparti les royaumes entre ses frères différemment...

— Oui, c'est l'un de mes préférés, renchérit Hédoné.

— Où habites-tu ? lui demandai-je.

— Dans le royaume des Poissons, celui d'Aphrodite.

— À quoi ressemble-t-il ?

— À un paradis tropical. C'est vraiment très beau ! Mais c'est aussi un endroit exclusif : peu de personnes sont autorisées à y vivre. En revanche, les fêtes y sont fréquentes, avec beaucoup d'invités importants.

— Ça a l'air génial ! m'exclamai-je.

Hédoné laissa échapper un petit rire.

— Ça l'est... Si tu aimes faire la fête et partager ton partenaire...

— Ah..., Alors ce n'est peut-être pas pour moi, finalement ! admis-je.

Le royaume du Verseau était absolument splendide, mais je fus soulagée de rentrer chez moi lorsqu'Hécate me proposa de me raccompagner, à la fin de la soirée. Je me sentais épuisée. Surtout, j'avais besoin de repenser calmement à tout ce que l'on m'avait dit sur Hadès au cours de la soirée. L'une des premières choses qu'Hécate m'avait dites à son sujet, c'était qu'il était différent des autres dieux, et qu'il n'était pas ce qu'il semblait être. Je comprenais, désormais, à quel point elle avait eu raison.

— Skop, que pense Dionysos d'Hadès ? demandai-je à mon fidèle compagnon, en me glissant sous mes couvertures.

— *Il le trouve un peu bizarre. Et grincheux.*

— Hmmm...

— *Pourquoi ? Tu es en train de tomber amoureuse de lui ?*

— Peut-être...

— *Remarque, c'est plutôt une bonne chose si tu dois l'épouser. Même si je ne comprendrai jamais pourquoi les gens se marient...*

— C'est sûr que ça t'obligerait à regarder un moins grand nombre de seins ! ironisai-je.

— *Ce n'est définitivement pas pour moi ! Je tiens à garder ma liberté en matière de seins...*

Je n'avais jamais réellement pensé au mariage. Je ne faisais pas partie des jeunes filles qui rêvaient du jour de leur mariage depuis leurs dix ans. Je n'avais d'ailleurs jamais eu de relation sérieuse avec un garçon – pas que je n'en avais pas eu envie, mais je n'avais pas trouvé le bon. Mon frère me répétait que j'étais exigeante et que je devais continuer à l'être. *Je veux le meilleur pour ma petite sœur !* disait-il. Je me demandai ce qu'il penserait du roi des Enfers en tant que beau-frère ? En les imaginant se rencontrer, je ne pus m'empêcher de sourire...

Était-ce parce que j'étais liée à Hadès que je n'avais jamais rencontré personne ? La passion que je ressentais pour lui était si intense ! Je n'avais jamais rien ressenti de tel, auparavant. *Destinée. Liée.* Si je rentrais chez moi, à New York, serais-je destinée à rester célibataire pour le restant de mes jours ? Ou à être avec un homme qui ne me ferait jamais ressentir... ce que Hadès me faisait ressentir ?

Mais peut-être que ce n'était qu'une attirance physique ? Peut-être que si lui et moi cédions à nos sentiments, et que nous laissions libre cours à nos pulsions et notre désir mutuel, la réalité de la situation nous rattraperait-elle, et que nous ne serions alors entourés que par la mort, les ténèbres, et les secrets ?

J'inspirai profondément, essayant d'y voir clair.

Perds les épreuves, reste en vie, et rentre chez toi !

Je devais me tenir à ce plan.

Même si le plus beau de tous les dieux me promettait un amour éternel...

~

Des flammes. Des flammes partout. Et la douleur. Quelqu'un avait sa main autour de ma gorge... Je clignai des yeux, essayant de me dégager, et je réalisai avec effroi qu'il s'agissait de l'homme dont j'avais tué la femme. Il avait les yeux exorbités. Il semblait complètement fou. Mon corps convulsait ; j'avais terriblement mal.

Tendant la main vers ma cuisse, je m'emparai de Faesforos. J'allais le tuer.

Je voulus lui demander de me lâcher, mais aucun son ne sortit de ma bouche. J'essayai alors d'arrêter mon poignet. Car je méritais de mourir pour ce que j'avais fait. Il avait raison de vouloir me tuer. Qu'il m'ôte la vie ! Qu'il venge sa femme ! Mais le poignard s'approchait de lui inexorablement, et mon estomac se retourna lorsque je sentis la pointe du couteau transpercer sa chair, et s'enfoncer entre ses côtes.

Je me réveillai en criant, à bout de souffle et, pendant un bref instant, je n'avais aucune idée d'où j'étais.

— *Persy ?*

Skop était debout, devant moi, et je le fixai, le cœur battant à tout rompre et la sueur coulant sur mon front, jusque sur ma poitrine.

— *Persy, que s'est-il passé ?*

— Ce n'est rien. J'ai fait un cauchemar, soufflai-je, sentant la bile au fond de ma gorge. C'est juste un cauchemar, répétai-je, hagarde.

Mais ce n'était pas « juste » un cauchemar. J'avais failli tuer cet homme, dans la vraie vie. Le soir du bal, mon instinct de survie m'avait poussée à faire quelque chose d'atroce. J'étais exactement cette femme horrible que tout le monde décrivait. Il y avait un monstre en moi – un monstre prêt à tuer pour rester en vie.

Je sentis mon estomac se soulever.

C'était toi ou lui. Tu as fait ce que n'importe qui aurait fait, essayai-je de me convaincre, le sang glacé.

Je savais que je ne réussirais pas à me rendormir. Mon cœur battait trop vite, et la sensation de la lame dans la chair de cet homme était trop vive. Je me dirigeai donc dans ma salle de bain, et ouvris l'eau de la douche, la laissant couler jusqu'à ce qu'elle atteigne la température la plus chaude que je pouvais supporter.

Mais la douche n'y changea rien. L'eau ne pouvait pas effacer ce que j'avais fait à cet homme. Je n'avais peut-être pas réellement mis fin à ses jours, mais je l'avais voulu. Pourtant, c'était moi qui méritais de mourir, pas lui. C'était moi qui avais tué sa femme.

Le désir d'entendre que ce n'était pas ma faute, d'être absoute de ma culpabilité, me fit penser au jardin de l'Atlas. J'avais besoin de parler à la voix.

J'ai besoin d'entendre que ce n'était pas ma faute !

— *Ça va ?* s'inquiéta Skop alors que je sortais de la salle de bain et retournai vers mon lit.

— Je vais me rendormir, dis-je fermement, grimpant dans le lit et tirant la couette sur moi.

— *Euh..., ouais, bonne idée !* dit-il en sautant sur le lit.

Mais plutôt que de tourner en rond sur les couvertures, puis de s'effondrer sur le côté, comme à son habitude, il s'allongea sur le ventre, la tête appuyée sur ses pattes, juste à côté de moi.

— Je vais bien, Skop, le rassurai-je avec un sourire attendri. J'ai juste besoin de dormir...

J'eus l'impression qu'il me fallut des heures pour me

rendormir, ne cessant de penser à un million de choses que je n'arrivais pas à comprendre, ou que je n'avais pas assez d'informations pour comprendre.

Mais, finalement, j'entendis le chant des oiseaux et le doux filet d'eau du jardin que j'avais espéré retrouver. Lorsqu'il se matérialisa devant moi, une vague de soulagement m'envahit, faisant instantanément disparaître la culpabilité et la peur. Je me dirigeai vers la fontaine et vis qu'il y avait des centaines de papillons sur les anneaux qui composaient l'énorme fardeau d'Atlas.

— Ils sont magnifiques, murmurai-je en me rapprochant.

— *Ils sont bien plus qu'ils n'y paraissent*, répondit la voix.

— J'imagine... Comme tout ce qu'il y a ici...

La voix rit d'un rire bienveillant et chaleureux.

— *Tu apprends, Perséphone ! C'est bien...*

— Je suis en colère, lui dis-je en m'asseyant sur le bord de la fontaine.

— *Pourquoi ?*

— J'ai besoin de savoir si j'aurais dû mourir, à la place de l'homme qui m'a attaquée.

— *Petite déesse, tu n'es pas responsable des événements de ta vie. Tu ne peux pas non plus te blâmer d'avoir sauvé ta propre vie. Tu es forte, Perséphone. Plus forte que tu ne t'autorises à l'être. Et cela n'est pas quelque chose de condamnable...*

— Mais je ne savais pas que je pouvais tuer quelqu'un. Je ne veux pas pouvoir tuer quelqu'un !

— *L'Olympe n'est pas comme le monde des mortels. Tu ne peux pas appliquer les mêmes règles morales.*

— Peut-être, mais la mort est la mort, où que l'on soit...

Il y eut un long silence, et je fis tourbillonner mes doigts dans l'eau. Les papillons volèrent d'un seul coup, et j'admirai la masse multicolore qu'ils formaient en battant leurs petites ailes.

— *La seule façon de découvrir ton passé et de te réconcilier avec ton avenir est de retrouver tes souvenirs.*

— Comment ? Hadès refuse de me dire quoi que ce soit !

— *La rivière Léthé.*

— Où est-elle ?

— *Je ne sais pas, mais tu la retrouveras en utilisant tes pouvoirs. Pourquoi n'as-tu pas encore mangé une autre graine ?*

— Les vignes m'ont fait peur, avouai-je en regardant de l'autre côté du jardin.

Les tournesols se balançaient légèrement dans la brise.

— *Tu auras moins peur la prochaine fois. Et ceux qui t'entourent t'apprendront à les utiliser en toute sécurité.*

— Tu m'as dit de ne pas faire confiance aux gens autour de moi.

— *C'est vrai. Mais je ne t'ai pas dit que tu ne pouvais pas apprendre d'eux.*

— D'accord, murmurai-je.

— *Merci de m'avoir rendu visite, petite déesse !*

Puis le jardin disparut.

QUATORZE

PERSÉPHONE

— Honnêtement, je ne sais pas pourquoi tu as mis si longtemps à te décider, me dit Hécate en fixant la graine de grenade dans ma main.

Lorsqu'elle avait frappé à ma porte, le lendemain matin, je lui avais demandé de rester avec moi pendant que je mangeais la graine suivante. Au cas où...

— Je te l'ai dit, je ne voulais pas être dépassée par mes pouvoirs.

Elle leva les yeux au ciel.

— Okay, peu importe ! soupira-t-elle. Mange cette graine !

— Tu me promets que tu empêcheras mes pouvoirs de me faire faire quelque chose de complètement fou ? Si je perds le contrôle ?

Je la regardai droit dans les yeux.

— Oui, oui, je te l'ai déjà dit ! Promis, je ferai en sorte que tu ne fasses rien de complètement fou.

— Merci.

Je pris une profonde inspiration en fixant la petite graine. Les vignes m'avaient aidée dans le royaume du

Verseau. Sans elles, je serais probablement morte. Et je devais admettre que j'avais ressenti une joie immense lorsqu'elles étaient devenues vertes, dans le conservatoire... Si je savais utiliser mes pouvoirs correctement et en toute sécurité, ils me permettraient certainement de survivre aux cinq prochaines épreuves.

Et de trouver la rivière Léthé, et donc mes souvenirs !

Sans me laisser le temps de changer d'avis, je mis la graine dans ma bouche. La dernière fois, j'avais été trop énervée, trop désespérée, et trop souffrante pour remarquer le goût. Mais, cette fois... C'était à la fois piquant et sucré. C'était délicieux !

— Mmmm..., m'extasiai-je en fermant les yeux.

— Est-ce que tu te sens différente ? Tu as envie de tout faire exploser ?

Les yeux d'Hécate brillaient d'excitation.

— Non, dis-je en rouvrant les yeux, après avoir avalé la graine.

À part un très léger picotement, je ne ressentais rien.

— Pffff... Quelle déception ! soupira Hécate en baissant les épaules.

— Je m'inquiète vraiment pour toi, tu sais, lui dis-je avec ironie.

— Tu *dois* t'inquiéter pour moi ! répliqua-t-elle sur le même ton.

Soupirant, je regardai autour de ma chambre. Je me sentais agitée et nerveuse. Bien sûr, en mangeant cette deuxième graine, je ne m'étais pas attendue à ressentir une explosion de puissance à l'intérieur de moi... Mais, le soulagement que rien d'étrange ne se produise se mêla à une pointe de frustration.

— J'en ai marre d'être dans cette chambre ! déclarai-je. Est-ce que l'on pourrait aller ailleurs ? Peut-être que tu pourrais me faire visiter les Enfers ?

— Je crains que ce ne soit pas possible...

— Pourquoi pas ? Si je dois vivre ici un jour, il va bien falloir que je connaisse les lieux !

— C'est vrai, mais tu n'es pas autorisée à sortir avant le troisième tour.

Je fronçai les sourcils.

— Évidemment ! Parfaitement logique ! soufflai-je d'un ton ironique. Je peux au moins aller au conservatoire ?

— Bien sûr ! Mais n'oublie pas que l'annonce de la prochaine épreuve a lieu ce soir.

— Comment diable pourrais-je oublier un évènement aussi important ? lançai-je en ouvrant la porte de ma chambre, toujours aussi excédée.

Mais je réalisai qu'Hécate fixait mes pieds, bouche bée, et je suivis son regard.

Aussitôt, je fus plongée dans une terreur glaciale : une poupée d'enfant se trouvait à mes pieds, carbonisée, avec une note épinglée sur sa tête, sur laquelle était écrit le mot « Meurtrière ».

Hécate se téléporta à côté de moi, et ses yeux devinrent blancs alors qu'elle regardait la poupée de plus près. Pour ma part, je restai figée par la peur et le dégoût, incapable de faire ou dire quoi que ce soit.

— Bon, ce n'est pas magique ni dangereux, tenta-t-elle de me rassurer alors que Skop nous rejoignit.

— Mais c'est... C'est un message, murmurai-je.

— *C'est vraiment dégueulasse,* déclara Skop, d'un ton dur qui ne lui ressemblait pas.

— Est-ce que j'ai tué un enfant ?

Je regardai Hécate, les yeux remplis de larmes brûlantes.

— S'il te plaît ! Je t'en supplie ! Dis-moi que je n'ai pas tué d'enfant !

Cette simple pensée m'était insupportable. Je sentais que j'allais m'évanouir.

— Bien sûr que non ! Quelqu'un essaie de te faire peur, c'est tout, me rassura Hécate.

Elle semblait plus en colère que je ne l'avais jamais vue.

— Qui ?

— Je ne sais pas. Mais nous devons le dire à Hadès ! Je m'en occupe. Toi, tu restes dans ta chambre, m'ordonna-t-elle en s'approchant de la poupée.

Des images me revinrent à l'esprit. Des images de rêves que j'avais faits toute ma vie. Des corps brûlants autour de moi, des hommes, des femmes, et... des *enfants*.

— Skop, ne laisse personne entrer ! dit Hécate.

Puis elle claqua la porte et disparut, emportant avec elle l'horrible poupée brûlée.

— Et si c'était vrai ? Si j'étais une meurtrière ?

— *Persy, je ne te connais pas depuis très longtemps, mais j'en doute sérieusement*, dit Skop.

— Mais tu ne te souviens pas de celle que j'étais avant ! Quand j'étais mariée à un dieu qui déchire les gens, et que je passais du temps avec des malades mentaux qui torturent et jouent avec des personnes pour s'amuser... Ils ont essayé de t'ensevelir dans du sable ! Comme ça... Juste pour rire ! Tu te rappelles ? Et j'étais l'un d'entre eux ! hurlai-je.

J'étais paniquée, terrorisée. Des larmes coulaient sur mon visage.

— *L'Olympe est un monde dangereux,* me dit Skop.

Quand on naît ici, on le sait et on l'accepte. On sait tous qu'en jouant avec le feu, on risque de se brûler. Je savais le risque que je prenais quand j'ai accepté de devenir ton garde. Quant à toi, tu dois accepter que tu as un jour été une autre. C'est comme ça... Et cela ne doit pas t'empêcher d'avancer.

— Mais comment veux-tu que j'avance si on vient me rappeler qui j'étais jusque devant ma porte !

Une vigne noire jaillit de ma paume, s'écrasant contre la porte de ma chambre avec la puissance d'un train de marchandises, et la brisant d'un seul coup. J'hurlai, tandis que Skop eut juste le temps de s'écarter pour éviter la vigne qui revenait vers nous.

Un mur de fumée noire s'éleva devant moi, la vigne ralentissant brusquement, comme si elle traversait de la mélasse.

— Reprends la vigne, Perséphone ! cria Hadès à travers le mur de fumée.

Mais la colère et la peur que je ressentais étaient maintenant trop puissantes pour que je puisse me calmer.

— Ne me dis pas quoi faire ! rugis-je, poussant sur la vigne.

La fumée la contra, mais un élan de rage me fit pousser plus fort.

— Arrêtez de jouer avec moi ! Je n'en peux plus !

Hadès traversa la fumée et se planta devant moi, plongeant son regard dans le mien. Puis, lentement, il referma sa main autour de ma vigne, et des lignes noires commencèrent instantanément à se former sur sa peau. Bouche bée, je regardai les lignes partir de ses doigts et serpenter le long de son corps, jusque sous sa chemise, formant sur leur passage de minuscules feuilles noires, comme des tatouages.

Je ressentis alors une énergie nouvelle – sombre et forte. Je me sentais puissante. Et j'aimais ça.

— Qu'est-ce que tu fais ? soufflai-je, bourdonnant de plaisir, même si une partie de moi savait que quelque chose de mal était en train de se passer.

— Je ne fais rien. C'est toi qui fais ça..., répondit Hadès.

De son autre main, il déboutonna adroitement sa chemise, et révéla les lianes noires qui avaient littéralement recouvert sa poitrine, s'enroulant autour de ses muscles saillants.

— Bientôt, elle va atteindre mon cœur et essaiera de prendre mon pouvoir.

En entendant ces mots, je reculai, et la vigne disparut de ma paume instantanément, emportant avec elle le sentiment de bonheur et de puissance que j'avais ressenti. Puis le tatouage qui serpentait sur le corps d'Hadès s'effaça.

— Prendre ton pouvoir ? répétai-je, haletante.

— Oui... Mais tu ne pourras jamais le faire ; je suis trop fort et mon pouvoir est trop bien gardé.

— C'est ça que je ressentais ? Ton pouvoir ?

— Mon pouvoir défensif, oui. Assieds-toi, me dit-il doucement. Tu as l'air épuisée...

J'aurais aimé lui poser d'autres questions, en apprendre davantage, mais il avait raison : mes jambes étaient faibles. Je savais maintenant que je m'évanouissais après avoir utilisé mes pouvoirs ; je devais faire attention.

Il me guida jusqu'à mon lit et, sans quitter mon visage des yeux, il agita la main, faisant apparaître une nouvelle porte pour remplacer celle que j'avais brisée.

— Pourquoi ma vigne a-t-elle essayé de voler ton pouvoir ?

— Tous les dieux ont des armes, Perséphone. Celle-là est la tienne...

Agitant à nouveau sa main, il fit apparaître un gobelet qu'il me tendit et que je pris, les mains tremblantes. Je bus sans même regarder ce qu'il y avait à l'intérieur. C'était du vin.

Je me sentis mieux, et Hadès s'assit sur le lit à côté de moi.

— Nous avons tous différents types de pouvoir. Tes vignes noires sont agressives. Mais tu as aussi d'autres pouvoirs. Comme les vignes vertes, par exemple, qui sont capables de donner la vie et de faire pousser les végétaux.

Je le fixai, perdue dans un tourbillon d'émotions contradictoires.

— La lumière bleue autour de toi, quand tu as tué cet homme. Celle qui a fait apparaître des cadavres...

Il hocha la tête, comprenant ma question avant même que je ne la formule.

— C'est mon pouvoir agressif, confirma-t-il. Je le tire des morts.

Je frissonnai. J'avais l'impression d'être dans un film d'horreur.

— Qui a mis cette poupée devant ma porte ?

— Je ne sais pas encore. Mais je vais le découvrir !

Sa mâchoire était serrée, et son regard devint menaçant.

— Est-ce que la note est vraie ? Étais-je une meurtrière ?

— Non, Perséphone.

— Mais j'ai poignardé cet homme...

— Parce qu'il essayait de te tuer ! N'importe qui dans ce monde aurait fait la même chose. Et n'importe qui dans ton monde aussi.

— Sauf si je méritais de mourir.

Les yeux d'Hadès passèrent de l'argent au bleu électrique, et la chaleur de la pièce augmenta d'un seul coup.

— Ne t'avise plus jamais de dire ça, Perséphone ! Cette merde qui a essayé de te tuer, ainsi que ses amis, sont *mes* ennemis, pas les tiens. Encore une fois, c'est à cause de moi que tu es visée, et je suis sincèrement désolé pour cela.

Reprenant espoir, je terminai mon verre de vin, essayant de mettre de l'ordre dans mes pensées chaotiques et de ralentir mon pouls qui s'emballait. Hadès trouverait celui qui avait déposé la poupée devant ma porte, ce qui me rassurait. Et puis, la voix dans le jardin m'avait donné un plan pour retrouver mes souvenirs. Certes, il s'agissait d'un plan un peu vague, mais c'était un plan quand même.

Pour l'heure, je devais me concentrer sur la maîtrise de mes vignes.

— Tu as dit que tu m'apprendrais à utiliser mes pouvoirs, dis-je en lui rendant le gobelet.

Ses yeux redevinrent argentés, et la température baissa à nouveau.

— Oui. Et je vais aussi t'apprendre à te battre. Dès maintenant.

— Maintenant ?!

— Oui.

QUINZE

PERSÉPHONE

— Pourquoi est-ce que tu apparais chaque fois que j'ai besoin de toi ? demandai-je en marchant aux côtés d'Hadès dans les couloirs éclairés par les torches à la lumière bleue.

J'avais insisté pour que nous marchions jusqu'à la salle d'entraînement. Moins il y avait de lumière blanche, et mieux je me portais. Il était tellement grand, tellement large, qu'il semblait remplir tout l'espace et que je me sentais toute petite à côté de lui. Mais je me sentais aussi en sécurité, et n'étais pas intimidée.

— Je te l'ai dit, ton pouvoir est comme un phare pour moi.

— C'est-à-dire ?

Il me regarda de côté avec un sourire.

— Je vois une lumière verte.

— Pourtant, Hécate et toi brillez d'une lumière bleue, lui fis-je remarquer.

— Oui. La plupart du temps. C'est la couleur que j'ai choisie pour les pouvoirs des Enfers.

— Qui a choisi le vert pour moi alors ?

— Ta mère. Elle a choisi le vert pour tous les pouvoirs de la nature.

Je m'arrêtai net. *Ma mère.*

— Mais j'ai déjà des parents ! Chez moi...

Hadès s'arrêta de marcher à son tour, et se tourna vers moi.

— Je sais. Mais avant ça... Tu avais une mère ici. La déesse de l'agriculture, de la fertilité, de la végétation, et de la moisson, dit-il doucement.

— Cérès ? demandai-je, me souvenant de mes cours d'Histoire.

— Oui.

— Où... Où est-elle maintenant ?

— Elle a quitté l'Olympe peu après ta naissance, et on ne l'a jamais revue.

— Oh... Et qui était mon père ?

— Personne ne sait.

Je baissai le regard, essayant d'intégrer l'idée – complètement folle – que mes parents n'étaient pas vraiment mes parents.

Curieusement, plutôt que de ressentir de la tristesse ou de la colère, je me sentis presque indifférente. Au fond de moi, lorsque j'avais réalisé que l'Olympe était réelle, j'avais certainement intégré que j'avais une famille ici ; je ne l'avais juste jamais conscientisé... De toute façon, quelle importance cela avait-il ? Ma vraie famille était celle que j'avais à New York ; jamais je n'aurais pu imaginer avoir d'autres parents que les miens, ni que mon frère ne soit pas réellement mon frère. Si j'étais née ailleurs qu'à New York, ce n'était que de la biologie ; cela n'enlevait rien aux liens que j'avais créés avec mes parents et mon frère.

— Qui m'a élevée, si ma mère et mon père ont disparu ? demandai-je à Hadès.

— Des nymphes des bois et des forêts. Dans le royaume du Taureau.

— Le royaume du Taureau ? Mais à qui appartient-il ?

— À *Dionysos*, répondit Skop dans ma tête, en même temps qu'Hadès prononçait le nom du dieu du vin.

Je baissai les yeux vers le petit chien.

— Alors c'est pour ça que tu es ici ? C'est pour ça que Dionysos a proposé que tu sois mon garde ?

Il remua la queue.

— Tu sais que tu as mis des années à me dire qui tu étais ? me dit Hadès en reprenant la marche. Un jour, tu es arrivée à une fête organisée par Aphrodite, tu étais absolument magnifique, et tu t'es présentée à moi comme la fille de Cérès, la déesse du printemps.

— Vraiment ?

Je pressai le pas pour le rattraper, faisant de mon mieux pour éviter de regarder ses fesses.

— Mais oui... J'ai su tout de suite que tu n'étais pas une déesse comme les autres.

— Combien de temps avons-nous été mariés ?

Il marqua une pause avant de répondre.

— Quatre ans.

— Ce n'est pas très long pour un dieu immortel, lui fis-je remarquer.

— Non. En effet...

Il y avait de la tristesse dans sa voix. Une tristesse que je ressentis presque physiquement, comme si nous étions connectés l'un à l'autre. J'essayai de changer de conversation, mais rien ne me vint à l'esprit... Nous marchâmes donc en silence jusqu'à la salle d'entraînement.

— Tu sais que je vais sûrement provoquer ta colère

pendant l'entraînement ? me dit-il finalement lorsque nous arrivâmes, me tenant la porte.

— Je sais... J'espère juste que tu ne me feras pas peur ! rétorquai-je en passant la porte.

— Je te le promets, dit-il doucement. Comme je te l'ai dit, nous avons tous des pouvoirs différents. Pour ma part, j'ai le pouvoir d'effrayer les gens. J'ai même un chien qui a ce même pouvoir...

Je me tournai vers lui et le regardai bouche bée.

— Un chien ?

— Oui. J'en ai plusieurs, en fait. Mais Cerbère est celui qui compte le plus.

— Attends... Cerbère... Le chien qui a trois têtes ?

Hadès acquiesça d'un signe de tête.

— Exactement. Tu l'as appris dans tes cours de mythologie ?

— Oui. Et il paraît qu'il est particulièrement terrifiant...

— Au moins autant que moi ! sourit Hadès en retroussant ses manches.

— Donc tu sais que tu peux faire très peur ? lui demandai-je avec un regard à la fois amusé et défiant.

Son beau visage devint sérieux alors que son sourire s'effaçait.

— Oui, je le sais. Mais tous mes pouvoirs ne tournent pas autour de la peur.

Il leva sa main, sa paume tournée vers moi.

— Donne-moi ton poignard.

Je retirai Faesforos de son fourreau et hésitai avant de le lui tendre. Mais, avant que je puisse me décider, il prit le couteau et le planta dans sa paume levée. Aussitôt, le sang se mit à couler, jusque sur son avant-bras.

— Qu'est-ce que...

Je m'interrompis, le souffle coupé.

— Le sang des dieux s'appelle « ichor ». C'est de l'or. Mais ce n'est pas cela que je veux te montrer...

Sa blessure se mit à briller, prenant la couleur de l'argent, comme ses yeux, puis sa peau se reconstitua. Et sa plaie disparut.

— Tu dois apprendre l'auto-guérison, car les épreuves vont devenir de plus en plus dangereuses. Ton corps pourra se régénérer avec du repos, mais tu dois apprendre à te guérir plus rapidement...

— Il y a d'autres choses aussi extraordinaires ? demandai-je, ébahie.

— Beaucoup. Tu en connais déjà certaines, d'ailleurs, mais tu ne les aimes pas. La téléportation, par exemple : seuls des dieux très puissants peuvent le faire. Le sexe et l'amour sont d'autres dons, même s'ils sont plus courants. Tout comme le pouvoir de mettre les autres en colère.

— Et quels sont mes pouvoirs ?

— Tes vignes noires te permettent de te défendre, en te protégeant physiquement, mais aussi en te permettant de prendre le pouvoir des autres. Tes vignes vertes font pousser les choses, et insufflent de la force à la nature. Quant à...

Il s'interrompit, plongeant son regard dans le mien.

— Ce n'est peut-être pas la peine d'entrer dans ce domaine tant que tu n'as pas récupéré ce pouvoir.

Intriguée, je le regardai en fronçant les sourcils.

— Quoi ? Quel pouvoir ?

— Je t'en parlerai le moment venu, me répondit-il d'un ton sévère.

La colère me gagna comme un raz-de-marée.

— Je ne suis pas une enfant ! lançai-je sèchement.

Aussitôt, il se raidit et me lança un regard menaçant.

— Je suis ton roi ! répondit-il d'une voix froide et dure. Tu feras ce que je te dis !

De la fumée noire se mit à flotter autour de lui et, en le regardant, je ne savais pas s'il faisait exprès de me provoquer pour me pousser à utiliser mes pouvoirs, ou s'il se comportait réellement comme un connard. Quelle que soit la réponse, la colère s'empara de moi.

— Va te faire foutre ! criai-je en levant mes mains.

Comme je l'avais prévu, des vignes noires jaillirent de mes paumes, et je ressentis une vague de plaisir alors qu'elles allaient exactement où je voulais.

Hadès resta impassible alors que mes vignes rampèrent sur lui, s'enroulant autour de ses épaules. Il me regarda en plissant les yeux, et un petit sourire se dessina sur ses lèvres.

— J'adore cette chemise, et j'ai le sentiment que tu vas l'abîmer, déclara-t-il.

Une lumière bleue brilla autour de lui et sa chemise disparut. À la vue de sa peau nue, je me déconcentrai et mes vignes perdirent de leur force.

Mais, bientôt, une vague de puissance me frappa, me faisant vaciller. Je secouai alors mes poignets, tendant à nouveau les vignes et prenant appui dessus pour m'empêcher de tomber.

— Salaud ! grognai-je. Tu n'as pas le droit de faire ça !

Il me lança un regard sombre, avec un sourire narquois, et un tee-shirt noir moulant prit forme sur son torse. Je fis de mon mieux pour masquer ma déception.

— C'est mieux ? me demanda-t-il.

Une autre vague de puissance s'abattit sur moi. Je m'agrippai plus fort à mes vignes, essayant de comprendre ce que je devais faire ensuite.

— Beaucoup mieux..., mentis-je.

Je me concentrai sur ce que j'avais ressenti lorsque les vignes s'étaient transformées en tatouages. J'avais ressenti de la colère, de la peur... Et, là encore, j'avais beaucoup de frustration et de tension refoulées en moi. Pourtant, quand j'étais avec Hadès, je ne parvenais pas à libérer cette rage et cette peur qui me poussaient à perdre le contrôle. La seule chose qui risquait de me faire perdre le contrôle était mon désir pour lui – surtout s'il se mettait à nouveau torse nu.

Fixant son visage incroyablement beau, je me remémorai ce qu'il m'avait dit, le soir de la fête.

Tu mérites d'être aimée comme une déesse.

Il jeta un regard furtif sur les lianes enroulées autour de sa poitrine, puis posa ses yeux sur moi. Son expression changea complètement. On aurait dit un prédateur. Après quelques secondes, les lèvres entrouvertes, il leva les mains et tira sur les lianes – si fort que je fus propulsée vers lui et atterris contre lui, le souffle coupé.

Mes vignes étaient maintenant en or. Un or brillant et scintillant.

— Je crois finalement qu'il est temps que nous parlions de ton autre pouvoir, murmura Hadès, d'une voix grave, chargée de désir. Tes vignes dorées font le contraire de tes vignes noires. Elles *partagent* ton pouvoir.

Il respirait fort, et passa ses bras autour de moi.

— C'est-à-dire ? demandai-je.

Je faisais mine de vouloir lui résister, d'essayer de me dégager de lui. Mais, en réalité, j'aurais aimé passer ma vie contre lui...

— Lorsque tes vignes dorée font ça, m'expliqua-t-il en tournant ses avant-bras pour que je puisse voir les tatouages de vignes dorées qui les recouvraient, je peux sentir ce que tu ressens.

Je m'arrêtai instantanément de bouger et le regardai bouche bée, sentant mes joues devenir écarlates.

— Tu peux ressentir ce que je ressens ? Tu veux dire que tu peux lire dans mes pensées ?!

— Laisse-moi te faire une démonstration, murmura-t-il.

Sa lumière bleue se mit à briller le long des vignes dorées, puis rejoignit mon corps. Lorsqu'elle atteignit mes paumes, je fus estomaquée : je pouvais *sentir* son désir pour moi. Plus, même : je pouvais le *voir*. Des images de nous deux m'assaillirent. Nous étions dans le plus grand lit que j'aie jamais vu – un lit à baldaquin avec des rideaux noirs. Je le voyais dans ses yeux tandis qu'il me fixait. Je me vis allongée sur les draps, devant lui. J'étais nue et... *waouh* ! J'étais beaucoup mieux que je ne l'étais en réalité... Puis toute une série d'images défilèrent devant moi, si vite que je n'arrivais pas à les voir distinctement : moi assise sur ses genoux, lui enfouissant son visage entre mes cuisses, moi penchée devant lui et les jambes écartées, son sexe dur, prêt à me prendre...

— Par tous les dieux, murmurai-je, fermant les yeux, tandis que les images disparurent.

En rouvrant les paupières, je vis mon propre désir se refléter dans les yeux d'Hadès.

— Tu avais dit qu'il n'y aurait pas de sexe magique ! haletai-je.

— C'est toi qui as commencé !

— Comment cela ?

— C'est ton pouvoir... Celui des vignes dorées... C'est toi qui m'as envoyé des images de ton désir !

— Quoi ?! m'écriai-je, les vignes d'or disparaissant instantanément. Pourquoi ne m'as-tu pas prévenue que j'avais des pouvoirs sexuels magiques ? m'offusquai-je, essayant de ne pas laisser transparaître la terrible envie que j'avais de lui et qui réchauffait l'intérieur de mes cuisses.

— Parce que je ne savais pas si tu finirais par les récupérer ou non...

Mes yeux se posèrent sur sa taille, et je repensai à son sexe, que je venais de voir dans mon esprit. Je n'avais pas seulement envie de lui. J'avais *besoin* de lui. C'était insoutenable : soit nous faisions l'amour tout de suite, soit je devais m'éloigner de lui.

— Peut-être devrions-nous revenir à l'entraînement plus tard, grogna-t-il.

Je réprimai ma déception. J'avais un besoin viscéral de lui ; comment allais-je pouvoir m'en passer ?

— Hécate t'enseignera la guérison avant la prochaine épreuve.

— D'accord, répondis-je simplement, tandis que nous nous regardions dans les yeux.

— Je suis désolé, Perséphone. Si je reste ici une seconde de plus, je ne pourrai pas m'arrêter.

Puis il disparut avant que je puisse lui dire que je ne voulais justement pas qu'il s'arrête...

SEIZE

HADÈS

Je n'arrivais pas à y croire : les vignes dorées étaient de retour. C'était forcément pour moi. Comment pouvais-je lui résister alors qu'elle me permettait de voir toutes ses envies, toutes les choses qu'elle rêvait que je lui fasse ? Je baissai encore davantage la température de la douche, soumettant mon corps à une eau glacée pour essayer de me calmer. Ce n'était pas très efficace, mais je ne savais plus quoi tenter d'autre... En fait, il n'y avait qu'elle qui pouvait me soulager. Aucune autre femme ne me procurait le même plaisir. Quant à le faire moi-même, cela faisait des siècles que ça ne marchait plus...

Plus le temps passait, et plus je doutais de pouvoir la laisser partir. Si elle retrouvait tous ses pouvoirs, si ces vignes dorées finissaient par révéler plus que ses désirs sexuels...

Soudain, mes souvenirs d'elle enroulée autour de moi, de nos corps enlacés, remontèrent à la surface. Je lui avais dit qu'elle avait changé le monde souterrain lorsqu'elle vivait ici. Que j'avais essayé de créer la vie pour remplacer le gouffre dans lequel son absence m'avait plongé. Mais elle ne savait pas qu'elle était la seule personne capable de réparer les dommages que cet endroit m'avait causés. Les dommages que mon frère m'avait causés.

Je n'avais pas toujours été un monstre. D'ailleurs, petit, j'étais le seul de mes frères et sœurs à trouver la mort répugnante. C'est pour cela que Zeus me croyait faible et qu'il avait toujours préféré Poséidon. Lorsque je suis devenu le roi des Enfers, la mort me rendait triste. Je ressentais de la pitié et de l'empathie pour toutes ces âmes qui arrivaient dans mon royaume. Mais je finis par me dire que je ne pouvais pas continuer ainsi. En tant que roi, il était de mon devoir de juger les coupables. Car je n'étais pas en charge des petits voleurs à l'étalage, ni des maris qui avaient trompé leur femme. Non... Ceux qui venaient ici étaient de la pire espèce. Grâce à eux, je découvris toute la brutalité dont les mortels étaient capables – souvent pour des raisons superficielles et égoïstes. Plus j'infligeais de punitions, moins je me souciais d'eux.

Ainsi, alors que mes frères prospéraient dans leurs royaumes et qu'ils trouvèrent une épouse, je devenais de plus en plus triste et amer.

Punir les autres devint un moyen d'évacuer ma colère. Je me disais que ceux que je punissais le méritaient. Mais, en réalité, j'aimais regarder les hommes souffrir, les voir écorchés vifs, ou se consumer dans les flammes. Cela faisait écho au feu qui brûlait à l'intérieur de moi, me tordant et me salissant.

Plus les punitions que j'infligeais étaient horribles, plus mes frères semblaient me respecter. Ils finirent par me laisser tranquille, satisfaits que je fasse le travail que Zeus m'avait confié. Je finis alors par m'entourer de fumée pour devenir encore plus invisible, et je bannis tout le monde de mon royaume. J'étais devenu le monstre que tout le monde attendait que le roi des Enfers soit.

Jusqu'au jour où je rencontrai Perséphone. Elle fut la seule à percevoir celui que j'étais réellement, au fond de moi. Surtout, son pouvoir de vie – celui qu'elle utilisait pour faire pousser les plantes – coula dans mes veines et, pendant les quatre années que nous passâmes ensemble, guérit mes blessures que j'avais toujours crues incurables.

Mais elle finit par m'être arrachée.

Sans réaliser ce que je faisais, je donnai un coup de poing dans le mur en marbre de la douche. Il se fissura, puis s'effondra complètement, l'eau se répandant dans toute la pièce.

— Putain de merde ! hurlai-je en tapant du pied.

Le mur se répara instantanément. Mais je ne m'en préoccupai pas. La seule chose à laquelle je pouvais penser, c'était elle. Je n'étais pas sûr de pouvoir supporter de la perdre à nouveau.

Je traînai le reste de la journée, me repassant en boucle les images que Perséphone avait partagées avec moi.

— Patron, concentre-toi, c'est important, me dit Hécate.

Je quittai l'image des lèvres douces de Perséphone enroulées autour de mon sexe, et me tournai vers elle.

— Pardon, quoi ? demandai-je, changeant de position sur mon siège pour essayer de cacher mon érection.

— Kérato dit qu'il a des nouvelles. Sur la faction des *Morts-vivants du printemps*.

Je sortis aussitôt de ma torpeur et me redressai.

— Dis-lui que je veux le voir dans la salle du trône. Maintenant !

— Monseigneur !

Le minotaure s'inclina profondément devant moi, alors que je me jetai sur mon trône.

— Dis-moi ce que tu sais !

— Nous avons capturé une personne dont nous savons qu'elle est étroitement liée à l'agresseur.

— Où est-il maintenant ?

— *Elle* est dans les fosses de rétention.

— Amène-la-moi !

La rage bouillonnait en moi alors que je repensai à ce que cet homme avait fait à Perséphone. Je sentais monter en moi cette sorte de satisfaction perverse que je ressentais chaque fois que j'étais sur le point d'infliger une peur noire à un être vivant. J'aimais devenir un cauchemar. Je salivai à l'idée de détenir la vie de quelqu'un entre les mains...

Je jetai un coup d'œil au trône composé de roses métalliques. Durant tout le temps où Perséphone avait régné à mes côtés, j'avais été capable de contenir ma cruauté. Je l'avais même transcendée. Mais, dès lors que Perséphone était partie, ma cruauté était revenue. J'étais redevenu le monstre hideux qui se nourrissait de peur et de mort.

Lorsque Kérato revint, cinq minutes plus tard, traînant avec lui une femme débraillée, je sentis un frisson d'excitation parcourir tout mon corps.

— Quel est ton nom ? demandai-je à l'inconnue, avec une voix de serpent.

La fumée qui m'entourait était glaciale.

— Daphné, répondit-elle en tombant à genoux devant moi.

Sa voix était forte, provocante, et une noirceur inouïe me submergea.

— Et tu connaissais Calix ?

— C'était mon frère.

Elle gardait les yeux baissés et la tête penchée sur ses genoux, si bien que ses cheveux blonds et sales masquaient complètement son visage.

Je la détestai.

— Ton frère a essayé de tuer Perséphone !

— Je sais.

— Pourquoi ?

— Parce qu'elle avait tué sa femme.

— Comment sais-tu ça ?

Je voulais qu'elle me donne cette réponse avant que je ne mette fin à sa misérable vie. Car c'était la seule chose que je ne comprenais pas et que je ne pouvais donc pas maîtriser. Personne n'aurait dû se souvenir de Perséphone, en dehors de mes conseillers les plus proches et des onze autres dieux de l'Olympe.

— Je le sais, c'est tout, répondit-elle.

J'envoyai une onde de fumée vers elle et utilisai mon pouvoir pour lire dans son esprit. Je voulais savoir ce qui la terrorisait le plus.

Aussitôt, elle se redressa, inclina la tête en arrière, et me regarda avec des yeux écarquillés par la peur.

— Arrête ! Je t'en supplie !

— Dis-moi comment tu connais Perséphone !

— Nous l'avons reconnue, lors de la première épreuve, haleta-t-elle, des larmes coulant sur son visage. Je t'en supplie, arrête !

— Comment avez-vous su que c'était elle ?

— Je ne sais pas... Lorsqu'il l'a vue, Calix l'a tout de suite reconnue et il a voulu venger sa femme.

Sa peau était devenue blanche comme neige, mais

j'étais trop concentré sur mes questions pour me soucier de ce qui l'effrayait.

— Et les autres membres des soi-disant *Morts-vivants du printemps* ?

— Ils l'ont reconnue, eux aussi. Dès que son visage est apparu dans les plats à flammes. Tous ont gardé en mémoire ce qu'ils ont perdu...

Elle sanglotait, et j'avais du mal à comprendre ce qu'elle me disait. Je rétractai un peu ma fumée, et elle tomba en avant immédiatement.

— Combien sont-ils ?

— Je n'en ai rencontré que deux, s'étrangla-t-elle.

— Leurs noms !

— Nicos et Lander.

Je regardai Kérato d'un air interrogateur.

— Lander est le premier homme que nous avons capturé. Il est mort, m'informa le minotaure d'un ton bourru, provoquant de nouveaux sanglots chez la femme. Nous sommes en train de chercher Nicos, reprit Kérato.

— Bien ! Ramène-la dans la fosse et garde-la en vie. Nous aurons peut-être encore besoin d'elle pour retrouver les autres imbéciles du groupe...

J'entendis à peine les sanglots de la femme alors que Kérato la tira hors de la salle du trône. La seule chose qui me préoccupait était de savoir comment ces gens avaient pu se souvenir de ce qui s'était passé ? C'était impossible ! Sauf s'ils avaient réussi à boire l'eau de la rivière Léthé, mais c'était l'endroit le mieux gardé et le plus secret du royaume de la Vierge...

Bouillant de colère et de rage, je réalisai qu'il n'y avait qu'une seule solution : quelqu'un dans mon propre royaume conspirait forcément contre moi ! Les flammes qui entouraient la pièce bondirent, produisant une lumière bleue qui se répandit dans tout l'espace.

Je serrai les poings, déterminé à retrouver jusqu'au dernier membre de ces *Morts-vivants du printemps*, et à les faire croupir dans un enfer encore pire que le mien : le Tartare.

DIX-SEPT

PERSÉPHONE

Tout compte fait, heureusement qu'Hadès était parti avant qu'il n'arrive quelque chose, pensai-je en envoyant une petite vigne verte depuis ma paume jusque sur le parterre de fleurs. Une énergie délicieuse me traversa, me donnant le frisson. L'image d'Hadès aux yeux sombres et irradiant de désir entre mes jambes me vint à l'esprit. Sentant tout à coup une bouffée d'énergie provenant de la vigne, j'écarquillai les yeux. Une pousse se dressait devant moi. Je tirai sur la tige et la pousse vert clair ralentit pour s'arrêter.

— *Ce doit être parce que tu as pensé à tu sais qui*, commenta Skop. Je me tournai vers lui, trop étonnée pour objecter. Il remua sa petite tête de chien et se remit à creuser dans la terre. Pour un chien qui n'en était pas vraiment un, il aimait décidément s'adonner à cette activité.

— Toc toc, fit soudain la voix chantante d'Hécate depuis la porte du conservatoire. Je me suis levée rapidement.

— Salut, lançai-je en me retournant pour la voir approcher entre les parterres de fleurs.

— Ce n'est pas encore très vert, par ici, observa-t-elle en regardant autour d'elle.

— Je crois que je viens de découvrir comment activer la pousse, lui dis-je en désignant ma tentative.

— Oh, qu'est-ce que c'est ?

— Un pois de senteur.

— C'est joli. Bon, l'annonce de l'épreuve sera faite ce soir sur les flammes, pas de cérémonies prétentieuses ni tralalas.

J'essayai de ne pas laisser transparaître mon mécontentement, mais je dus échouer, car Hécate se renfrogna.

— Je pensais que ça te ferait plaisir... Tu dis toujours que tu as horreur de tout ça.

Sauf que je ne pourrais pas le revoir ce soir.

— Oh, oui. Je...

Je cherchais quelque chose à dire, mais Hécate regarda Skop avec insistance avant de se tourner vers moi, un petit sourire aux lèvres.

— Tu espérais voir Hadès ce soir, s'écria-t-elle d'un ton joyeux.

— Skop ! Sale mouchard !

— *Je ne lui ai rien dit*, commenta-t-il sans me regarder.

— À d'autres !

— *C'est pratiquement sa meilleure amie. Elle saura bien, tôt ou tard, que vous sortez ensemble.*

— On ne sort pas ensemble !

— *Alors pourquoi est-ce qu'il nous cache dans la fumée chaque fois qu'il est avec toi ?*

— Pour garantir l'intimité face à tous les gnomes pervers, rétorqué-je, le visage brûlant.

— *Parce que vous baisez.*

— On ne baise pas !

Ma protestation était si véhémente que j'avais

prononcé ces mots à voix haute par inadvertance. Hécate poussa un hurlement de rire.

— Toi et moi, chère Persy, il faut qu'on parle. Autour d'une bonne bouteille de vin. Et si on regardait l'annonce de l'épreuve chez moi ce soir en buvant quelques verres ? Une soirée entre filles.

— Génial, répondis-je, surprise par ma propre sincérité.

C'était exactement ce dont j'avais besoin. Une soirée avec Hécate, sans Hadès nulle part. Une occasion de me vider la tête.

Les appartements d'Hécate étaient nettement plus beaux que les miens, mais pas franchement à mon goût. Elle dut m'y conduire discrètement, car je n'étais pas autorisée à me rendre ailleurs que dans le jardin d'hiver et la salle d'entraînement. Nous apparûmes dans un grand salon. Les murs de pierre et le haut plafond baigné d'une lumière crépusculaire assuraient l'éclairage, mais la pièce dégageait une impression de ténèbres et d'élégance. Le sol était recouvert d'un tapis moelleux gris foncé avec deux canapés noirs de style gothique. Des cadres en bois finement ouvragés dominaient le salon. Le mur à ma droite était constitué d'une gigantesque bibliothèque croulant sous les volumes reliés en cuir. Le mur opposé était bordé d'un long comptoir en bois sombre, de style gothique également, et des œuvres géométriques abstraites dans des centaines de nuances de bleu étaient suspendues au mur, au-dessus. Le comptoir était chargé d'objets exotiques. J'allais prendre dans ma main un crâne lumineux lorsqu'Hécate m'arrêta net.

— Ne touche pas à ça, dit-elle sèchement.

Je me figeai.

— D'accord, mais pourquoi ?

— Tu vas réveiller Kako. Et je ne suis pas d'humeur à le supporter ce soir.

— Kako ?

— Le mauvais esprit qui vit dans ce crâne.

— Je vois, dis-je en le regardant attentivement. Logique qu'un mauvais esprit habite dans ton salon.

— Eh bien, oui, je suis la déesse des fantômes, dit-elle en haussant les épaules avant de se pencher pour ouvrir l'un des nombreux placards sous le comptoir.

— Y a-t-il autre chose que je ne devrais pas toucher ? demandai-je en avisant la rangée d'objets étincelants.

Il y avait une fiole remplie d'un liquide orange fluo, une lame incurvée avec de minuscules tourbillons gravés dessus, une énorme perle qui luisait dans la faible lueur provenant du mur derrière elle et bien d'autres objets pêle-mêle. J'avais envie de tout toucher.

— Tout, répondit-elle. Laisse tout ça tranquille.

Je grimaçai avant de m'éloigner du comptoir. Le mur du fond était absent, remplacé par une grande arche, et je distinguai un lit à baldaquin drapé de tissu noir transparent dans la pièce au-delà. Un souvenir du lit dans lequel j'avais vu Hadès et moi me revint brusquement à l'esprit et je me détournai promptement pour aller m'asseoir sur l'un des canapés.

— Alors, où est ton plat pour les flammes ? demandai-je.

— Ah oui, dit-elle en se redressant, déposant deux verres sur le comptoir.

Ses yeux devinrent blancs et elle se mit à irradier d'une lumière bleue, puis un plat en fer imposant apparut sur un socle juste devant le canapé. Une légère flamme orangée s'alluma au centre. Je la regardai attentivement.

— Alors, ce sont comme des télés ? Les flammes montrent toujours quelque chose ?

— On peut s'en servir pour discuter, comme vos téléphones, ou bien les dieux y diffusent des messages. C'est tout.

— Et tous les gens de l'Olympe m'ont observée là-dedans pendant les épreuves ?

— C'est ça.

— Quelle folie, soupirai-je.

— Pas plus que vos téléphones, quand on y pense. Athéna est fière de votre civilisation actuelle. Vous êtes allés très loin, très vite.

— Hmm...

J'avais du mal à penser à mon monde comme la simple expérience d'un dieu blasé. Ça me faisait trop mal à la tête et je préférais changer de sujet.

— Alors, qu'est-ce qu'on boit ?

— Mon cocktail favori, répondit-elle. Mais il me manque quelque chose. Attends ici. Et ne touche à rien !

Hécate quitta le salon en un clin d'œil, et aussitôt, Skop bondit sur le canapé à côté de moi.

— *Touche le crâne ! S'il te plaît, s'il te plaît, touche le crâne !*

Sa queue remuait frénétiquement et il me regardait d'un œil suppliant.

— Non ! Certainement pas, répondis-je en esquivant son regard.

À vrai dire, j'avais très envie d'y toucher.

— *Tu n'es pas marrante du tout*, grommela-t-il en s'asseyant.

— Tu sais, Skop, parmi tous les mots que je pourrais

employer pour me décrire, marrante est clairement en haut de la liste. J'ai un pouvoir sexuel magique, bordel de merde !

— *Quoi ?*

— Oui.

— *Moi aussi, je veux un pouvoir sexuel magique*, me dit-il.

— Je croyais que tu étais déjà un dieu au plumard.

Sa queue frétilla à nouveau.

— *Oh, que oui.*

Hécate revint dans la pièce sur ces entrefaites avec une grande cruche en métal à la main, m'épargnant plus d'explications de la part de Skop.

— Comment se fait-il que tu n'aies pas pu l'invoquer ?

— Je peux faire apparaître du vin, mais pas ça, répondit-elle avec une pointe de malice dans la voix.

Je haussai les sourcils alors qu'elle remplissait deux verres avec une boisson couleur de citron vert. J'aurais juré voir de la fumée en sortir.

— Tu es sûre d'avoir déjà fait ça avant ? demandai-je timidement.

— Oui, et maintenant que tu as retrouvé ton pouvoir, tu peux le boire.

Elle ajouta d'autres ingrédients, mais en me tournant le dos pour m'empêcher de bien voir, puis elle se dirigea vers le canapé et me tendit le cocktail. Il était encore vert, mais à présent, il sentait la cerise.

— Comment ça s'appelle ?

— Esprit Spartiate.

— Bon, eh bien, à la tienne, dis-je en faisant tinter mon verre contre le sien avant de boire une gorgée.

Aussitôt, je sentis une explosion de fruits dans ma bouche, de la cerise amère, de la mûre acide et de la fraise sucrée, le tout en même temps, avec des picotements sur la langue.

— Incroyable !

— Je sais, répondit-elle en prenant une longue gorgée avant de s'asseoir à côté de moi. Oooh, regarde !

Je levai les yeux de ma nouvelle boisson préférée pour voir jaillir les flammes dans le plat et irradier de mille feux. Elles s'estompèrent alors qu'une image cristalline du commentateur apparaissait au centre du plat.

« Bonsoir l'Olympe ! »

— Pfff, je le déteste, grommelai-je.

— Oui, j'avoue qu'il est agaçant, convint Hécate.

« Vous mourez tous d'envie de savoir ce que notre petite Perséphone va devoir affronter ! » *Notre petite Perséphone ?* Oh dieux, comme j'avais envie de le frapper. « Jusqu'à présent, elle a affronté des épreuves de force et d'hospitalité. » L'appréhension me noua le ventre. Les deux autres valeurs étaient l'intelligence et la loyauté. « Eh bien, l'attente est terminée ! Demain après-midi, elle sera confrontée à sa première épreuve d'intelligence ! »

— Ça veut dire que, cette fois, je ne vais pas frôler la mort ? demandai-je en me tournant vers Hécate.

Elle prit un air contrit.

— Non, apparemment.

« Voici votre hôte qui va vous en dire plus », annonça alors le commentateur avant de disparaître.

J'eus le souffle coupé lorsque la fumée noire d'Hadès se matérialisa, la salle du trône visible derrière lui. C'était étrange de le voir tout en fumée, translucide et ondulant, alors que je savais quelle perfection se cachait en dessous.

« En tant que reine des Enfers, Perséphone devra respecter mon royaume », annonça-t-il sur un ton glacial. Un frisson me saisit à ces mots. « Nous devons donc tester sa capacité à survivre dans des environnements dangereux. Elle sera enfermée dans une partie périlleuse de la Vierge et devra s'en échapper. » Puis, avec un petit sifflement, il disparut.

Je me tournai vers Hécate, les nerfs à vif.

— Où vont-ils me piéger ?

— Je ne sais pas, mais il avait l'air remonté. Impossible que ce soit son idée.

Hécate avait l'air soucieuse.

— C'est l'œuvre de Zeus, ajouta-t-elle. Il force Hadès à exposer davantage son royaume au monde. Dieux, ce type est affreux.

Je pris une longue gorgée avant de hocher la tête.

— Oui. Tu l'as dit.

Nous gardâmes le silence pendant de longues minutes, puis je me raclai la gorge.

— Je ne devrais pas trop boire, si je dois concourir demain.

Hécate renifla.

— Tu as un pouvoir de guérison maintenant, tu n'auras pas la gueule de bois.

— Sérieusement ?

— Oui.

— Plus de gueule de bois ? Plus jamais ?

— C'est ça.

— Alors, comment se fait-il que tout le monde ici ne soit pas tout le temps ivre ?

— Franchement, c'est le cas de certains. Y compris moi.

Avec un éclat de rire, je pris une longue gorgée d'Esprit Spartiate, pour le simple plaisir de l'ivresse.

— Bon, s'ils doivent te piéger quelque part, on ferait

mieux de déterminer ce que tu dois emporter. Es-tu claustrophobe ?

— Pas plus que n'importe qui, répondis-je, songeuse. Par exemple, si on m'enferme dans une pièce en feu, je vais paniquer.

Je souriais, mais pas Hécate.

— Oh. Tu crois qu'ils vont me piéger dans une pièce en feu ?

— Je ne vais pas te mentir, Persy, une grande partie des Enfers est constituée de pièces en proie aux flammes.

Et merde.

— Oui. Prends *Faesforos* et utilise tes vignes. Si c'est un test d'intelligence, tu devras résoudre une sorte d'énigme ou répondre à une question pour t'en sortir.

Je gémis.

— Si c'est comme le bal avec tous les dieux, je ne pourrai pas y arriver.

— Honnêtement, ça pourrait être n'importe quoi.

— On ne devrait pas réviser quelques fondamentaux sur les dieux, juste au cas où ? demandai-je.

Elle arqua un sourcil, dubitative.

— Persy, as-tu la moindre idée du temps qu'il faut pour apprendre l'histoire des dieux ? Il y a des écoles entières ici rien que pour cet enseignement.

— Oh, dis-je avant d'y réfléchir.

Les écoles de l'Olympe devaient être assez différentes des établissements minables que j'avais fréquentés.

— Comment était ton école ? demandai-je.

— Je n'y suis jamais allée. Je suis un Titan.

Je me renfrognai.

— Et alors ?

— Eh bien, jusqu'à tout récemment, Zeus ne voulait pas que les Titans soient formés dans les académies.

Depuis, Athéna l'a convaincu que nous autres, dangereux descendants des Titans, nous étions plus en sécurité sous leur supervision, mais il nous déteste toujours. Comme une grande partie de l'Olympe, d'ailleurs.

— Pourquoi ? Enfin, je suis au courant pour la guerre et tout ça, mais ça remonte à loin, non ?

— Les Titans sont forts. Ce sont les dieux des origines. Alors, quand ils basculent du côté obscur, ils deviennent vraiment redoutables. Et ça fait peur aux gens.

— Les pires ne sont pas tous au Tartare ?

— Si, et il n'y a pas eu de Titan génocidaire depuis des milliers d'années, mais ça n'empêche pas les rumeurs de circuler et d'alimenter la peur.

Elle avait les yeux plissés, visiblement dépitée, et je me remémorai ce qu'Hadès avait dit. « Hécate est beaucoup plus forte qu'il n'y paraît. »

— Est-ce que tu caches ton pouvoir pour que les gens n'aient pas peur de toi ? demandai-je avec hésitation.

Elle croisa alors mon regard et mit un certain temps avant de me répondre.

— Avant, oui. Mais depuis le temps que je vis ici avec Hadès, j'ai appris à lui faire confiance. Et je me suis forgé une belle réputation en Vierge. On ne se moque plus de moi.

Plus ? Alors, Hécate aussi avait subi du harcèlement ? La façon dont Eris lui avait parlé au bal, se moquant de son héritage titan, me revint en mémoire. Comment Hadès et Hécate, deux des personnes les plus coriaces que j'aie jamais rencontrées, pouvaient-elles être victimes d'intimidation ? Je me sentis plus déterminée que jamais, mes veines emplies de force et de courage. S'ils avaient surmonté leur passé et leurs ennemis pour devenir aussi puissants qu'ils l'étaient à présent, alors moi aussi j'en étais capable. Et je pariais qu'ils avaient tous deux supporté bien pire que les mains baladeuses et le cynisme de Ted Hammond. *Ne sont-ils pas allés un peu trop loin pour y arriver ?* Le doute constamment présent en moi fit remonter cette question à la surface, mais je la chassai résolument.

— Je meurs de faim. Qu'est-ce qu'on mange ?

DIX-HUIT

PERSÉPHONE

— Alors, Skop a raison, tu couches avec Hadès ?

Hécate avait posé sa question avec une telle désinvolture que je manquai de m'étouffer avec mon morceau de bœuf.

— Non ! Skop a totalement tort !

— Mais tu en as envie, reprit-elle en souriant.

— Hécate, que se passe-t-il quand les Olympiens se marient ? Hadès a parlé d'un lien, mais il est resté terriblement vague.

— Je ne sais pas, admit-elle en haussant les épaules. Je ne suis pas une Olympienne. Mais je sais qu'ils se marient pour la vie. Ici, on ne divorce pas.

— *Je te l'avais dit*, lança Skop en grignotant son steak à mes pieds.

— Tu sais, vous formiez un beau couple.

— Disons qu'il est plutôt... intense, dis-je avec prudence.

— Sans blague. Tu aurais dû le voir quand tu es partie.

Un élan douloureux me comprima le cœur à cette pensée, avec une force qui me secoua.

— Il a dit que tu l'avais aidé. Avec le treizième royaume.

À ces mots, le visage d'Hécate changea légèrement, un sourire moins insolent succédant à son expression habituelle. Un sentiment plus profond se propagea sur ses traits.

— Il t'a parlé de ça ?

— Oui.

— Écoute. Je veux que tu gagnes, Persy. Je ne sais pas ce qui s'est passé avant, ni pourquoi tu es partie, mais je te jure que ça ne peut pas être aussi grave que si tu repartais. Je connais Hadès depuis longtemps. Vraiment *très* longtemps. Pendant les quelques années que vous avez passées ensemble, il est presque redevenu lui-même.

Je fus presque transpercée physiquement à ces mots, comme si dans la bouche d'un autre que lui ils étaient encore plus réels, plus indéniables. Comment pouvais-je avoir produit un tel impact sur la vie de quelqu'un, alors que jusqu'à présent, j'ignorais son existence ? Et pas n'importe qui, *un putain de dieu !*

— Il me plaît comme personne avant lui, avouai-je. Je ne peux pas l'expliquer.

Hécate se leva et rassembla nos verres vides.

— Il est vraiment très sexy, observa-t-elle en se dirigeant vers le plan de travail.

— Ce n'est pas que ça. Je me fais du souci... Maintenant que je l'ai rencontré, j'ai peur que plus personne ne me fasse ressentir de telles émotions.

Elle partit d'un rire léger.

— Eh bien, que les dieux nous viennent en aide quand tu coucheras avec lui pour de bon !

— Il n'en est pas question, déclarai-je avec conviction.

Nous ne serons pas plus avancés quand il me faudra partir...

Je m'interrompis et elle se tourna vers moi.

— Quand il te faudra partir ? Tu ne crois toujours pas que tu es capable de gagner ?

Ne fais confiance à personne. La voix du jardin de l'Atlas revint dans mes pensées.

— On n'est jamais sûr de rien, dis-je sur un ton évasif.

— Hmm, répondit-elle sommairement avant de se tourner vers les cocktails.

Il fallait que je change à nouveau de sujet.

— Bon, et toi ? Est-ce qu'il y a quelqu'un qui te fait perdre la tête ?

Elle poussa un long soupir et je fronçai les sourcils. Ce n'était clairement pas la réaction que j'attendais.

— Persy, je vais te dire quelque chose, dit-elle enfin en rapportant deux verres pleins sur le canapé.

— Je t'écoute.

— Tu sais, quand je t'ai dit que j'avais des centaines d'amants ?

— Oui.

— C'était un mensonge.

— Je vois, dis-je en hochant la tête.

— Je n'ai pas d'amants.

— Alors, pourquoi m'avoir menti ?

— Parce que je n'ai pas du tout d'amants. Ni maintenant ni jamais.

Elle prit une longue gorgée en détournant le regard.

— Oh, fis-je, essayant de masquer ma surprise.

— Les gens me jugent quand ils découvrent que je suis abstinente, alors je préfère mentir.

Elle parlait sur la défensive et mon esprit s'emballa à ces mots. J'essayai d'imaginer ce que serait une vie sans sexe. Je n'étais pas vraiment une experte, mais il était évident que cette activité avait égayé les dernières années de ma vie, même si mes partenaires n'étaient que temporaires.

Cela dit, il s'agissait de moi. Hécate devait avoir ses raisons pour ne pas vouloir d'amants.

— Je suis mal placée pour te juger. Tu choisis ce que tu veux faire de ton corps.

Elle me jeta un coup d'œil, soudain plus émotive que jamais.

— J'aimerais bien que ce soit mon choix, marmonna-t-elle.

— Ce n'est pas le cas ? demandai-je, perplexe.

— C'est compliqué.

Elle avait retrouvé son calme et s'était adossée dans le canapé, sa cheville posée sur le genou opposé. Elle sirota son cocktail avant de reprendre :

— L'un de mes pouvoirs les plus désagréables est la nécromancie, expliqua-t-elle.

Un frisson involontaire me parcourut à cette idée. Les zombies m'avaient toujours fichu la trouille.

— Dans un monde idéal, continua-t-elle, je n'aurais jamais à utiliser ce pouvoir. Mais dans le cas d'un cataclysme, il pourrait s'avérer extrêmement important. Parce que, de tous les dieux, seuls Hadès et moi en sommes capables. Thanatos et les Parques peuvent provoquer la mort, mais nous sommes les seuls à pouvoir animer les cadavres et contrôler les âmes des trépassés.

Je m'efforçai de dissimuler mon profond dégoût.

— Dans quel contexte de dingue pourrait-on te demander une chose pareille ?

Elle laissa échapper une longue expiration.

— Si Hadès perd le contrôle des Enfers, par exemple,

ou s'il est évincé de l'Olympe. Il n'y a presque que les morts-vivants qui puissent renverser les dieux.

J'en eus le souffle coupé. Hadès évincé de l'Olympe... Était-ce un euphémisme pour dire qu'il était en train de mourir ? Je le pensais immortel.

— Et est-ce que ça pourrait arriver ?

— Sur l'Olympe, tout est possible, répondit-elle avec amertume.

Je pris une bonne gorgée avant de lui demander :

— Alors, tu es sa suppléante ?

— En quelque sorte. Un pouvoir aussi sombre doit être équilibré. Hadès a sacrifié des parties de son âme, il a physiquement perdu des morceaux de lui-même dans les Enfers. Il est trop fort, les exigences de son pouvoir sont trop élevées pour lui permettre de vivre autrement. Mais moi, j'ai appris que je pouvais faire un sacrifice personnel et garder mon âme intacte.

— Alors, tu as renoncé au sexe ?

— J'étais vierge quand je suis arrivée ici et je rêvais de connaître le sexe, à l'époque. C'était le pire sacrifice que je puisse faire pour sauver mon âme.

— Mais tu n'as pas abandonné l'amour ? Rien que le sexe ?

— Persy, tu connais un homme qui t'aimerait sans pouvoir te toucher ? dit-elle.

Cette fois sa voix était pleine d'amertume.

— Et puis, pourquoi me soumettre à la tentation ? Pourquoi tomber amoureuse de quelqu'un sans jamais pouvoir l'exprimer physiquement ? Si je cédais et perdais ma virginité, je perdrais mon pouvoir le plus précieux.

— Quelle merde, murmurai-je.

— Eh oui.

— Et si tu n'avais jamais besoin d'utiliser ce pouvoir ? Hadès n'ira nulle part. C'est l'un des super-dieux, non ?

— Hadès est le plus instable de tous. On ne peut jamais savoir ce qui pourrait se passer dans l'avenir. C'est comme risquer la destruction possible de l'Olympe tout entier pour céder à ma petite envie de prendre du bon temps, répondit-elle avec hauteur. Il ne faut pas tenter ce genre de pari.

— J'espère que l'Olympe sait ce que tu abandonnes pour eux, commentai-je avec un soupir.

Hécate ricana.

— Ils s'en fichent bien. Pour eux, je suis une racaille de Titan.

— Alors, pourquoi fais-tu cet effort ?

— Persy, je suis peut-être une rebelle, mais je ne vais pas risquer de voir le monde tomber aux mains des morts-vivants alors que j'aurais pu l'empêcher. Je te l'ai dit, les Titans ne sont plus génocidaires, me dit-elle avec un sourire en coin. Et puis, de toute façon, il n'y a personne qui me donne envie de prendre ce risque.

Lorsqu'Hécate me renvoya dans ma chambre, j'étais bourrée – du genre vraiment, carrément torchée. Après sa grande révélation et l'aveu de mes sentiments troubles pour Hadès, la conversation s'était orientée vers des sujets plus légers. Hécate m'avait demandé de lui raconter toutes mes déconvenues amoureuses et Skop ne s'était pas gêné pour ajouter son grain de sel. Nous avions même évoqué les membres respectifs de Zeus et de Poséidon. Ça nous avait fait du bien de nous lâcher un peu.

— Tu sais quoi, Skop ? lançai-je en retirant mon pantalon en cuir dans ma salle de bain.

— *Tu as changé d'avis et tu veux essayer le cul avec un gnome ?* répondit-il avec espoir.

— Non. Je me disais que j'avais envie de voir Hadès.

Tout en parlant, j'enfilai le pyjama de soie qui apparaissait toujours, propre et repassé, dans ma garde-robe chaque soir. Je faillis tomber en passant les jambes dans mon short.

— *C'est parce que tu es ivre et excitée,* commenta-t-il.

— Tu sais, certaines personnes ne font pas l'amour du tout. Je devrais m'estimer heureuse et en profiter au maximum.

Bourrée comme je l'étais, cela me semblait être la déclaration la plus cohérente de la soirée. Pourquoi me priver alors que je n'y étais pas contrainte ? Surtout avec un putain de dieu.

— Bon, alors comment je pourrais le faire venir ici ?

DIX-NEUF

HADÈS

— Tu sais ce que tu es ? m'égosillai-je, mon énergie jaillissant au bout de mon doigt pointé.

Zeus sourit paresseusement en levant la main pour bloquer mon tir. Ce n'était pas nécessaire. Il était largement assez fort pour encaisser mes explosions.

— Qu'est-ce que je suis, Hadès ?

— Un putain de connard colossal, exactement comme elle l'a dit !

La menace faisait étinceler les yeux de mon frère.

— Je ne me doutais pas qu'elle nous occuperait autant quand je l'ai ramenée, observa-t-il en s'avançant dans ma salle du trône, les yeux tournés vers les flammes.

La fureur grondait dans tout mon corps. Le sombre puits de pouvoir cherchait désespérément à se déployer.

— Zeus, sans moi, l'Olympe tomberait. Tu veux vraiment prendre le risque de me remettre à ma place ? grognai-je en m'efforçant de me calmer.

— C'est une menace ? demanda-t-il en se tournant vers moi, les sourcils levés.

Il était sous sa véritable forme, tout comme moi. Un

être ancien, rayonnant de la puissance à peine contenue du ciel, son visage marqué par une fureur égale à la mienne.

— C'est toi qui as causé cela, Hadès. Tu as enfreint les lois. Tu m'as délibérément défié. Tu t'attendais à ce que je te laisse m'humilier et rabaisser mes lois devant le monde entier ?

Une haine mortelle émaillait ses paroles et je sentis de la fumée s'échapper de ma peau alors que je lui renvoyais son regard.

— Tu les as tous tués. Tout un royaume innocent. La punition n'était pas suffisante ? Il fallait vraiment que tu prennes le risque de la ramener rien que pour me voir souffrir ?

Il plissa les yeux.

— Alors, tu es du même avis que Poséidon ? Tu penses qu'elle est toujours dangereuse ?

— Elle ne peut pas rester ici.

— J'en suis bien conscient.

— Et maintenant, tu la forces à concourir dans des épreuves où c'est mon royaume qui causera sa perte ? Est-ce que tu me méprises à ce point ?

La fumée qui émanait de mon corps commençait à brûler, les flammes ruisselant comme du liquide sur le sol en marbre.

— Elle est plus forte que tu ne le penses, Hadès.

— C'est ce que ta femme a dit, grommelai-je.

Zeus ne méritait pas Héra. Il ne l'avait jamais méritée. Un éclair violet traversa son regard et le grondement du tonnerre retentit dans la salle du trône en suspension.

— Il n'est pas question de ma femme, mon frère, mais de la tienne.

— Tu as besoin de moi, Zeus. Ne l'oublie pas. Le ciel,

la mer et les enfers. Si l'un de ces trois royaumes tombe, l'Olympe tombe avec lui. Et sur qui régneras-tu alors ?

— Mon cher frère, tu es immortel. Où penses-tu pouvoir aller sans que je te retrouve ?

Il disparut dans un clignotement pour réapparaître à quelques centimètres de mon visage. Son électricité brûlante se propagea à travers mon corps et une magie d'un noir d'encre parcourut mes veines en réaction. Mon monstre intérieur était bien réveillé, prêt à déchaîner les enfers.

— Si tu désertes, reprit-il, je rendrai ta vie encore plus misérable qu'elle ne l'a été pendant des siècles.

Il croyait que je le menaçais de partir ? J'éclatai d'un rire tonitruant.

— Tu te trompes sur mon compte, Zeus. Cruelle-ment. Je ne quitterai pas la Vierge. Jamais. Je resterai ici jusqu'à ce qu'il ne reste plus rien. Tout l'Olympe peut brûler autour de moi, les morts-vivants inonder le monde, noyant les vivants sous leurs cadavres en décom-position, mais moi, je resterai ici, exactement là où tu m'as placé.

Seul. Brisé, tourmenté et incapable de contenir plus long-temps les ténèbres qui m'habitent.

Pendant quelques secondes, je vis le doute se dessiner sur le visage de mon frère. Mais il disparut aussitôt, un rictus suffisant déformant ses traits à la place. Il croisa les bras et s'éloigna de moi en inclinant la tête.

— C'est une belle menace.

— Ce n'est pas une menace. C'est ce qui se passe quand on me pousse trop loin.

— Tu es en train de me dire que tu es instable, petit frère ?

— Non, Zeus, mentis-je. Je contrôle bien plus mon

pouvoir que je ne l'ai jamais contrôlé. Mais je te conseille de ne pas me tester.

Il me dévisagea encore un moment avant de soupirer.

— Nous verrons comment ta petite humaine se débrouille demain. Ses épreuves ne sont pas plus dangereuses que celles des autres concurrents.

— À d'autres ! rétorquai-je.

— Sur, mon frère, à demain, dit-il avec un sourire avant de disparaître.

Je poussai un rugissement qui embrasa la salle tout entière.

Les flammes se propagèrent sur l'estrade et je sentis les ténèbres s'accumuler en moi alors qu'elles atteignaient mon trône. Au contact du feu, les crânes virèrent au bleu.

Puis un rayon de lumière perça mon propre crâne et ma fureur vacilla tandis que mon attention se reportait sur quelque chose. *Perséphone.* C'était sa lumière, sa magie. Les yeux fermés, j'envoyai mes sens à travers le palais à la recherche de son éclat de couleur verte. Elle était là. Dans ses appartements. Pourquoi utilisait-elle sa magie maintenant ? Était-ce pour s'entraîner ? À moins que la personne qui avait laissé cette poupée sur le pas de sa porte ait réussi à entrer ? Cette pensée suffit à décupler ma rage et je me projetai instantanément à ses côtés.

— Oh là ! Tu as l'air vraiment en colère, dit-elle alors que je tournais la tête à droite et à gauche dans la petite pièce à la recherche de la menace éventuelle.

— Quoi ?

Je me concentrai sur elle, mon instinct me laissant entendre qu'il n'y avait rien de dangereux dans les parages. Malgré tout, mon cœur battait la chamade.

— Pourquoi... commençai-je sans terminer ma phrase.

Elle portait un débardeur et un petit short en soie rose et ses cheveux blancs étaient lâchés sur ses épaules. Ses pupilles étaient dilatées et elle sentait la cerise.

— Tu as bu ? demandai-je, circonspect.

— Esprit Spartiate.

— Il m'a bien semblé reconnaître l'arôme.

Je laissai les dernières bribes de fumée s'évanouir autour de moi tandis que mon pouls rapide ralentissait.

— Les cocktails d'Hécate sont redoutables, tu sais.

— Peut-être, mais il s'avère que mes nouveaux pouvoirs peuvent guérir les gueules de bois, répondit-elle, l'excitation légèrement brouillée dans sa voix. C'est la meilleure nouvelle que j'ai apprise depuis mon arrivée.

Je ne pus retenir le sourire qui tiraillait mes lèvres. Elle était heureuse. Je ne voulais rien de plus que faire son bonheur. Enfin, il y avait bien quelque chose... Mes yeux plongèrent vers le décolleté de son débardeur en soie.

— Pourquoi utilisais-tu ta magie à l'instant ? demandai-je.

— Je, euh... je voulais te voir. Mais j'ai un peu cassé la coiffeuse.

Elle fit un geste vers le meuble, complètement éclaté en deux, et je haussai les sourcils.

— Il n'est pas conseillé de manier la magie quand on est ivre, commentai-je avant d'exécuter un geste du poignet.

Le bois sombre de la coiffeuse se remit aussitôt en place.

— Pourquoi pas, si tu peux réparer tout ce que je fais ?

Elle plaisantait, mais elle était loin du compte. Si seulement je pouvais tout réparer.

— Je ne vais pas réparer gratuitement le chaos que tu

sèmes, décrétai-je en croisant les bras et en chassant mes idées noires.

Après tout, j'étais ici, maintenant, et elle voulait ma compagnie. Je ne pouvais pas la lui refuser, quelle que soit la puissance redoutable qui affleurait encore à la surface de ma peau.

— Ah oui ? Alors, combien demandes-tu pour réparer une coiffeuse ?

— Je veux te voir, dis-je en baissant la voix, mes yeux dardés sur les siens.

Elle déglutit.

— Tu me vois, là, essaya-t-elle de répliquer.

— Je veux te voir tout entière.

Sa peau claire s'empourpra, mais elle soutint mon regard.

— Tu essaies de profiter que je sois bourrée ? fit-elle en prononçant chaque mot avec soin.

— Ce n'est pas pour ça que tu voulais que je vienne ?

Ses yeux quittèrent les miens et je sus que j'avais raison. Elle me désirait autant que je la désirais, comme me l'avaient montré les vignes dorées. Mais elle ne percevait pas encore le lien. Elle ne sentait pas l'infime cordon qui était revenu à la vie dès l'instant où je l'avais vue dans la salle du trône, et qui, depuis, irradiait un peu plus chaque jour. Je le saurais si elle le sentait aussi. Il éclaterait de vigueur, solide et palpable, bien présent et éternel.

— Peut-être, répondit-elle, se balançant sur ses pieds nus.

— Tu sais quoi ?

Ma colère revenait se mêler à mon excitation, à présent, l'énergie refoulée déferlant en moi comme une tempête en plein océan. Je ne pouvais tout de même pas la prendre dans cet état.

Mais il était hors de question que je reparte bredouille.

D'un geste, j'enveloppai de fumée le kobalos, sourd à ses protestations. Je n'allais pas partager le spectacle.

— Montre-moi ton corps, et j'en ferai peut-être de même.

VINGT

PERSÉPHONE

Je haussai les sourcils devant Hadès tandis que ses mots résonnaient dans mon cerveau embrumé.

— En gros, je te montre la mienne et tu me montres la tienne ? dis-je en le regardant fixement.

Il était si beau. Les lignes nettes et carrées de sa mâchoire, ses pommettes saillantes et son nez anguleux, sa barbe foncée… On aurait dit qu'il avait été conçu avec les ingrédients les plus virils qui existent.

— Exactement. Je te montre la mienne si tu me montres la tienne.

Un sourire malicieux dansait sur ses lèvres et ses yeux argentés avaient pris une teinte plus sombre.

— Sérieusement ? Comme deux ados ?

— Oui, mais je te garantis que je vais balayer les souvenirs de ce que tu as pu voir quand tu étais ado. Ou même depuis.

— Je n'en doute pas, dis-je en déglutissant.

Je n'étais pas vraiment timide en matière de nudité, mais il s'agissait tout de même d'Hadès, le roi des Enfers.

Pouvait-on se déshabiller comme si de rien n'était devant un dieu tout-puissant ?

Mais par les dieux, j'avais trop envie de le voir sans son jean.

À cette idée, mes mains bougèrent de leur propre initiative avant que je puisse les arrêter et je retirai lentement les fines bretelles de mes épaules. Le vêtement glissa jusqu'à mes hanches, restant accroché au petit short. À présent, mes seins et mon ventre étaient entièrement exposés. Mes yeux dans les siens, je vis avec plaisir son visage changer d'expression tandis que son regard m'enveloppait. Mes tétons durcirent et le désir se mit à palpiter dans tout mon corps. Ce dieu tout-puissant avait envie de moi, c'était d'une évidence flagrante. Je sentis mon assurance monter en flèche. Avec un sourire faussement timide, je passai les pouces sous l'élastique de mon short, amusée d'entendre sa respiration s'accélérer.

— À ton tour de te déshabiller, soufflai-je.

Sa chemise noire s'envola instantanément, révélant la surface dure de ses abdominaux absolument parfaits, ses épaules volumineuses et le V de son bas-ventre. J'en frissonnai de plaisir. *Je t'en prie, ne bave pas, je t'en prie, ne bave pas*, m'intimai-je par la pensée, toujours éméchée, en imaginant ces bras divins me soulever et mes jambes s'enrouler autour de sa taille solide.

Je tirai légèrement sur mon short.

Sa main se posa sur le bouton supérieur de son jean.

Oui, vas-y. Déboutonne le pantalon.

Je remuai les hanches, faisant glisser le short un peu plus bas. Avec habileté, il détacha le premier bouton, puis le suivant. Je pris conscience avec un petit gémissement qu'il ne portait pas de caleçon. Encore quelques boutons et je le verrais enfin dans toute sa gloire.

Mes mains commencèrent à trembler alors que je baissais de quelques centimètres un côté du short.

Soudain, un fracas assourdissant retentit à l'extérieur de ma chambre, attirant notre attention sur la porte. Mon cerveau intoxiqué par le désir et l'alcool protesta furieusement contre cette interruption soudaine. Avant même que je puisse envisager ce que je devais faire, Hadès s'était transformé en un être méconnaissable.

Son corps prit du volume, ses muscles enflèrent et une lumière bleu électrique jaillit de son corps. Je vis son visage tordu par une fureur débridée avant qu'il ne se retourne. La porte de ma chambre vola en éclats lorsqu'il leva les bras, et de la fumée noire s'échappa en volutes de sa peau, serpentant à travers la porte ouverte.

— Tu ne m'échapperas pas cette fois, siffla-t-il.

Sa voix me fit l'effet d'un couteau tranchant. *Mais qui était là ?*

Un cri lointain se fit soudain entendre, un peu plus fort à mes oreilles, et l'odeur du sang me monta aux narines alors que la température chutait atrocement.

Non, je peux toujours empêcher son pouvoir de m'affecter, me persuadai-je en relevant mon débardeur devant ma poitrine. Je puisai alors au plus profond de moi à la recherche de mon pouvoir, essayant de le faire remonter à la surface. Des vignes émergèrent lentement de mes paumes tandis qu'Hadès se dirigeait vers la porte à la suite de ses fumerolles. Les vignes étaient dorées et ne mesuraient qu'une quinzaine de centimètres, mais une lumière semblait en émaner. Enfin, le sang et les cris s'estompèrent.

— Bien joué, les vignes, marmonnai-je avant de m'élancer derrière Hadès.

Il s'était arrêté dans l'embrasure de la porte et restait figé, toujours animé d'une lumière bleue et d'une fumée sombre. Je me faufilai sous son bras et émergeai dans le couloir. Là, contre le mur de pierre, se trouvait un énorme miroir lézardé. Je fronçai les sourcils en le regardant. Je ne pouvais pas voir Hadès derrière moi. Seulement mon propre reflet, ma peau rouge et mon pyjama de soie un peu froissé, l'image déformée par les nombreuses fissures dans le verre.

J'allais l'interroger, mais mes mots restèrent bloqués dans ma gorge. Je saignais – du sang rouge écarlate qui s'écoulait des yeux de mon reflet. La nausée me saisit aux tripes et je portai les mains à mon visage, mes vignes effleurant mes joues lorsque je les touchai. Je regardai alors mes doigts. Il n'y avait rien. Pourtant, lorsque j'affrontai mon reflet, mes yeux n'étaient pas les seuls à saigner. Le sang coulait de tous mes pores, à présent, et ma peau se craquelait comme la glace devant moi, l'épais liquide se répandant sur le sol.

Des mots apparurent dans le miroir.

« Tu te noieras dans la rivière de sang que tu as créée. »

Je reculai en titubant et sursautai lorsque mes talons heurtèrent quelque chose de froid et solide. Je fis volte-face, détachant mes yeux du miroir hideux pour croiser le regard furibond d'Hadès.

Il était presque plus difficile à regarder que le miroir. Ses traits magnifiques étaient difformes, contractés, ses yeux emplis d'un feu noir qui avait envahi leurs reflets argentés. Une fureur à l'état brut se déversait de lui et j'aperçus des corps se mouvoir dans la lumière bleue qui l'entourait. Des cris me parvinrent et une peur primale envahit tout mon corps, me forçant à m'éloigner de lui. D'aussi près, la puissance de sa fureur était trop forte pour mes pauvres défenses.

— Je détruirai les coupables, tonna-t-il. Non, la mort est trop belle pour eux. Ils brûleront pour l'éternité.

— Tu me fais peur, Hadès, dis-je en essayant de ne pas laisser transparaître la terreur dans ma voix.

Il tourna alors vers moi ses yeux presque noirs, à présent. Puis il me saisit par les épaules, me souleva du sol et se retourna pour me déposer dans ma chambre. Son contact était glacé et des visions de cadavres jonchant le sol me traversèrent l'esprit juste avant qu'il ne me lâche.

— Je dois partir, dit-il d'une voix dure comme la pierre.

En un clin d'œil, il disparut et la porte de ma chambre se matérialisa de nouveau en ondulant.

Je la regardai fixement, mon corps tout tremblant alors que mes vignes s'effaçaient. La bile brûlait ma gorge, chaude et acide. À présent, les cocktails me semblaient être une très mauvaise idée. J'approchai ma main du bois de la porte pour en confirmer la solidité. Le miroir était-il toujours là, de l'autre côté ?

— *J'espère qu'il chopera ces ordures. Tu sais, s'il ne m'avait pas laissé dans la fumée, j'aurais pu vous aider*, dit Skop.

Sa voix aussi était tranchante. La chaleur commençait à revenir en moi et je laissai retomber ma main, m'éloignant de la porte. Les tremblements s'atténuèrent.

— Tu as vu le miroir ? demandai-je à mi-voix.

— *Non. Que s'est-il passé ?*

Je racontai alors au kobalos ce que j'avais vu dans la glace tout en remplissant un verre d'eau, puis je m'assis sur mon lit.

— Qui peut faire une chose pareille ?

— *Hadès le découvrira*, m'assura Skop sur un ton réconfortant en sautant à côté de moi.

— Et si je le méritais ? demandai-je, exprimant la question que j'avais tant de mal à enfouir assez profondément pour l'ignorer. Si j'avais provoqué des rivières de sang ?

— *Tu es née il y a vingt-six ans, à New York. Tu n'as rien fait du tout*, répondit-il doucement.

J'essayai de le croire. Il avait raison. Quoi qu'ait fait l'ancienne Perséphone, je n'étais sûrement pas capable de faire la même chose.

L'ancienne Perséphone avait aimé Hadès. Et si je l'avais oublié, cette nuit venait de me le rappeler... Le roi des Enfers avait un monstre en lui.

Je restai étendue sur mon lit, alerte et sur le qui-vive pendant plus d'une heure avant de recevoir des nouvelles d'Hadès. Dans mon esprit tourbillonnaient des idées morbides sur ce que j'aurais pu faire dans ma vie antérieure lorsqu'une voix timide se fit entendre dans ma tête.

— *Perséphone ?*

— Hadès !

— *Je suis désolé, mais ils se sont échappés cette fois.*

Je sentis mes épaules s'affaisser avec déception.

— *Je veux que tu restes dans ta chambre jusqu'à ce qu'Hécate vienne te chercher demain. Et ne va plus au conservatoire ni à la salle d'entraînement toute seule.*

Sa voix d'acier ne laissait aucune place à la discussion, et même s'il avait raison, j'étais agacée à l'idée de ne plus pouvoir retourner seule au conservatoire.

— Et Skop ? demandai-je.

Il y eut une longue pause.

— *Quand Dionysos a proposé ce gnome comme garde, je crois qu'il ne se doutait pas que tu aurais besoin d'être défendue contre de véritables menaces. Skoptolis n'est pas équipée pour affronter cela. Il peut rester avec toi, bien sûr, mais quand je dis seule, je veux dire sans Hécate, un membre de ma garde ou moi.*

Je poussai un long soupir.

Devant son silence, la peur m'enserra la poitrine.

— Très bien. Je vais ajouter ça à la liste de ce dont j'ai besoin pour survivre, commentai-je en essayant de dissimuler ma peur avec désinvolture, sans grand succès.

— *La prochaine épreuve est un test d'intelligence. Tu t'en sortiras très bien. Mais je voudrais m'excuser à l'avance.*

— Pour quoi ?

— *Je crains fort que, demain, tu découvres le pire de ce que les Enfers peuvent produire.*

La tension dans sa voix me fit prendre conscience que cela ne devait pas être facile pour lui. Son propre royaume allait se dresser contre moi.

— J'ai retrouvé ma magie. Tu as vu ces vignes noires ? Je vais botter le cul de tout ce que ta Vierge minable m'opposera, annonçai-je avec toute la véhémence possible.

Il ne rit pas, mais lorsqu'il reprit la parole, sa voix était plus douce.

— *Je n'en doute pas, ma belle.*

Mon courage de façade m'abandonna une fois que je me retrouvai étendue dans mon lit, à essayer vainement de trouver le sommeil. La présence rassurante de Skop à mes pieds m'aidait un peu, mais pas suffisamment pour dissiper ma déception. Hadès n'avait pas attrapé le coupable et je ne savais toujours pas si je méritais ces affreux cadeaux.

Enfin, l'épuisement me plongea dans un sommeil difficile et je tournai et me retournai jusqu'à entendre le faible pépiement des oiseaux. Très lentement, leur chant s'amplifia et je sortis avec reconnaissance de mes rêves tourmentés pour me rendre dans le jardin de l'Atlas.

— Est-ce que tu sais qui m'envoie ces messages ? demandai-je aussitôt, ravie de sentir à nouveau le parfum terreux de ce somptueux jardin.

— *Je l'ignore. Mais je sais que tu ne devrais pas compter sur Hadès pour régler le problème à ta place.*

— Comment cela ?

— *Tu retrouves ton pouvoir, petite déesse. Encore une graine et tu pourras leur régler toi-même leur compte.*

Je m'agenouillai, passant ma main dans la terre humide. La sensation qu'elle procura sur ma peau me donna l'impression d'être de retour à la maison.

— Mais je ne sais pas qui c'est ni comment les trouver. J'ignore même pourquoi ils font ça. D'après eux, je suis une meurtrière.

— *On t'a injustement reproché leurs erreurs. Retrouve tes souvenirs et chasse le véritable ennemi. C'est le seul moyen de recouvrer ta liberté.*

— Tu as dit que je saurais où se trouve la rivière Léthé une fois que j'aurais retrouvé un peu d'énergie. Mais je l'ignore toujours.

— *Alors, tu dois gagner plus de graines et affermir ton pouvoir.*

Je hochai la tête. Il était peut-être temps de manger la dernière graine.

VINGT-ET-UN

PERSÉPHONE

Le lendemain matin, pourtant, alors que je regardais la petite boîte renfermant la dernière graine de grenade conservée comme par magie, j'en fus incapable. Impossible de la prendre et de la mettre dans ma bouche, aussi logique que puisse être ce geste.

— *Un problème ?* demanda Skop avec impatience, assis par terre à côté du tabouret de ma coiffeuse.

— Je n'en sais rien, répondis-je en regardant mon reflet.

En réalité, je le savais pertinemment. Plus je me regardais, plus j'étais certaine de voir des larmes sanglantes couler de mes yeux et sur mon visage. L'image de ce miroir, ma peau craquelée et décomposée, le sang qui suintait... J'avais la conviction que la personne que j'étais maintenant ne pouvait pas être responsable des rivières de sang dont il était question. En revanche, je n'avais aucune certitude quant à ce qu'un surcroît de pouvoir me ferait. Je risquais de redevenir cette personne. Après tout, j'avais des vignes qui essayaient de voler la magie d'autrui. C'était déjà bien assez grave. C'était *mal*.

Le pouvoir corrompt. Voilà une vérité inaltérable. Les enfants qui avaient le plus d'influence et de force à l'école avaient toujours été les plus cruels. Et plus ils restaient au sommet, plus ils devenaient méchants, repoussant sans cesse les limites de leur popularité. Cela ne pouvait qu'être pire dans un endroit comme l'Olympe. Hécate m'avait raconté comment Hadès avait renoncé à une partie de son âme afin d'utiliser son pouvoir pour régner sur les Enfers.

J'étais coincée dans un cercle vicieux. Pour découvrir si la puissante Perséphone avait fait quelque chose de vraiment si terrible, je devais acquérir plus de pouvoir.

— Tu parles d'une ironie, dis-je en soupirant.

— *Tu pourrais avoir besoin de plus de magie pour l'épreuve d'aujourd'hui*, commenta Skop.

— C'est un test d'intelligence. Je ne pense pas avoir besoin de plus de magie pour l'instant, répondis-je en détachant mes yeux du reflet déformé pour me lever. Ce dont j'ai besoin, c'est une bonne douche et quelque chose à me mettre sous la dent.

Après m'être lavée et habillée, enfilant ma tenue de combat en cuir, je trouvai sur la commode une assiette garnie d'une pile de bacon au moins aussi haute que ma tête et d'une épaisse tartine toute chaude. Je dévorai mon repas tout en me faisant la remarque que je n'avais peut-être pas le mal de crâne et la nausée d'une gueule de bois, mais que j'en avais l'appétit.

— Bon, alors, à quoi devrais-je m'attendre aujourd'-hui ? demandai-je à Skop.

— *Je ne connais pas assez la Vierge pour te répondre. Ils*

feraient mieux de ne pas m'utiliser à nouveau comme appât, sinon Dionysos va entendre parler de moi, grommela-t-il.

— Je suis sûre qu'ils ne le feront pas, répondis-je sans conviction.

— *En tout cas, je sais qu'il y a des démons plutôt moches, dans le coin.*

— Des moches, c'est encore supportable. Et le pire de tous, c'est lequel ?

— *Cerbère,* dit-il sans hésiter. *J'adore les chiens, mais lui, il est vraiment flippant.*

— Ça m'étonnerait que je le rencontre aujourd'hui.

— *Oui, c'est encore un peu tôt dans la compétition,* approuva-t-il.

— Quoi ? Tu veux dire que je le rencontrerai forcément ?

— *Eh bien, oui. Si tu veux vivre ici, tu vas bien devoir tester ta force contre le chien des enfers d'Hadès.*

Je le dévisageai, impassible.

— Et merde, lâchai-je enfin.

— *Cela dit, tu n'auras pas à t'en soucier avant un moment. D'ailleurs, Charybde est l'un des pires monstres de Poséidon et tu lui as survécu.*

Je lui décochai un regard de travers.

— Évite de me le rappeler, marmonnai-je.

J'étais encore dépitée de ne pas avoir remporté de graine. En plus, j'avais envie de revoir Bello l'hippocampe.

— *Tu m'étonnes, ce trouduc géant garni de dents,* répondit le chien avec un frisson. *Moi non plus, je ne voudrais pas qu'on me rappelle que j'ai failli être aspiré là-dedans.*

— Tu es répugnant.

Soudain, des coups contre ma porte nous firent lever les yeux et Hécate apparut.

— J'ai appris ce qui s'est passé hier soir, dit-elle en entrant. Tout va bien ?

— Ça va. J'aimerais seulement savoir qui a fait ça. D'abord la poupée, puis le miroir... Hadès a l'air de craindre que ça dégénère.

Elle fit une drôle de tête, et avec tous ses bijoux en argent et ses vêtements en cuir noir, elle me parut aussi intimidante que lors de notre première rencontre dans la grotte.

— Ils feraient mieux de prier pour mourir avant qu'Hadès s'empare d'eux. Ou pire, que je m'en charge moi-même ! lança-t-elle.

À ces mots, un mélange de peur et de gratitude m'envahit.

— Je ne veux pas que quelqu'un d'autre meure à cause de moi, m'empressai-je de lui dire.

— Toute intrusion en Vierge, et notamment dans le palais, est punie de mort.

— Un palais ?

Je n'aurais jamais cru que nous étions dans un palais.

— Oui. Nous sommes dans le palais, au-dessus du département affaires des Enfers.

— Et le département affaires, c'est là où nous allons pour les épreuves d'aujourd'hui ?

Là où se trouve certainement la rivière Léthé, pensai-je.

— C'est ça.

— Est-ce que les morts vivent vraiment dans les Enfers ?

— En quelque sorte. C'est compliqué. Les âmes sont les seules parties qui survivent et elles n'occupent pas de place.

— Mais hier, tu as dit que les morts-vivants pouvaient se lever.

— On trouve des corps un peu partout.

Je grimaçai à ces mots, mais je m'efforçai de rester concentrée.

— Et qu'y a-t-il d'autre au département affaires ?

Hécate pencha la tête vers moi en soupirant.

— Bon, je te fais un rapide topo sur les Enfers. Les âmes sont envoyées dans l'un des trois endroits suivants : l'Élysée et les Îles Fortunées si elles ont mené une vie exceptionnelle, les Champs du Deuil si elles ont connu un amour non réciproque, et enfin la Prairie de l'Asphodèle pour les autres. Les Enfers abritent aussi le Tartare, la prison des tortures, ainsi que de nombreux démons insupportables et des espèces essentielles à l'Olympe, mais trop désagréables pour vivre dans le monde, et puis quelques rivières.

Je clignai des paupières, un peu hébétée.

— Ça fait beaucoup de choses.

— Eh oui.

— Combien de rivières exactement ?

— C'est ça ta question ? Pas « quel genre de démons insupportables », ou « pourquoi y a-t-il un endroit pour les amours contrariées », mais « combien de rivières » ?

Je haussai les épaules.

— J'aime bien l'eau, répondis-je mollement.

— Il n'y a pas d'eau dans ces rivières. Elles te tueraient toutes. Il y en a cinq et ce sont des divinités à part entière. Par exemple, le Styx fait sept fois le tour des Enfers et il est composé de haine. Crois-moi, tu n'as pas intérêt à t'en approcher.

— Comment ça, composé de haine ?

— Si tu deviens reine, tu apprendras tout sur les rivières. Mais ce ne sera pas le sujet de l'épreuve d'aujourd'hui, parce que tu ne pourrais pas être piégée dans l'une d'elles sans mourir instantanément, alors passons à autre chose.

— D'accord, dis-je avec un soupir. Parle-moi plutôt des démons insupportables.

— Je suis responsable d'un certain nombre d'entre eux, et franchement, ce sont tous des enfoirés, murmura-t-elle. Les démons Kères, par exemple, les divinités de la mort violente. Les Arae sont des démons de la malédiction, les Lamia d'atroces vampires qui s'abreuvent de sang, tout comme les Empusa, mais eux sont généralement composés de feu. Ensuite, il y a quelques esprits vraiment méchants, comme Eurynomos, le démon des cadavres en décomposition, et les trois Furies, déesses de la vengeance qu'il vaut mieux enchaîner la plupart du temps. Et puis, il y a les bizarroïdes comme Ceuthonymos, un esprit qu'on ne peut jamais cerner et qui hante tous ceux qui ne sont pas des Titans.

— Euh, d'accord, dis-je, oubliant totalement la rivière sous cet afflux d'informations. Et tu crois que je vais en rencontrer un aujourd'hui ?

— Peut-être. Tu as *Faesforos* avec toi ?

Je tapotai ma cuisse en hochant la tête.

— Bien. Je t'ai fait cette lame parce qu'elle peut être utilisée contre n'importe quel ennemi. Y compris les démons des Enfers.

— Et je t'en suis extrêmement reconnaissante.

J'avais les nerfs à vif. Des vampires suceurs de sang et des démons de cadavres en décomposition ? En comparaison, le squelette spartiate me semblait plutôt inoffensif.

— Mais c'est une épreuve d'intelligence, non ? J'espère ne pas avoir à me battre.

— Je croise les doigts, répondit-elle sans le moindre espoir dans la voix en dépit de son sourire en coin.

Lorsqu'elle nous projeta dans la salle du trône d'Hadès, mes yeux se dirigèrent immédiatement vers son trône, comme par instinct. Il était là, tout en fumée et translucidité, m'offrant un bref aperçu de ses yeux couleur d'argent. Un afflux d'énergie me traversa et j'oscillai sur la pointe des pieds tout en scrutant la rangée de dieux. À mon grand étonnement, Poséidon inclina la tête en croisant mon regard.

— Bonjour, l'Olympe ! fit la voix chantante du présentateur, qui apparut entre les dieux et moi. Aujourd'hui, Perséphone va devoir affronter l'une des créations d'Hécate. Elle a pour mission de s'échapper de l'antre d'Empusa !

Je lançai un coup d'œil vers Hécate et le regrettai aussitôt. Son visage était un masque de consternation.

— Empusa ? Dis-moi que ce n'est pas le vampire de flammes ? lui soufflai-je, le cœur battant.

— Eh bien... bredouilla-t-elle, le regard contrit.

Mais avant qu'elle puisse ajouter un mot, la salle se mit à vaciller et disparut dans un éclat de lumière blanche autour de moi.

PERSÉPHONE

La première chose que je remarquai, ce fut l'odeur. Des relents de viande avariée et de terre moisie me saisirent aux narines et je m'étouffai avant même que ma vue ne s'accoutume.

— Qu'est-ce que... bafouillai-je, m'interrompant pour mieux regarder alentour.

Je me tenais au milieu d'une grotte, mais contrairement aux murs de roche qui brillaient à la lumière du jour ailleurs en Vierge, ceux-ci luisaient d'un rouge profond, projetant leur éclat cramoisi sur un sol jonché d'ossements.

Mon estomac se noua tandis que je découvrais les lieux. Des rangées d'alcôves étaient creusées à même les parois et des centaines de figurines les bordaient, composées d'un matériau pâle de couleur ivoire. De l'os, certainement, me dis-je en approchant du mur. Je fis la grimace lorsque mes bottes écrasèrent quelque chose qui remua. *Ne vomis pas, ne vomis pas*, m'intimai-je alors qu'une nouvelle vague putride assaillait tous mes sens. J'essayai de me remémorer le parfum des fleurs dans la prairie, de la lavande et des lys. Aussi incroyable que ce soit, la puanteur s'estompa un peu. J'étais presque certaine de sentir la lavande à la place. Étaient-ce mes pouvoirs ?

Enfin capable de mieux me concentrer, je détournai mon attention des rangées de sculptures en os pour observer le reste de l'espace. Ce qui avait créé tout cela devait bien se trouver quelque part dans le coin. Sans compter qu'il y avait forcément une sortie. Tous les murs semblaient particulièrement solides et la salle ne mesurait qu'une quinzaine de mètres de long. Quelque chose avait vécu ici et laissé les restes de ses proies.

— Ohé, lançai-je, circonspecte, en scrutant les parois rocheuses à la recherche d'indices quant à ce que j'étais censée faire.

— Bonjour, répondit une voix mielleuse.

Aussitôt, je me figeai.

— Euh, où êtes-vous ?

Une silhouette se dessina alors devant moi et mon cœur s'emballa dans ma poitrine. Je l'avais déjà vue, lorsque j'avais été jetée pour la première fois dans la salle du trône d'Hadès, mais pas d'aussi près. Elle était belle, avec son corps légèrement vêtu tout en courbes voluptueuses et son splendide visage aux traits fins. Ses cheveux, en revanche, étaient des flammes. Deux petites cornes pointues se dressaient sur son front, et en l'observant attentivement, je constatai qu'elle avait une jambe en bois.

— Je vous ai vue à mon arrivée ici, dis-je dans un souffle.

— Non. C'était l'une de mes sœurs. Nous sommes les Empusa, des pions d'Hécate. Bienvenue dans mon antre.

— Oh. Merci, ravie de vous rencontrer, répondis-je d'un ton crispé par la nervosité. Savez-vous comment je peux sortir d'ici ? Enfin, je ne dis pas que ce n'est pas...

Je jetai un regard circulaire en cherchant un compliment à lui faire sur son antre répugnante.

— J'ai quatre énigmes pour toi, reprit-elle en m'épargnant cet effort. Si tu es incapable de toutes les résoudre, alors tu es à moi.

À ces mots, deux crocs surgirent de sa lèvre inférieure et un sourire diabolique s'empara de son visage. Je réprimai un frisson lorsque deux fines rigoles de sang coulèrent le long de son menton à l'endroit où les crocs avaient déchiré sa lèvre. Ses cheveux flamboyants dansaient autour de sa tête, me donnant l'impression que sa peau ondulait. Elle fit un geste de son bras élégant et je le suivis des yeux pour découvrir quatre trous dans une portion de la paroi rocheuse, à hauteur d'épaule. Ils étaient juste assez grands pour y passer une main.

— Première énigme. Je construis ma maison avec des cordes naturelles et je me défends par la morsure ou la piqûre. Que suis-je ?

Une maison en cordes naturelles ? Ce devait être une toile d'araignée.

— Une araignée ?

L'Empusa me regarda fixement, son visage impassible. M'étais-je trompée ? À cette perspective, la peur me comprima la poitrine. Je n'avais aucune envie de mourir, mais me faire dévorer par cette créature et pourrir ici... J'aimais encore mieux être mangée par le trou géant, Charybde, plutôt que mes os finissent en bibelots dans cette caverne.

Mais elle ne bougeait toujours pas et je finis par froncer les sourcils. J'étais certaine que ma réponse était bonne. L'épreuve ne devait pas se résumer à de simples questions-réponses.

Je me tournai vers les quatre trous dans le mur. Quatre énigmes, quatre trous. Étaient-ce des serrures ? Les clés étaient bizarres dans l'Olympe, je le savais déjà grâce à ces horribles sabliers.

Peut-être avais-je besoin d'une clé-araignée pour le premier trou ? Alors que je retournais vers l'intérieur de l'antre, mes tripes se nouèrent à nouveau. *Pitié, dites-moi que je ne dois pas trouver une véritable araignée. Pitié.*

— Est-ce que je dois trouver une araignée ? demandai-je à l'Empusa d'une petite voix.

Son sourire s'agrandit et la bile remonta dans ma gorge. Je me penchai sur le tas d'ossements le plus proche.

Puis mes yeux se tournèrent vers les rangées de sculptures. Y en avait-il une en forme d'araignée ? Je me précipitai aussitôt vers le mur le plus proche et j'entendis un grondement grave. Un rire léger et sensuel jaillit de la bouche de l'Empusa. Je me tournai pour la regarder.

— Tu ferais mieux de te dépêcher, jolie petite humaine, dit-elle, les yeux brillants de joie.

Une nouvelle odeur parvint à franchir la barrière de lavande que je m'étais composée. Des relents d'égouts. Mes tripes se retournèrent et j'eus un haut-le-cœur. Je tournai sur moi-même pour mieux observer la salle. D'où cela provenait-il ? Un gargouillis attira mon attention sur le sol et mon pouls s'accéléra lorsque je vis une boue noirâtre commencer à émaner du sol, assez épaisse pour charrier les os pourris.

— Qu'est-ce que c'est ?

— Ton tragique destin, répondit le démon aux cheveux de flammes avec un sourire sinistre.

~

Je n'attendis pas plus longtemps pour savoir ce qu'elle voulait dire. Si j'avais quatre énigmes à résoudre, je n'avais pas le temps de laisser la boue monter plus haut. Je me mis à courir le long des étagères, analysant chaque sculpture à la recherche de l'araignée.

Un soupir de soulagement m'échappa lorsque je repérai enfin une minuscule sculpture présentant la forme adéquate et je tendis le bras pour l'attraper. Mais au moment de m'en saisir, je me brûlai le bout des doigts en même temps qu'un éclair de feu et de sang fusait. Avec un cri, je la laissai retomber sur l'étagère.

L'Empusa émit un autre gloussement et je me retournai pour la regarder fixement.

— Tu n'es pas une créature des Enfers. Tu ne peux pas toucher mes trésors, humaine.

— Je ne suis plus tout à fait humaine, répondis-je, les nerfs en pelote, invoquant mes vignes avec hésitation.

Je fus soulagée lorsqu'une pousse verte commença à sortir doucement de ma paume droite. Je n'avais absolument pas besoin des vignes noires en ce moment. Elles avaient tendance à fuser dans tous les sens et je ne voulais surtout pas faire tomber l'une de ces sculptures dans la boue qui montait toujours. À présent, elle s'accumulait au bout de mes bottes avec une odeur pestilentielle. Si les vignes noires aspiraient vraiment l'énergie des autres, comme Hadès le prétendait, la dernière chose que je voulais, c'était recevoir en moi celle de cette Empusa. *Beurk.*

Je dirigeai la vigne vers la sculpture d'araignée, mais en s'approchant, elle dévia – un peu comme lorsqu'on essaie de mettre deux aimants opposés l'un au contact de l'autre. Je me concentrai à nouveau, forçant la vigne à revenir vers la sculpture. Mais dès qu'elle toucha l'os, le dégoût m'envahit. C'était tout le contraire de la joie que je ressentais quand j'entrais en connexion avec la terre et les plantes vivantes. Mon petit déjeuner remonta à toute vitesse et j'arrachai la vigne avec un autre soupir.

— La vie et la mort, la lumière et l'obscurité... Tu ne maîtriseras jamais cet équilibre, persifla l'Empusa.

Je levai les yeux vers elle, le cou en sueur.

— Alors, ce sera des vignes noires, m'exclamai-je.

Au même instant, le végétal jaillit de ma paume pour aller s'écraser sur la rangée de sculptures.

— Merde ! me récriai-je en essayant de contrôler la vigne rebelle.

Reprends-toi, Perséphone, à moins que tu veuilles te noyer dans l'eau des égouts, me houspillai-je. Au prix d'un gros effort, je retirai la vigne noire et l'envoyai prudemment en direction de l'araignée. À force de lenteur et de précision, je parvins à l'enrouler autour de la sculpture.

Une énergie nouvelle et sombre remonta en bourdonnant le long de la vigne et jusque dans ma main, se répandant dans mes veines comme une traînée de feu. Cette fois, je ne vis aucune image sordide et je ne ressentis aucune chaleur brûlante, mais je compris à tous les niveaux que ce pouvoir était mauvais. Il était alimenté par la peur et le sang, et il n'avait pas sa place en moi. Mon corps entier transpirait, à présent, sous l'effet des nerfs, du stress et de la peur qui faisaient déferler l'adrénaline à travers mon organisme.

Je sentis mon humeur s'échauffer et la colère mijoter au fond de moi tandis que je me précipitais vers les quatre trous dans le mur, la sculpture de l'araignée enroulée au bout de ma vigne. La boue recouvrait complètement mes bottes maintenant, remontant jusqu'à la moitié de mes tibias. En arrachant les pieds de la boue, je parvenais à progresser plus rapidement que si j'essayais de marcher dans la mélasse aussi épaisse que du goudron.

En atteignant le mur, je fis soigneusement descendre l'araignée dans le premier interstice avant d'ordonner à la vigne de lâcher prise. Un petit déclic retentit, puis la roche recouvrit le trou avant d'émerger du mur, formant une sorte de poignée.

— Merci, murmurai-je, hors d'haleine.

La colère qui m'habitait s'apaisa légèrement. Je saisis la poignée, mais je ne pouvais la tourner que de quatre-vingt-dix degrés sur la gauche. Je m'exécutai avant de me tourner vers l'Empusa.

— Deuxième énigme. L'or de mon trésor ne manque jamais de gardes, conservé dans un labyrinthe dont les hommes sont exclus. Que suis-je ?

— Un trésor en or ?

C'était forcément une sorte d'animal, pensai-je en regardant les sculptures. Mon esprit tournait à plein régime. Je cherchais un animal recelant un trésor, mais je ne connaissais même pas la moitié des animaux de l'Olympe. Je n'avais plus qu'à espérer que nous avions les mêmes animaux dans mon monde. Qu'est-ce qui conservait l'or de son trésor dans un labyrinthe ?

— Une abeille ! hurlai-je alors que la réponse me venait.

Traînant mes jambes dans la boue, je cherchai du regard la sculpture correspondante.

Si je survivais à cette épreuve, je me doucherais

pendant au moins une semaine sans interruption. Il me fallut attendre que la boue atteigne ma taille pour trouver cette foutue sculpture d'abeille. La puanteur devenait insoutenable. Cette fois, ma lavande magique n'était pas à la hauteur de son agressivité. Avec précaution, j'emportai l'abeille jusqu'aux trous dans le mur, progressant avec une lenteur exaspérante. La colère vibrait en moi tandis que la sculpture se balançait au bout de ma vigne. C'était toxique, j'en étais certaine. À la seconde où je me connectai aux ossements, je sentis leur influence sombre et tourmentée. Je fis basculer la sculpture dans le second trou qui se remplit rapidement, formant une nouvelle poignée. Après l'avoir tournée d'un geste sec, je regardai l'Empusa avec impatience, consciente de la crispation de mes traits.

Qu'on en finisse, allez ! Tu seras bientôt sortie.

La lumière écarlate, la puanteur nauséabonde, la chaleur oppressante et les ossements qui m'entouraient formaient une combinaison qui alimentait en moi une fureur de plus en plus difficile à maîtriser. Cet endroit était un enfer en soi. Une fois de plus, je souffrais pour divertir ces ordures de dieux. Je devais m'en aller avant de perdre les pédales, ce qui entraînerait ma mort à coup sûr.

Ce n'était pas un test d'intelligence, pensai-je avec amertume. C'était une épreuve pour les nerfs.

— Troisième énigme. Je n'ai que deux yeux sur la tête, mais ma queue en offre tout un éventail. Que suis-je ?

Je lâchai un grognement de colère. Aucun animal dans mon monde n'avait d'yeux sur la queue. Comment étais-je censée trouver quelque chose si je ne savais même pas ce que je cherchais ?

Mais j'avais à peine rejoint l'étagère la plus proche que

je m'arrêtai net lorsque mes yeux se posèrent sur la sculpture de ce qui ressemblait à un perroquet. J'avais vu d'autres oiseaux en cherchant les deux dernières sculptures et mon esprit se remémora la plume sur le masque d'Héra, au bal masqué.

— Un paon, m'écriai-je avant de me ruer jusqu'à l'endroit où je pensais avoir vu les sculptures d'oiseaux, aussi vite que me le permettait la boue qui ne cessait de monter.

Après quelques instants de recherche active, j'enroulai ma vigne autour d'une sculpture de paon détaillée. S'il était de plus en plus facile de contrôler la vigne, j'avais beaucoup de mal à maîtriser la vague de fureur qui accompagnait le contact avec chaque artefact. Je revins vers les trous aussi vite que possible, mais j'avais l'impression de patauger dans des sables mouvants sans parvenir à avancer. La boue dépassait ma taille, à présent. Lorsque je glissai enfin le paon dans le troisième trou, un déclic se produisit et le rocher m'offrit lentement sa troisième poignée.

Il n'en reste plus qu'une, pensai-je en la tournant, les poings serrés.

Plus qu'une sculpture puante, infecte et répugnante à trouver et je sortirais d'ici.

— La dernière énigme, mais non des moindres, commença l'Empusa, me donnant la chair de poule par son regard sinistre. J'ai la tête d'un léopard, le centre d'un colibri, l'arrière-train d'un albatros et la queue d'un dragon. Que suis-je ?

Je la regardai bêtement. Aucune créature de l'Olympe ne correspondait à cette description. À ce que je sache. L'arrière-train d'un albatros et la queue d'un dragon ?

— Le truc le plus moche du monde ?

Je me creusai la tête à la recherche d'une réponse. Une chimère. C'était bien comme ça que les Grecs appelaient un monstre composé d'autres animaux, non ? Mais c'était un aigle croisé avec un lion ou quelque chose comme ça, pas de mi-albatros mi-colibris.

La panique revenait jouer avec mes nerfs. Je devais répondre correctement à cette question. Ma vie en dépendait. Mon pouvoir me démangeait les paumes, impatient de se libérer de mon contrôle.

Allez, Persy, c'est un test d'intelligence, pas de mythologie grecque. Il était impossible que cette créature existe. Alors, ce devait être une question piège ou une autre sorte d'énigme. La tête d'un léopard. Des taches, peut-être ? Le centre d'un colibri pourrait correspondre à sa petite taille. Contrairement à l'albatros... Un animal à la fois petit et grand avec une queue de dragon ?

Un autre gémissement frustré m'échappa. Tête, centre, arrière-train et queue. Cela correspondait-il au début, au milieu et à la fin ? Le début de léopard était la lettre L. Le centre de colibri était le I. Mon cœur s'emballa alors que je réfléchissais à l'énigme sous un jour nouveau. L'avant-dernière lettre de l'albatros était la lettre O, et si la queue du dragon signifiait la même chose, alors c'était un N.

— Lion ! m'écriai-je.

Cette fois, le sourire de l'Empusa se désagrégea. À l'évidence, elle n'avait aucune envie que je gagne.

Avec une vigueur renouvelée, je me frayai un chemin dans la boue pestilentielle qui m'arrivait presque aux épaules, cherchant avec frénésie tout ce qui ressemblait de près ou de loin à un lion. Enfin, sur une étagère presque hors de portée, j'aperçus une sculpture avec ce qui semblait être le halo d'une crinière tout autour de la tête. Je projetai ma vigne et lorsque la pousse entra en contact avec elle, je crus presque entendre rugir un vrai lion. Tous mes muscles se contractèrent alors que le pouvoir sombre, avide et furieux m'inondait.

Tue-la. Tue cette affreuse vampire.

Les mots étaient prononcés par ma propre voix, dans ma propre tête, mais ils ne m'appartenaient pas.

Laisse tomber ces énigmes, ces jeux, et tue le démon.

Le monde tourbillonnait autour de moi tandis que des ténèbres brûlantes, noires et violentes envahissaient mon corps. Je regardai bêtement la sculpture du lion tout en imaginant mes vignes s'enrouler autour de l'Empusa, tremper ses cheveux ridicules dans la boue des égouts et arracher sa jambe de bois... Une nouvelle vague de puanteur doucereuse m'envahit les narines, me détournant de cette vision brutale.

La puanteur était causée par les eaux usées qui atteignaient à présent mon cou, à quelques centimètres de mon nez. Je pris conscience de ma situation avec un sursaut et je poussai un nouveau soupir en me retournant, tout juste capable de me traîner à travers la boue. La sculpture de lion bien au-dessus de ma tête, mes membres tremblants de fureur et de peur, je levai mon autre bras hors de l'épaisse substance noire et lançai une vigne de ma main libre en direction des poignées du mur. La liane alla s'écraser sur l'une d'entre elles et je la forçai à s'y enrouler fermement.

Au moment où la boue atteignait ma mâchoire et ma bouche, je tirai d'un coup sec, ordonnant à la vigne de se rétracter en m'emmenant avec elle. Aussitôt, je fus arrachée à la boue, la force de la vigne me tirant à travers les eaux d'égout qui me giclèrent au visage, me piquant les yeux avec leur acidité. Mais la vigne tenait bon et ma tête resta au-dessus de la surface.

En heurtant violemment la paroi, cependant, je me rendis compte avec horreur que le dernier trou était submergé. Je plongeai la main dans la boue en tâtonnant frénétiquement, mais c'était trop profond.

J'allais devoir y enfoncer ma tête.

Un nouvel élan de haine envers ceux qui m'avaient envoyée ici et forcée à subir ces épreuves me percuta et je faillis écraser la sculpture du lion contre le mur dans un accès de rage.

À la dernière seconde, je me ravisai et laissai des pensées plus raisonnables se frayer un chemin à travers la brume rouge sang. *Mets ce lion dans le trou et ce sera terminé !*

Avec une grande inspiration, je fermai les yeux et me laissai sombrer dans la mélasse répugnante.

Elle était si épaisse que je me sentis paniquer sous une intense sensation d'écrasement. Je grattai le mur avec ma main libre à la recherche des poignées pour me frayer un chemin jusqu'au dernier trou. Mon cœur battait à tout rompre et je crus bien que ma poitrine allait exploser tant la pression était forte autour de moi. Mes yeux étaient en feu derrière mes paupières.

J'allais mourir ici, asphyxiée par les eaux usées.

Mes doigts se refermèrent enfin sur une arête saillante et mon corps tenta de prendre une inspiration involontaire lorsque je me rendis compte que j'avais trouvé le trou. De la boue âcre me brûlait les lèvres et les narines tandis que je tirais désespérément sur la vigne qui retenait le lion. De l'autre main, je m'agrippais à la dernière anfractuosité dans la roche. Mes poumons souffraient cruellement du manque d'oxygène, tous les instincts de mon corps aux prises contre le calme que je tentais de m'imposer. J'enfonçai le bibelot dans le trou – ou du moins, je l'espérais. La substance remontait dans mon nez et me coulait dans la gorge, aussi brûlante que l'acide. C'était trop. Ma bouche s'ouvrit de sa propre initiative.

Enfin, une poignée se forma sous mes doigts et je tirai.

VINGT-TROIS

HADÈS

Je me cramponnai aux accoudoirs de mon trône lorsque Perséphone apparut sur le sol, enduite d'une épaisse couche de crasse liquide. Elle se redressa à quatre pattes. Aussitôt, la fureur me saisit, menaçant d'échapper à ma retenue divine. *Regarde ce qu'ils lui ont infligé. Ils vont tous mourir.*

— ... peux pas... respirer...

Ses mots étaient hachés et je bondis de mon trône, mais Poséidon arriva en premier auprès d'elle. En un éclair, il déversa une cascade d'eau sur son corps. Elle se cambra légèrement et prit une profonde inspiration en frissonnant. Mes muscles se détendirent alors que je regardais la nuque de Poséidon.

Cela avait été une torture de la regarder se noyer dans ce trou infâme, repaire d'une créature d'Hécate – son unique amie ici – régulièrement alimentée en proies par mes propres soins. Mon royaume avait failli la tuer, et à cause de Zeus, j'étais impuissant à l'aider. Le monstre en moi était affamé et mon frère était le sujet de ses attentions. Si elle était vraiment morte là-dedans...

Soudain, des vignes noires jaillirent des paumes de Perséphone qui se releva en titubant. Ses yeux hagards étaient emplis de haine et les vignes s'élancèrent vers les trônes. Artémis, Arès et Zeus se relevèrent d'un bond alors que sa voix tonnait dans la pièce, claire, nette et surtout furieuse.

— J'en ai assez ! Vous n'allez plus jouer avec moi !

Poséidon leva la main, et alors que Zeus et moi nous avancions, il nous dit :

— Ce sont les égouts des Enfers qui la mettent en colère. Elle ira mieux quand elle sera débarrassée de tout ça.

Son regard était fixé sur Perséphone alors que le jet d'eau au-dessus de sa tête devenait plus puissant et compact. La mélasse noire commença à s'écouler de son corps détrempé, ses cheveux blancs plaqués sur son visage furieux.

— Et d'abord, pourquoi tu m'aides ? siffla-t-elle à Poséidon alors que les lianes s'agitaient toujours violemment dans les airs.

— Range ces vignes, Perséphone, répondit-il avec calme. Je t'aide parce que mon hippocampe t'aime bien.

Elle haussa les sourcils, visiblement surprise, et la tension dans les vignes se relâcha aussitôt.

— Tu t'intéresses à ce que pense un hippocampe ?

— Oui, parfaitement.

Elle soutint son regard un moment, puis abaissa les paumes. Les lianes noires se désintégrèrent aussitôt. Je laissai échapper un long soupir et reculai en jetant un coup d'œil de côté aux autres dieux qui s'étaient levés à leur tour. Chacun se détendait, à présent, et Zeus me lança un regard qui fit bouillir mon sang.

— Je crois que je suis propre maintenant, dit paisiblement Perséphone en se regardant.

Toute la substance avait disparu. Mais la colère persistait sur son visage, brûlante et à peine contenue. Je pouvais la sentir émaner d'elle par vagues. La douche cessa et Poséidon disparut en miroitant avant de se matérialiser sur son trône.

— Et maintenant, le jugement ! s'exclama le commentateur d'une voix plus horripilante que jamais et légèrement tendue en apparaissant au pied de l'estrade.

Perséphone se retourna lentement. Elle savait à quoi s'attendre. Les trois juges – froid, gros et sage – étaient assis derrière elle. *Encore cinq minutes, Perséphone, et tu seras seule. Tiens bon pendant encore cinq minutes*, exprimai-je en pensée.

— Rhadamanthe ?

— Un jeton.

— Éaque ?

— Un jeton.

— Et Minos ?

— Je suis d'accord avec mes collègues. Un jeton ce sera, déclara Minos.

La boîte de graines apparut alors dans la main humide de Perséphone et elle la regarda avec attention.

— Et voilà, les amis ! Alors qu'il reste encore quatre épreuves, la petite Perséphone a gagné quatre jetons. N'oublions pas que Menthé, l'actuelle tenante du titre, a terminé les neuf épreuves avec un total de cinq jetons. Il n'en faut que deux supplémentaires à Perséphone pour gagner la position de Reine des Enfers.

Perséphone croisa mon regard et je vis qu'elle avait compris. Elle pouvait mettre fin à tout cela en seulement deux épreuves.

— Pour la prochaine épreuve, demain soir, notre petite humaine préférée va devoir relever un défi d'endurance sans pareil. Parmi les douze dieux, quatre lui réservent une surprise. Habille-toi pour l'occasion !

Sur ce, le commentateur disparut. Je regardai encore l'endroit où il se tenait un instant plus tôt, mon esprit hyperactif. Les dieux avaient prévu des épreuves d'endurance ? Eh bien, je n'étais certainement pas l'un des quatre sélectionnés pour l'organisation. Je jetai un regard mauvais à mon frère, et Zeus me répondit par un sourire.

— *Hadès ?*

La voix de Perséphone dans mon esprit fit tressaillir tout mon corps, et en la regardant, je perçus la puissance à peine contenue qui irradiait de son corps, formant une lumière verte.

— *Aide-moi*, chuchota-t-elle dans ma tête.

Je la rejoignis en un éclair et saisis sa main brûlante, puis je nous emmenai vers le premier endroit où mon cerveau s'était connecté avec elle. Notre salle de petit-déjeuner en piteux état.

— Laisse-toi aller, Perséphone, tu es en sécurité ici.

Une lueur sombre dansait dans ses yeux verts, et maintenant, sa peau aussi luisait. Des vignes jaillirent de ses paumes et elle rejeta la tête en arrière alors qu'un souffle d'énergie l'envahissait. La salle du petit-déjeuner était bordée de baies vitrées immenses, dont le verre vola en éclats en même temps.

Lorsque son pouvoir me percuta, je titubai légèrement, non pas sous sa force, mais à cause de mon ressenti. Ce n'était pas seulement de la fureur ou de la colère. Il y avait autre chose, un sentiment plus profond. Je compris qu'elle devait utiliser son véritable pouvoir.

Je me déplaçai aussitôt sur l'estrade où poussait son arbre autrefois et je doublai de volume, attirant d'autorité son attention.

— Utilise les vignes vertes. Il y a de la terre là-dessous, lui dis-je d'une voix de stentor tout en tapant du pied sur le marbre fendillé.

Immédiatement, ses lianes devinrent vertes et fusèrent vers mes pieds. Je m'empressai de m'écarter de leur chemin alors qu'elles venaient se fracasser sur les carreaux restants, labourant la terre sèche et aride en dessous. Puis elle haleta et l'éclat vert autour d'elle s'intensifia.

Tout se figea dans le néant alors que je regardais ma reine, ma belle déesse, transformer la sombre fureur des Enfers en une gerbe de vie impressionnante et infinie.

Rapide comme l'éclair, le tronc de l'arbre se mit à pousser au centre de l'estrade, tourbillonnant et s'enroulant en spirale à mesure qu'il grandissait, des branches jaillissant du tronc, puis des feuilles et des fleurs. De l'herbe perça la terre meuble près des racines et des marguerites parsemèrent le gazon verdoyant. Des pétales roses apparurent sur les branches qui s'étendaient au-dessus de la table et je pouvais presque sentir une brise imaginaire flotter au travers.

Vie. Couleur. Lumière.

J'avais aspiré à cet arbre pendant vingt-six ans.

Soudain, Perséphone relâcha ses vignes et elle tituba alors qu'elles se désintégraient. Je la rejoignis alors que ses genoux se dérobaient et je la soulevai pour la déposer sur l'une des deux chaises, de part et d'autre de la table. *Toujours agencées pour deux, mais jamais utilisées.* Elle prit une inspiration frémissante en me regardant droit dans les yeux et mon cœur se gonfla avec un tel espoir et un amour si fort qu'ils rivalisaient avec le pouvoir sombre sans fond qui m'habitait.

Je ne la laisserais plus jamais partir. J'en étais incapable. Cette femme était lumière, vie et amour, et elle était toute à moi.

VINGT-QUATRE

PERSÉPHONE

— Qu'est-ce que je viens de faire ? bredouillai-je devant le regard argenté de Hadès, braqué sur moi.

Il avait presque l'air impressionné et je me sentis nerveuse, quoique trop épuisée pour que mon corps réagisse. J'avais du mal à tenir ma tête droite. Mais je n'allais pas m'évanouir, c'était déjà ça.

— Tu as canalisé ta rage dans la magie de la terre. Tu as fait repousser un arbre dont tu te servais pour rester en vie dans ce monde, répondit Hadès avec douceur, accroupi à hauteur de mes yeux devant la chaise sur laquelle il m'avait installée.

Lentement, je basculai la tête en arrière et levai les yeux. Un pétale de fleur se détacha des branches en surplomb et vint se poser sur mes cheveux mouillés.

— Tu riais toujours quand ils tombaient dans ta soupe, commenta Hadès, sa voix profonde remplie d'émotions.

Je lui renvoyai son regard.

— On mangeait ici ?

Il hocha la tête.

— Je savais bien que ces chaises me disaient quelque chose quand je les ai vues pour la première fois, marmonnai-je.

— C'est toi qui les as fait fabriquer exprès pour nous. Tu disais qu'il devait y avoir un endroit dans mon royaume où je n'aurais pas à être roi, alors tu as fait ces chaises pour symboliser nos pouvoirs de manière égale, pour partager mon fardeau.

L'intensité de sa voix était presque insoutenable.

— On dirait que j'ai été une bonne épouse, dis-je en souriant pour tenter d'alléger son chagrin.

Son visage se détendit sensiblement.

— Essaie de ne pas avoir une trop haute opinion de toi-même, répondit-il avec un sourire en se balançant sur ses talons. Sinon, tu vas ressembler aux autres dieux.

Ses mots effacèrent mon sourire et il fit la grimace.

— Excuse-moi. Tu dois tous nous détester en ce moment.

— C'est encore loin de décrire ce que je ressens, grognai-je.

Mais ma fureur était retombée comme un soufflé, à présent.

— Cela dit, je ne pense pas être capable de te détester. Quelque chose m'en empêche, avouai-je.

— Même si tu viens de voir de quoi est constitué mon royaume et qu'il a essayé de te tuer ?

— Je ne veux pas habiter ici, si c'est ce que tu me demandes, maugréai-je. Mais ce n'est pas ta faute. Je sais que tu n'as pas choisi de me faire vivre tout ça.

— Tu t'en es bien sortie, si ça peut te consoler. Les eaux usées des Enfers sont hautement toxiques, tu n'aurais jamais survécu sans contrôler tes vignes noires.

— Pourquoi sont-elles passées du noir au vert ? demandai-je.

Il pencha la tête avant d'admettre enfin :

— Aucune idée. Avant, si tu te mettais en colère, ton pouvoir n'était que rage pure. Cette fois, j'ai senti ta magie de la terre qui essayait de faire surface.

L'espoir et une pointe d'excitation me traversèrent.

— Alors, je pourrais mieux contrôler le pouvoir induit par ma colère ?

Cela signifie-t-il que je peux manger une autre graine ?

— Aucun dieu n'a jamais le contrôle absolu de sa vraie colère, dit-il lentement. J'ignore comment tu as réussi à faire pousser l'arbre. Mais tu l'as fait.

Moi non plus, je n'en savais rien. J'étais à deux doigts d'exploser, empoisonnée par la fureur, mais quand Hadès était monté sur l'estrade, mes lianes avaient pris le dessus et une délicieuse sensation de vie florissante avait inondé mon corps, chassant la haine de mon organisme.

— Tu aurais quelque chose à boire ? demandai-je à Hadès. Ma tête s'est enfoncée dans cette boue infecte et je dois dire que l'arrière-goût est assez désagréable.

— Bien sûr, répondit-il en se levant d'un bond.

Je me redressai lentement sur ma chaise. En contemplant les détails complexes sur les accoudoirs, je me demandai comment j'avais bien pu inventer une chose pareille. Mais plus je les regardais, plus ils me semblaient familiers. La forme des roses, la courbe des crânes, les motifs des vignes... Je retrouvais peut-être ici la même étincelle créative que dans mes jardins.

— Ça devrait t'aider, dit soudain Hadès.

Je levai la tête de ma chaise pour prendre le gobelet qu'il me tendait. Ça sentait le chocolat chaud, mais le contenu était doré.

— Qu'est-ce que c'est ? demandai-je, intriguée.

— De l'ambroisie.

— Hécate m'a dit que les humains ne pouvaient pas boire ça, objectai-je en regardant le liquide épais.

— Tu viens de démontrer que tu avais suffisamment de puissance pour l'absorber, dit-il avec gentillesse. Mais vas-y doucement.

Je pris une gorgée lente. On aurait dit le chocolat chaud le plus riche et le plus aromatisé qui soit. Presque comme du chocolat fondu, plutôt que cette poudre fade du commerce.

— Oh, c'est vraiment exquis !

— Pas autant que toi, murmura-t-il en se laissant tomber à mon niveau. Quand tu utilises ton pouvoir comme ça... Tu es divine. Je dois vraiment faire un effort pour me retenir d'arracher tes vêtements.

Sa voix était devenue basse et rauque, et la boisson chaude progressait dans ma poitrine, à présent, dissipant ma fatigue dans son sillage.

— Eh bien, ils sont plutôt en mauvais état. Et tout mouillés.

— J'avais remarqué, chuchota-t-il.

Dans un petit bruit sec, le tissu humide qui collait à ma peau disparut. Je poussai un petit cri en baissant les yeux sur mon corps. *Le pyjama en soie.*

— On pourrait peut-être reprendre là où on s'est arrêtés ?

Le désir dansait dans ses yeux lorsqu'il me posa cette question et mon corps lui répondit instantanément. Je pris une autre gorgée d'ambroisie, laissant sa chaleur et son énergie se répandre en moi. J'ignorais si c'était la boisson ou la perspective de voir Hadès dans son plus simple appareil, toujours est-il que je me sentais revigorée. Des picotements fébriles me parcouraient la peau et mon cœur eut un raté lorsqu'Hadès se leva. Je contemplai le dieu magnifique devant moi. C'était décidément la perfection incarnée.

Je me penchai pour poser le gobelet sur le sol, et en me redressant, je pris l'ourlet de mon débardeur entre mes doigts.

Il entrouvrit les lèvres et ses yeux s'assombrirent au-dessus de ma tête.

— Toi d'abord, lui dis-je.

Sa chemise disparut en un instant. C'était comme si son torse était sculpté dans le marbre, chaque relief hurlant sa force et sa puissance. Je baissai les yeux sur la taille basse de son jean et le V de ses abdominaux qui s'enfonçaient sous la ceinture provoqua une montée de chaleur entre mes cuisses, tous mes muscles en éveil. Je tendis instinctivement le bras, cherchant éperdument à toucher son ventre ferme, mais il était hors de ma portée. Une minuscule vigne dorée glissa de ma paume, s'étirant vers lui en spirale. Je levai les yeux vers son visage avec hésitation, mais il hocha la tête.

La petite tige toucha sa peau lumineuse et fusionna avec elle. Un tatouage doré étincelant s'étendit alors le long de ses côtes et sur sa poitrine.

Un désir farouche explosa en moi au même moment, et avant de savoir ce qui m'arrivait, j'étais debout. Il me souleva dans ses bras et sa bouche trouva la mienne. J'enfouis les mains dans ses cheveux, sans rien rechercher d'autre qu'une proximité physique absolue, et j'enroulai mes jambes autour de lui. Sa langue vint danser avec la mienne et je sentis mon sang affluer presque douloureusement entre mes jambes.

— Tu es éblouissante, ma reine, murmura-t-il contre

ma peau tandis que ses lèvres descendaient le long de ma mâchoire.

Ses mots auraient dû me gêner, mais sa voix était si chargée de passion, ses intentions et sa sincérité si claires, que mon cœur se serra.

— Ta reine ?

— Ma reine, répéta-t-il.

— Je crois me rappeler que tu as dit quelque chose sur le fait de me vénérer...

— J'ai aussi évoqué que tu cries mon nom sous mes caresses et que je te regarde jouir encore et encore, observa-t-il en m'approchant de son visage, de telle sorte que je puisse voir ses yeux plus obscurs que jamais. Ce que je ne t'ai pas dit, c'est que je vais te donner un tel plaisir que tu ne te souviendras même pas de ton propre nom. Je vais te faire ressentir des choses dont tu ignorais la possibilité. Je vais t'entraîner au bord de l'extase autant de fois qu'il le faudra pour que tu me supplies de te donner le coup de grâce. Et je me laisserai aller avec toi.

Un gémissement qui ne me ressemblait pas franchit mes lèvres à ces mots.

Il se mit à genoux, me déposant à nouveau sur la chaise, et commença à m'embrasser dans le cou avant de descendre lentement. Il dégageait une chaleur torride, et chaque fois que ses lèvres entraient en contact avec ma peau, l'électricité se propageait sur tout mon corps. En arrivant au niveau de mes seins, il embrassa la soie fine de mon débardeur et mes tétons durcirent instantanément. Sa langue effleura l'un d'eux à travers le tissu et une autre vague d'envie déferla entre mes cuisses.

Mes jambes étaient toujours serrées autour de sa taille et j'étouffai un cri en sentant sa main sous ma cuisse, qui remontait en direction de mon short. Le bout de ses doigts me fit un tel effet que je me cambrai, en proie à un puissant vertige de plaisir et de désir. Ses doigts dansèrent de plus en plus haut, me taquinant jusqu'à ce que je me trémousse. J'avais les mains dans ses cheveux, et chaque fois que je les tirais, il effleurait mon mamelon avec ses dents à travers la soie. Ses doigts avaient atteint mon short, à présent, mais s'attardaient sur le bord, se rapprochant imperceptiblement de l'endroit où je voulais qu'il soit. *J'avais besoin de le sentir.* Des vagues de sensations à peine supportables parcouraient ma peau à son contact et j'ignorais si c'était sa magie ou mon désir qui les rendait aussi puissantes.

Avec une lenteur insoutenable, je sentis enfin son doigt effleurer mon sexe et un faible gémissement monta de ma poitrine. J'entendis sa respiration éraillée lorsqu'il sentit la moiteur de la soie entre mes cuisses, puis il m'embrassa à nouveau sur la bouche avec ferveur et passion. Il avait un goût divin et mon cerveau cessa de fonctionner lorsque ses doigts virevoltèrent, légers comme une plume, sur mon point le plus sensible. La pression augmentait à chaque mouvement, le désir en moi aussi dévastateur qu'un train à grande vitesse, trop rapide pour être retenu. Je lui rendis son baiser avec un désespoir que je n'avais jamais ressenti auparavant, tandis que mes longues journées de désir pour cet homme splendide – ce *dieu* – affluaient à l'endroit précis où il m'attisait de ses gestes experts.

— Hadès, gémis-je à haute voix.

Au même instant, une vague de jouissance bouleversante s'abattit sur moi. Son autre bras se resserra autour de mon corps frissonnant et j'enfouis mon visage dans son cou, embrassant sans relâche chaque parcelle de peau que mes lèvres pouvaient atteindre tandis que des vagues de plaisir m'envahissaient comme autant d'ondes de choc.

— Par les dieux, tu es magnifique, murmura-t-il d'une voix tendue. Je veux que tu ressentes encore ce plaisir, autour de moi cette fois. Je te veux, Perséphone.

— Je suis à toi, murmurai-je en m'agrippant à ses épaules.

Mais il recula à nouveau et me regarda dans les yeux en effleurant ma joue du bout du doigt. Dans ses yeux brillait une passion féroce, pourtant ses paroles étaient douces lorsqu'il reprit :

— Je ne pensais pas te revoir un jour. Et encore moins t'entendre dire ces mots. Je ne veux pas que tu repartes.

Je le dévisageai en essayant de me concentrer sur ses mots au lieu du plaisir qui agitait encore mon corps tremblant, mon désir de le toucher, de le sentir en moi et qu'il me prenne complètement.

— Mais tu as dit que je ne pouvais pas rester.

— Je sais. Pourtant, je ne peux pas m'y résoudre. Je ne peux pas te laisser partir à nouveau.

Quelque chose jaillit en moi, et cette fois, c'était sans rapport avec mon désir. C'était plus profond que cela. *J'étais heureuse.* Heureuse qu'il ne veuille pas que je parte.

Mais ce n'était pas mon plan. Je devais retourner à New York, loin de ces dieux meurtriers, de ces ordures sans morale.

Et délaisser tes pouvoirs, abandonner les mondes sous-marins, les vaisseaux volants et ce putain de dieu qui veut passer l'éternité à te vénérer ?

— Je ne sais pas si je suis à ma place ici, répondis-je, hésitante.

Hadès garda le silence, même si son regard trahissait son émotion.

— Mais je sais que je ressens quelque chose pour toi. Quelque chose que je n'ai jamais ressenti auparavant.

— Nous sommes liés, déclara-t-il calmement. Tu ne l'as pas complètement accepté, c'est tout. Si tu acceptes, tu le sentiras.

— Je ressens déjà quelque chose.

Il secoua la tête.

— Ce n'est pas *quelque chose*. C'est tout.

Je ne savais pas quoi dire. La culpabilité m'envahit.

— Je suis désolée, dis-je avec sincérité.

Plus que tout, je voulais le rendre heureux. Pas uniquement parce que je le désirais physiquement, mais parce qu'il était d'une importance cruciale pour moi qu'il soit heureux. Ce devait être le lien dont il parlait.

Il se leva lentement.

— Je te propose un marché, dit-il. Si le lien se réveille et que tu le ressens, je ferai mon possible pour te garder ici. Mais s'il disparaît vraiment, alors je te jure que tu retourneras à New York sans aucun souvenir de moi ou de l'Olympe.

Je me redressai en resserrant mes jambes. Il n'était plus question de sexe et je ne savais plus vraiment ce que je voulais. J'avais autant envie de rentrer chez moi auprès de mon frère et de mes jardins que de rester ici, trouver mes pouvoirs, être avec Hadès et faire pousser des arbres pour l'éternité.

Mais en songeant à l'antre de l'Empusa, aux êtres dans les sabliers au bal, à l'indifférence d'Hadès devant le divertissement des dieux, j'hésitai. *Ce n'était pas moi.* Et quand bien même, je ne pourrais jamais vivre dans cet endroit sans extérieur, sans fenêtres, avec la mort et les démons sous nos pieds.

— J'ai besoin de réfléchir. Ça fait beaucoup à assimiler

et je viens juste de récupérer mes pouvoirs. Je ne connais pas du tout ma place ici.

— Ta place est à mes côtés, déclara-t-il résolument après une longue pause.

D'un côté, j'étais instinctivement d'accord avec lui, mais d'un autre, je regrettais qu'il ait ouvert sa belle bouche pour entamer cette conversation. Cela dit, je n'étais plus sûre de rien.

— Et si on en parlait si je survis à toutes les épreuves ? demandai-je en essayant de rester aussi décontractée que possible.

— Tu dois absolument remporter les épreuves.

— Quoi ?

— Sinon, je vais devoir épouser Menthé.

Un éclair de jalousie me traversa à l'idée qu'il se marie avec quelqu'un d'autre et je fronçai les sourcils.

— Ce n'est pas si facile. Je ne sais pas si tu as remarqué, mais tes frères n'ont pas l'air de vouloir rendre mon séjour à l'Olympe très agréable.

— Tu dois gagner, insista-t-il.

— Je n'ai même pas encore décidé si je voulais rester ! m'exclamai-je, frustrée.

La douleur envahit ses traits, et soudain, son torse se mit à briller en ondulant.

— Tu as beaucoup souffert aujourd'hui. Tu as besoin de te reposer, dit-il d'une voix distante qui ne lui ressemblait pas.

— Mais... commençai-je avant de tressaillir, baissant les yeux pour voir ma tenue de combat réapparaître autour de mon corps.

Elle était sèche, maintenant.

— Hadès, je t'en prie, tentai-je à nouveau.

— Je t'ai perdue une fois, répondit-il à mi-voix. Je ne

sais pas si je le supporterai encore.

— Donne-moi juste un peu de temps pour réfléchir, dis-je en me levant pour toucher son visage.

Ses yeux argentés brillaient de désespoir lorsqu'il pencha la tête et m'embrassa tendrement.

— Essaie seulement de gagner, me dit-il.

Je le dévisageai, l'esprit en ébullition.

Si je pouvais vraiment gagner, alors j'aurais le dessus. J'aurais au moins la possibilité de choisir de rester avec lui, aussi improbable que cela puisse être. L'idée qu'il embrasse une autre femme, qu'il la soulève dans ses bras et la touche comme il l'avait fait avec moi, faisait déferler dans mon corps un torrent de fureur. Mais cela ne voulait rien dire. Il m'avait seulement procuré d'incroyables sensations. Bien sûr, je me sentais possessive envers lui en ce moment.

Pourtant, même sans Hadès dans l'équation, je me sentais incroyablement bien avec mes pouvoirs magiques et j'entrevoyais un monde sans limites, au-delà de tout ce que j'avais pu imaginer.

Je n'étais absolument pas dans le bon état d'esprit pour prendre des décisions aussi importantes.

Mais si je gagnais les épreuves, j'aurais le temps, et sûrement plus de liberté pour prendre une vraie décision. Une décision posée, mûrement réfléchie, qui ne reposerait pas sur la peur ni le désir.

— Bon, d'accord, je vais essayer.

Une lueur intense irradia dans son regard lorsqu'il m'attira à lui et m'embrassa à nouveau. Je ne pus m'empêcher de ressentir une vague de bien-être en lui rendant son baiser.

Si ce lien dont il parlait s'éveillait enfin, alors j'allais devoir en faire quelque chose.

VINGT-CINQ

PERSÉPHONE

— Donc… on faisait quelque chose, dis-je en interrompant le baiser pour lui lancer un regard éloquent qui, je l'espérais, exprimait : *Déshabille-moi tout de suite ! Et toi aussi.*

— Tant que le lien ne se sera pas manifesté, je ne poserai plus un doigt sur toi, décréta Hadès en me caressant la joue.

— Pourquoi ?

La déception m'envahit et mes mots sortirent avec un grincement.

— Parce que je ne fais rien à moitié. Quand je serai enfin avec toi, je veux que ce soit l'expérience la plus bouleversante que tu aies jamais vécue.

— Je suis convaincue que tu pourrais déjà y arriver, dis-je en songeant à l'orgasme qu'il m'avait procuré sans même me déshabiller.

Avec un long regard pénétrant, il soupira.

— Tu dois vraiment te reposer. Il faudrait qu'Hécate t'apprenne à guérir demain, avant les épreuves d'endurance. Je suis sûr que mon enfoiré de frère a prévu quelque chose d'affreux.

J'envisageai un instant de le supplier de terminer ce que nous avions commencé, mais ma fierté m'en empêcha au dernier moment.

— Bon, dis-je en fronçant les sourcils. Mais est-ce qu'on pourrait marcher ? Je ne suis pas d'humeur à me faire téléporter encore une fois.

— Bien sûr.

Nous gardâmes le silence pendant notre promenade dans les couloirs interminables, à la lueur bleutée des torches, mais ce n'était pas gênant. Nos doigts étaient entremêlés et c'était une sensation délicieuse. Mieux encore. Mon corps bourdonnait de toute la puissance et du plaisir que j'avais éprouvés ces dernières heures et l'horreur de l'antre de l'Empusa commençait à me paraître bien loin.

Quand nous arrivâmes dans mes appartements, Hadès se tourna vers moi. Son visage était impénétrable, et une fois de plus, je me sentis fondre à son contact. Il émanait de lui une telle force que j'en étais tout émoustillée.

— Ne quitte pas cette pièce sans moi ou Hécate, ordonna-t-il.

— Je sais.

— Et je m'excuse d'avance pour ce que Zeus a prévu. Pour ce que ça vaut, je n'ai pas mon mot à dire dans ces épreuves d'endurance et j'ignore quels dieux les auront organisées.

Je me sentis soulagée, pour son bien et pour le mien, qu'Hadès ne soit pas impliqué dans la douleur et la colère qui m'étaient imposées.

— Je vais m'en sortir, affirmai-je. Hécate m'apprendra tout ce que je peux savoir sur la guérison.

C'était sans doute une bonne chose que ma formation soit assurée par Hécate au lieu d'Hadès. Mon désir et mon trouble en sa présence me distrairaient forcément, et la guérison ne semblait pas être une mince affaire.

— Ces liens sont-ils toujours aussi compliqués ?

— Oui, répondit-il en souriant avant de m'embrasser, ses lèvres douces comme une plume et brûlantes comme la flamme. Mais on dit que l'amour triomphe de tout, ajouta-t-il en s'écartant, avant de disparaître dans un éclair de lumière blanche.

— *L'amour*, répétai-je à mi-voix en refermant la porte de ma chambre.

Je fus frappée par une vérité en cet instant. La raison pour laquelle il ne voulait pas être avec moi sans le lien. Il ne voulait pas « faire les choses à moitié ». Non, il voulait que je l'aime, autant qu'il m'aimait déjà.

En étais-je seulement capable ? Mon désir ne faisait aucun doute et son bonheur me tenait à cœur. Était-ce cela, l'amour ? Je repensai à son visage, adossée contre ma porte. Cette idée me semblait bonne. *Il* me semblait bon. Je ne devrais pas éprouver cela. Après tout, il était presque la définition du mal, il était le Seigneur des Morts, un dieu qui ne pleurait la perte d'aucune vie, qui répandait des cadavres de lumière dans son sillage alors qu'il déchiquetait les humains et qui suscitait une terreur sans nom chez ses victimes.

Pourtant, il avait créé un royaume tout entier et de nouvelles espèces sur l'impulsion de son désir de vie. Il n'avait jamais choisi son rôle, mais l'avait accepté parce que c'était son devoir. Son royaume accueillait les parias sans jugement et chérissait la notion de vie privée, allant jusqu'à interdire aux dieux de s'immiscer dans les esprits.

Je pris soudain conscience que je le respectais. Je l'admirais autant que je le craignais.

La douceur de ses mains, la tendresse de ses baisers, l'émotion intense dans ses yeux, tout cela présentait un contraste saisissant avec le monstre qu'il dévoilait au monde. Doux et féroce à la fois. La lumière et l'obscurité. La vie et la mort. L'Empusa m'avait dit que je ne maîtriserais pas l'équilibre et elle avait sans doute raison. Hadès avait-il trouvé cet équilibre et caché son côté tendre tout en le préservant ? Ou risquait-il tout autant que moi de perdre cet équilibre ?

— Est-ce que la vie d'un dieu se résume à la fête ? demandai-je à Skop tout en ajustant le corset de ma nouvelle robe de bal.

Celle-ci était d'un rouge vif avec un corsage aussi étriqué qu'un corset et une jupe vaporeuse toute en soie. Des roses blanches s'enroulaient au niveau de l'ourlet, sur le côté droit de mon corps. C'était une belle robe, mais lourde et encombrante.

— *Oui, quand ils organisent ces événements. C'est sûrement pour ça qu'ils en font si souvent.*

Je le regardai en haussant les sourcils.

— Est-ce que d'autres dieux ont été forcés de se marier de cette façon ?

— *Pas encore. Bon, tu es prête pour ce soir ? Je crains de ne pas t'être très utile.*

L'amertume filtrait à nouveau dans la voix du kobalos et il était évident qu'il se fichait que je passe beaucoup de temps seule avec Hadès. Mon côté méfiant ne pouvait s'empêcher de se demander s'il ne rapportait pas tous mes faits et gestes à Dionysos ; mais mon côté confiant préférait croire qu'il tenait sincèrement à moi.

— Tant que tu ne t'attires pas d'ennuis, lui dis-je en attachant *Faesforos* à ma cheville.

Ma jupe atteignait le sol, dissimulant la dague aux regards.

Skop se contenta de grommeler sans rien dire. Devant mon reflet, je pris une profonde inspiration. Le rouge à lèvres assorti à la robe était bien plus audacieux que je ne l'aurais choisi en temps normal, mais j'avais besoin de me sentir aussi intrépide que possible ce soir, et dans cette tenue, je me sentais plus grande, plus fière et déterminée. *C'est parce que Menthé était en rouge la dernière fois que tu l'as vue*, souligna mon cerveau mesquin. *Tu veux être plus belle qu'elle.*

— *Alors, tu es prête ?* lança Skop, interrompant le fil de mes pensées.

— On ne peut plus prête.

Hécate avait passé la majeure partie de la journée avec moi, essayant de m'apprendre à puiser dans la partie de mon pouvoir qui me permettrait de guérir. Une fois que j'eus bien compris sa leçon, je pratiquai une petite entaille sur mon bras et, par la pensée, j'intimai à ma peau de se recoudre. Pour mon plus grand plaisir, ce fut efficace, et à mon grand soulagement, elle ne me proposa pas de me blesser davantage pour tester mes capacités. Au lieu de quoi, elle consacra un long moment à me parler de ce que je ressentirais et des manières de canaliser la puissance vers une zone spécifique de mon corps en cas de besoin. J'avais la certitude de pouvoir me débrouiller si j'étais blessée, du moins jusqu'à ce que mon dieu tout-puissant d'ex-mari vienne me chercher.

La bienveillance d'Hadès était un sentiment auquel je n'étais pas entièrement habituée, mais je l'appréciais plus que je ne voulais l'admettre. Mon frère avait toujours été présent quand j'avais besoin de lui, mais nous n'étions pas constamment ensemble, loin de là. Sam m'aidait quand je faisais appel à lui, autrement il me laissait voler de mes propres ailes. Pour être honnête, Hadès était un peu obligé de le faire, lui aussi. Il n'avait pas le droit d'interférer dans les épreuves, mais il avait déjà enfreint les règles à plusieurs reprises pour m'aider.

Si je frôlais véritablement la mort, interviendrait-il ? *Pourrait-il* seulement intervenir ? Hécate m'avait dit que Zeus était plus fort que les autres dieux, cela devait malheureusement inclure Hadès.

C'est ce moment que choisit cette dernière pour faire irruption dans ma chambre et je sursautai devant ma coiffeuse.

— Tu ne pourrais pas frapper ? m'exclamai-je. Tu m'as fichu une trouille bleue.

— Oh oui, désolée, répondit-elle en souriant. Tu es superbe.

— Merci. Des conseils de dernière minute ?

— Oui. Tu dois endurer tout ce qu'ils te feront subir, quoi qu'il arrive, et tu l'emporteras, me dit-elle en haussant les épaules.

— Super. Facile à dire, soupirai-je en levant les yeux au ciel.

— Et ne te tape pas Hadès pendant la fête. Ça ne passerait pas inaperçu.

Je la foudroyai du regard et, en réaction, ses yeux pétillèrent de malice.

— Tu es aussi terrible que lui, dis-je en désignant Skop de la tête.

— *Non, pas du tout*, répondit celui-ci. *Fais-moi confiance.*

Hécate semblait bien plus détendue qu'avant l'épreuve précédente et je la regardai avec curiosité.

— Tu n'es pas inquiète, cette fois, je me trompe ?

— C'est une épreuve d'endurance et tu es forte. Ils veulent t'en faire baver, mais pas te tuer, répondit-elle en s'asseyant sur mon lit.

— Tant mieux.

— *Cela dit, ils pourraient bien tuer quelqu'un d'autre*, commenta Skop.

— Toi, la ferme, lança Hécate. Bon, écoute, tu vas faire le tour de tous les dieux présents à la fête et certains d'entre eux te feront supporter des épreuves plutôt désagréables pendant quelques minutes. C'est tout.

— Pour un deuxième round, ce n'est pas très grandiose, dis-je, dubitative. Je pensais qu'ils aimaient le mélodrame et le tragique.

— Certains risquent d'être un peu méchants, sûrement. Mais ce ne sera jamais pire que de te noyer dans les égouts des Enfers.

— Pour le coup, difficile de faire pire, répondis-je avec un frisson de colère à ce souvenir.

Je sentis ma magie frémir à fleur de peau en réaction, mais j'ignorais si c'était réconfortant ou alarmant.

— *Et si celui ou celle qui a laissé la poupée et le miroir débarque avec pire qu'un phénix ?* fit Skop.

— Sérieusement ? se récria Hécate en le fusillant des yeux. Tu ne m'aides pas vraiment, Skop. Le capitaine de la garde d'Hadès s'occupe de tout. C'est un Minotaure redoutable du nom de Kérato. Il n'y a aucune raison de s'inquiéter.

Pourtant, l'angoisse montait en moi. L'apparente décontraction d'Hécate ne me rassurait pas du tout. Je ne croyais pas une seconde à la facilité qu'elle me promettait. Zeus voudrait terminer le round par un coup d'éclat, j'en étais persuadée.

VINGT-SIX

PERSÉPHONE

Hécate nous projeta dans une vaste salle. Je crus d'abord qu'il s'agissait de la salle à manger d'Hadès. Mais en regardant autour de moi, je notai d'importantes différences. Si elle avait le même plafond voûté, les mêmes grandes fenêtres arquées protégées par de lourds rideaux, je ne retrouvai ni l'estrade avec l'arbre au centre ni cette table dressée pour deux qui aurait dû paraître minuscule dans l'immensité, et qui pourtant s'imposait au premier plan.

Au lieu de quoi, une longue enfilade de douze trônes en marbre occupait le centre de la salle, alignée en parallèle avec les fenêtres. Il s'en dégageait une formalité froide qui me mettait encore plus mal à l'aise que je ne l'étais déjà. Si le bal masqué était tout en légèreté, avec des étoiles scintillantes sur les murs de pierre, une lumière tamisée et des colonnes derrière lesquelles se cacher, cette salle était grave et solennelle. Elle était éclairée par des flammes bleutées qui vacillaient sur les appliques murales. De nombreux guéridons, sortes de demi-colonnes à hauteur de taille et au sommet plat, permettaient aux convives de poser leurs boissons. La foule était déjà dense. Des personnes désormais familières me regardaient, rassemblées en petits groupes et vêtues de robes somptueuses et de toges qui auraient eu toute leur place dans un défilé de mode. En balayant la salle du regard avec un sourire poli aux lèvres, j'aperçus Séléné, Éros, Hédoné et Morphée, ainsi que d'autres invités que j'avais rencontrés à la fête en Verseau. Mon sourire s'effaça un instant lorsque je croisai le regard de Menthé, ses yeux luisant de malveillance. Elle était superbe avec sa robe fourreau noire sans bretelles et mes tripes se nouèrent alors que ma confiance en prenait un coup.

La voix d'Hadès se fit soudain entendre dans mon esprit.

— *Tu es fabuleuse. Je t'adore en rouge.*

Je sentis aussitôt mon dos se redresser et je retrouvai mon sourire.

— Où es-tu ?

— *Les dieux sont tous là, mais nous ne sommes pas encore autorisés à nous révéler. Mon frère adore ménager le suspense.*

— Je croyais qu'en Vierge, on ne devait pas parler dans la tête des gens sans leur permission.

— *Oh, excuse-moi. Ça partait d'une bonne intention. Je pensais avoir ta permission.*

— Tu sais ce qu'on dit sur les bonnes intentions, répondis-je en acceptant le verre d'un serveur satyre qui était apparu à mes côtés.

— *Non. Pas du tout.*

— Oh. Alors ce dicton de mon monde n'est pas parvenu jusqu'à vous ?

— *Non, explique-moi.*

— On dit que l'enfer est pavé de bonnes intentions.

Après une longue pause, Hadès répondit :

— *Tu as la preuve que c'est faux.*

Je pouffai et Hécate me lança un regard un peu soucieux en portant son verre à ses lèvres.

— Tu as raison, ce dicton est totalement infondé.

— *Bon, on se voit bientôt, ma belle. Bonne chance.*

Hécate et moi nous séparâmes et j'entamai mon tour réglementaire, souriant et hochant la tête à tous ceux que je croisais tout en sirotant mon vin pétillant. Comme Hécate l'avait annoncé, il y avait bien plus de gardes que je n'en avais jamais vu, postés à chacune des grandes portes de part et d'autre de la salle et le long des murs entre chaque fenêtre. L'espace me semblait étrangement vide et caverneux, en dépit de la foule de créatures qui l'occupait. Une énergie nerveuse crépitait sous ma peau avec une intensité croissante.

— Quel plaisir de te revoir, lança Séléné, rayonnante, lorsque je la rejoignis.

— Tout le plaisir est pour moi, dis-je avec un sourire authentique.

Elle s'était montrée chaleureuse et avenante avec moi au bal masqué, et j'avais senti sa sincérité.

— Ne le dis à personne, mais je pense que tu es devenue la favorite de l'Olympe, tu sais, souffla-t-elle d'un air conspirateur.

— Sérieusement ? répondis-je en clignant des paupières.

— *Je te l'avais dit*, lança Skop dans ma tête.

Je baissai les yeux pour le voir remuer la queue et il ajouta :

— *Je savais qu'ils seraient fans de notre petite outsider.*

— C'est un plaisir de te voir accéder à ton pouvoir, reprit Séléné.

J'ouvris la bouche, mais rien n'en sortit. Séléné était

vraiment l'une des personnes les plus gentilles que j'aie rencontrées jusqu'à présent, et pourtant elle qualifiait de « plaisir » le spectacle que je lui avais offert en manquant me noyer dans la boue et me faire dévorer par un monstre marin. Mais qu'est-ce qui ne tournait pas rond chez les gens de ce royaume ?

— Je suis sûre que tu seras fantastique ce soir, ajouta-t-elle avec enthousiasme, comblant le vide que j'avais laissé dans la conversation.

Je sentis soudain une tape sur mon bras et je me retournai, contente d'esquiver cette discussion.

Un énorme minotaure que j'avais déjà vu à quelques reprises dans la salle du trône d'Hadès me salua et je réprimai un mouvement de recul.

— *Par les vins de Dionysos, c'est un sacré morceau*, se récria Skop.

— Vous devez être Kérato, dis-je rapidement en me remémorant ce qu'Hécate m'avait dit sur le capitaine de la garde d'Hadès.

Le minotaure devait mesurer près de trois mètres de haut – ses sabots à eux seuls m'arrivaient aux tibias. La bête me regarda en clignant des yeux, ses pupilles d'un noir de jais cerclées de rouge écarlate. Ses sourcils broussailleux étaient froncés et deux cornes noires incurvées dépassaient de son crâne poilu.

— Tout juste, madame, répondit-il d'un ton bourru. Le roi Hadès m'a demandé de venir me présenter.

— Merci.

— Sachez que tous ceux qui portent ce symbole font partie de la garde d'Hadès.

Il frappa de son poing griffu le disque métallique au centre de l'armure étincelante sur son torse. Un crâne avec un serpent sortant de l'orbite gauche y figurait. Je ne pus m'empêcher de comparer ce symbole à un tatouage de biker.

— D'accord.

— Bonne chance, grogna le minotaure avant de se retourner pour s'éloigner en direction des portes.

— Plutôt intimidant, non ? fit alors une voix veloutée.

Je fis volte-face avec un sourire aux lèvres. C'était Hédoné, qui m'embrassa sur les deux joues.

— Il a l'air de prendre son travail très au sérieux, commentai-je.

— Je n'en doute pas.

— Où est Morphée ?

— Il n'a pas pu venir ce soir, mais il te souhaite bonne chance.

— Merci. Hédoné, c'est quel genre de créature, ça ? demandai-je alors qu'un colosse avec d'énormes ailes en cuir et ce qui ressemblait aux pattes d'un lion passait devant nous.

Son nez était un bec jaune crochu et ses yeux de fouine croisèrent un instant les miens.

— On dirait un hybride de griffon, dit-elle.

Je levai les sourcils avec interrogation et elle m'expliqua :

— La plupart des créatures de l'Olympe existent sous forme sauvage et consciente, même si certaines préfèrent souvent rester à l'état sauvage, comme les manticores, par exemple. Ce sont de grands chats ailés avec une queue de scorpion. Ils vivent dans les forêts et seuls quelques-uns sont doués de conscience. Mais les griffons, mi-lions mi-aigles, ont suffisamment d'humanité en eux pour être conscients. Il est rare de les trouver à l'état sauvage. Celui-ci a des ailes un peu larges pour un griffon, il doit avoir un côté harpie.

— Alors, un griffon s'est accouplé avec une harpie ?

J'essayai de ne pas laisser transparaître mon étonnement tandis que mon cerveau s'emballait à l'idée d'une telle union. Les seules harpies que j'avais vues ici étaient surtout des oiseaux à tête humaine.

Hédoné gloussa.

— Quand on veut, on peut, commenta-t-elle.

— *Clairement*, ajouta Skop. *Je ne mesure qu'un mètre de haut et tu devrais voir ce que j'ai réussi à me taper.*

Je levai les yeux au ciel, mais il agita sa queue en ajoutant :

— *C'est grâce à mon énorme...*

— Bonsoir, l'Olympe !

Les salutations du commentateur coupèrent le sifflet du kobalos, et pour la première fois, je me réjouis d'entendre la voix de l'homme blond si horripilant. La salle s'anima et je suivis le regard des convives vers le centre de la salle, où le présentateur se tenait à l'extrémité gauche de la rangée de trônes.

— Bienvenue à la dernière épreuve du deuxième round. Nous avons quelques rebondissements pour vous ! Mais d'abord, veuillez accueillir vos dieux !

L'intégralité des invités posa un genou au sol et je me pliai au mouvement alors qu'une lumière blanche éclairait la pièce. Relevant légèrement la tête, j'aperçus Hadès, sa silhouette ondulante enveloppée de fumée à droite de la rangée.

— Ce soir, Perséphone va devoir subir quatre épreuves d'endurance, à l'initiative de quatre dieux, annonça le commentateur tandis que tout le monde se relevait. Elle peut choisir d'aller parler à n'importe quel dieu dans l'ordre qui lui convient, mais elle ne sait pas encore lesquels la mettront à l'épreuve.

Je jetai un œil sur les visages des dieux à la recherche d'indices, mais ils demeuraient tous impassibles et aucun ne me renvoya mon regard.

— Ce soir, cependant, il n'y aura pas de jugement, ajouta le commentateur.

À ces mots, un brouhaha se propagea parmi la foule. *Pas de jugement ? Quoi ?*

— À la place, pour chaque échec, Perséphone perdra l'un de ses quatre jetons.

La peur déferla le long de ma colonne vertébrale. Perdre mes jetons ? Par les dieux, j'en avais déjà mangé deux. Allais-je également perdre le pouvoir que j'avais récupéré ? Il n'y avait plus que trois épreuves après celle-ci et il me fallait six jetons pour gagner. Le calcul était rapide.

Si je ne perdais qu'une seule graine, je pouvais encore l'emporter, mais je devais obtenir au moins un jeton lors des trois épreuves suivantes. Comme je l'avais déjà prouvé deux fois, ce n'était pas un mince exploit.

Mon sang bouillonnait de colère et je perdis tout espoir de ne plus subir que deux épreuves. Non seulement je ne pouvais plus gagner de jetons, mais en plus, on allait me retirer ceux que j'avais déjà acquis. Et peut-être aussi mes pouvoirs ?

— C'est quoi, ces conneries ? bougonnai-je.

Les chances que j'obtienne des jetons à toutes les autres épreuves étaient infimes, voire inexistantes. Et même si je ne tenais pas à tout prix à gagner ces maudites épreuves, il était hors de question que je perde mes nouveaux pouvoirs.

J'allais devoir affronter tout ce qu'ils comptaient me faire subir et conserver les quatre graines, coûte que coûte.

VINGT-SEPT

PERSÉPHONE

— Approche, Perséphone, et choisis ton premier dieu !

Tout le monde tourna la tête vers moi et je déglutis. Une énergie nerveuse me parcourait la peau et j'étais désagréablement consciente de la moiteur de mes paumes.

De ces paumes jaillissent des vignes magiques, alors tu peux le faire ! Je me répétai ces mots en boucle tout en traversant la foule qui se séparait pour me laisser rejoindre le commentateur. Il me sourit de ses dents blanches parfaites.

— Alors, qui veux-tu essayer en premier ?

— Hadès, dis-je sans hésiter.

C'est malin, pensai-je alors que des rires secouaient la foule. C'était le seul dieu qui n'avait pas d'épreuve pour moi. Mais son nom m'était venu spontanément et il était trop tard pour le retirer maintenant.

— Très bien. Vas-y.

Évitant soigneusement de croiser le regard des autres dieux, je fixai mon attention sur la silhouette fumante d'Hadès et longeai la rangée de trônes jusqu'à lui. Je sentais les regards des autres Olympiens peser sur moi, mais je les ignorai tant bien que mal. Le meilleur moyen d'éviter d'être intimidée ou manipulée, c'était encore de prendre les devants, décidai-je.

Lorsque je m'arrêtai devant le trône d'Hadès, il tendit vers moi son bras de fumée translucide, me remettant une timbale.

— Bois à la coupe de la mort et tu sauras si l'épreuve t'échoit, déclara-t-il avec cette intonation froide et cruelle que j'avais failli oublier.

C'était l'Hadès que le reste du monde connaissait. Je lui pris la tasse, cherchant à croiser son regard argenté, mais il s'y refusait. *Il ne peut pas faire preuve de favoritisme*, me rappelai-je en ravalant la douleur lancinante que provoquait son indifférence. Lentement, je portai la timbale à mes lèvres. Le liquide qu'elle contenait était suave, mais j'avais du mal à déterminer son goût précis.

— Pas d'épreuve de la part d'Hadès ! annonça le commentateur. Choisis ton prochain dieu !

Je lui rendis la timbale en priant pour avoir un aperçu de sa vraie personnalité. Je réprimai un sourire en percevant enfin l'éclat de ses yeux argentés à travers son enveloppe de fumée alors qu'il me prenait la timbale des mains. Aussitôt, je retrouvai toute mon assurance.

Je peux y arriver.

— Athéna, déclarai-je résolument.

Elle était assise à deux trônes de là, seulement séparée d'Hadès par le trône d'Arès. Le dieu de la guerre portait son casque à plumes rouges devant le visage, et de si près, je devinais la musculature imposante de son torse. Je n'avais aucune envie de me le mettre à dos ou de subir une épreuve de sa part.

Athéna portait la même toge blanche que je lui avais vue auparavant et ses cheveux tressés formaient une couronne autour de sa tête. Alors que je me tenais devant elle, une petite chouette assise sur son épaule m'adressa un clin d'œil.

— Bois à la coupe de la sagesse et tu sauras si l'épreuve t'échoit, déclama la déesse en me tendant une timbale identique à celle d'Hadès.

Je pris une rapide gorgée. Cette fois, le goût était amer, mais rien ne se produisit.

— Il est temps de passer au suivant, Perséphone ! Vers qui vas-tu te tourner, maintenant ?

La voix du présentateur vibrait d'enthousiasme.

— Aphrodite, décrétai-je.

Cinq trônes plus loin, la déesse de l'amour était assise aux côtés de son mari, Héphaïstos. Si j'étais testée par Aphrodite, qu'est-ce que cela impliquerait ? Et si elle m'infligeait une épreuve érotique ? Ma nervosité augmentait à mesure que je m'approchais d'elle. La panique d'être soumise à quelque chose de ce genre contre mon gré me donnait la nausée. Hédoné avait dit que ce n'était pas autorisé, me rappelai-je, d'après la conversation que j'avais eue avec elle avant le bal à propos du consentement sexuel souvent induit par l'ego sur l'Olympe. Les puissants aimaient mériter leurs bons moments plutôt que de les prendre de force.

Néanmoins, mes mains tremblaient lorsque je pris la timbale des mains de la déesse. Elle me souriait, dardant sur moi ses yeux d'un vert éclatant sous ses cils follement épais. Ses cheveux d'un noir d'ébène étaient coupés au carré et elle portait une robe blanche moulante qui me faisait penser à Cléopâtre. *Pitié, pas d'épreuve*, priai-je en fermant les yeux avant de prendre une gorgée. Le liquide était mille fois meilleur que les deux précédents, mais heureusement, rien ne se produisit.

— Choisis ton prochain dieu ! On s'ennuie, Perséphone !

Je décochai un regard mauvais au commentateur avant de rendre le récipient à Aphrodite.

— Dionysos.

Je me tournai vers le trône du dieu, de l'autre côté d'Athéna. Sans surprise, il portait encore un pantalon en cuir près du corps et une chemise blanche ouverte à moitié rentrée. Il avait posé une cheville sur son genou et une paire de lunettes de soleil lui cachait les yeux.

— Bois à la coupe du vin et tu sauras si l'épreuve t'échoit, récita-t-il en se penchant paresseusement vers l'avant avec une nouvelle timbale.

Je m'en saisis. Au moins, je connaissais le goût du liquide. Bien sûr, c'était un vin rouge riche et incroyablement délicieux. Avant de comprendre ce que je faisais, j'avais vidé tout le verre. Après les dernières gouttes, je passai la langue sur mes lèvres. J'allais le féliciter pour la qualité de son cru lorsque je me rendis compte que je ne me trouvais plus dans le couloir.

Ce n'était pas du vin normal, compris-je en tournant sur moi-même, envahie par la panique. J'étais dans une forêt, mais les arbres qui m'entouraient étaient si hauts que je n'en voyais pas la cime, la lumière du ciel filtrant à peine au travers du feuillage. En clignant des paupières, je pris conscience que je pouvais distinguer de petites structures en bois dans les branches. Je pris une profonde inspiration, m'emplissant de la délicieuse odeur d'humus. Avant même que je m'en rende compte, des vignes vertes fusèrent de mes paumes, incapables de résister à l'attrait d'une nature si luxuriante.

C'est alors qu'un grognement sourd attira mon attention sur l'arbre épais à proximité. L'écorce du tronc noueux semblait se mouvoir et je dus loucher pour mieux voir. Une vague de vertige m'ébranla alors qu'une créature fine et noire émergeait de derrière le tronc. Des ailes se déployèrent dans son dos et je clignai furieusement des yeux tandis que le monde basculait sur son axe.

J'avais l'impression d'être ivre. Pas simplement éméchée et joyeuse, mais ivre au point de perdre le contrôle. J'essayai de me concentrer sur ce qui approchait. Soudain, un éclair rouge jaillit au-dessus de son dos. C'était un dard lumineux au bout d'une queue de scorpion. La conversation que j'avais eue avec Hédoné un peu plus tôt me revint à l'esprit. Elle avait évoqué des chats ailés dotés de queues de scorpion, mais je ne me rappelais pas leur nom. Un nouvel élan de vertige me secoua et je titubai. Quelque part au loin, un gong retentit, suivi par une voix :

— Dix minutes à partir de maintenant !

Dix minutes pour quoi faire ? J'avais la vague notion que j'étais ici pour quelque chose d'important, quant à savoir quoi… Je m'évertuai à reconstituer les dernières minutes, mais mes souvenirs s'effaçaient déjà tandis que je fixais du regard l'énorme chat noir en mouvement. Il n'avait pas l'air accueillant. Peut-être vivait-il dans cette forêt. Un calme étourdissant m'enveloppa et je tendis la main, projetant une liane verte en direction du chat. Ce dernier dévoila ses dents et, une fois de plus, ma vision se brouilla. Un rire incontrôlable franchit mes lèvres. Il était plutôt mignon, en fin de compte, avec ses plumes et sa démarche feutrée.

Cours !

Cette pensée désespérée transperça ma brume légère. Aussitôt, l'angoisse et la peur me frappèrent en pleine poitrine, si violemment que je crus bien avoir été électrocutée. Mes pieds commencèrent à bouger de leur propre initiative et je trébuchai en arrière. À présent, mes émotions avaient tellement basculé de l'autre côté que j'étais trop effrayée pour détacher mes yeux de la bête. Sans doute quelque chose dans le vin m'avait fait croire que cette créature était mignonne, car en réalité, elle était terrifiante. Cette ordure de Dionysos m'avait droguée. Ma vision oscillait toujours et j'étais convaincue que les dents du chat poussaient et que ses yeux sombres irradiaient. Je ne pourrais jamais être plus rapide que lui. Si j'étais sa proie, j'avais clairement de gros ennuis.

Mais ses ailes... Elles étaient douces au toucher et teintées d'un rouge foncé. Elles étaient magnifiques. Une chose ne pouvait pas être à la fois aussi belle et dangereuse, si ? Mes jambes ralentirent.

Une fois de plus, il lâcha un grognement et se ramassa sur lui-même, grattant le sol de sa patte. Je sentis un nouveau choc dans ma poitrine alors que le calme relatif de l'atmosphère était troublé.

Bien sûr qu'il est dangereux, regarde-le ! Allez, fiche le camp d'ici !

Avant qu'une sérénité mortelle ne m'engourdisse à nouveau, je tournai les talons et détalai vers l'arbre derrière moi. J'entendis la créature rugir. Priant pour avoir suffisamment d'avance et qu'elle ne puisse pas m'atteindre d'un bond, je projetai mes vignes, les deux paumes tendues, vers une branche à dix mètres au-dessus de ma tête. Elles fusèrent pour aller s'enrouler tout autour et je tirai dessus afin de les rétracter. Aussitôt, je décollai du sol et mes cheveux fouettèrent mon visage alors que je volais jusqu'à la branche. En baissant les yeux, je vis le chat sous les volants flottants de ma jupe rouge. Il sauta jusqu'à moi, me manquant de peu.

En quelques secondes, j'étais sur la branche. Je pris alors conscience de sa hauteur. La forêt tout autour de moi se remit à tournoyer, et cette fois, j'ignorais si c'était le vertige ou le vin trafiqué.

Tes vignes te retiennent, elles te retiennent, me répétai-je intérieurement. Mais dès que mon cerveau troublé m'imagina dégringoler, je sentis les lianes se relâcher.

— Non ! hurlai-je en commençant à glisser.

Aussitôt, les liens se resserrèrent, me tordant violemment les épaules alors que ma chute était brusquement interrompue. Le souffle court et le cœur battant dans ma cage thoracique, je remontai par la force de ma volonté, puis j'essayai de lancer mes jambes vers le haut pour passer par-dessus la branche. J'avais les abdominaux et les biceps en feu, mais je finis par refermer mes cuisses assez fort autour de la large branche pour hisser mon corps vers le haut. Pendant tout ce temps, mes vignes restaient résolument attachées. Pantelante et nauséeuse, je me redressai en position assise pour remarquer négligemment que ma jupe était déchirée.

Il me suffisait de rester assise sans regarder le sol de la forêt en contrebas jusqu'à ce que les dix minutes soient écoulées. J'avais l'impression d'être ici depuis une heure déjà, il ne devait plus rester très longtemps. Un grondement sourd attira mon attention sur le tronc et ma vision devint floue tandis que mon sang se glaçait dans mes veines. Le chat ailé remontait lentement le long de la branche dans ma direction, ses énormes griffes s'enfonçant dans l'écorce comme si c'était de la colle.

VINGT-HUIT

PERSÉPHONE

La raison se fraya un chemin à travers la substance qui embrumait mon cerveau et je reculai sur la branche. Il avait des ailes, pourquoi m'étais-je crue en sécurité dans un arbre ? Le chat s'élança, sa patte tendue vers moi, tandis que sa queue de scorpion cramoisie se dressait derrière lui. Je me baissai instinctivement, la peur du prédateur l'emportant sur toute appréhension de chute, et il grogna alors que ma jambe droite glissait. Je poussai un cri. L'espace d'un battement de cœur, mon autre jambe céda, trop faible pour me maintenir stable sur la branche, et le monde sembla tourner au ralenti tandis que le reste de mon corps était précipité dans le vide.

Incapable de respirer, je sentis mes doigts se détacher de la branche et l'apesanteur m'attirer. Ma seule certitude, c'était que j'allais mourir. Soudain, mes épaules furent à nouveau tirées violemment en arrière alors que les vignes de mes paumes soutenaient mon poids. À présent, je me balançais à dix mètres au-dessus du sol, mon corps tout entier saisi de tremblements incontrôlables. Autour de moi, tout tournoyait comme une toupie.

Je ne peux pas, je ne peux pas, je ne peux pas. Ces mots hystériques tournaient en boucle dans ma tête tandis que le sol sous mes pieds était obscurci par les points noirs qui envahissaient ma vision. J'étais à deux doigts de m'évanouir. Et alors, mes liens cesseraient de retenir ma chute.

Renoncer, je devais renoncer. *Non, rejoins le sol !* Cette voix déterminée retentit dans ma tête, d'autant plus stupéfiante qu'il s'agissait de ma propre pensée, de ma propre voix. *Lance tes fichues vignes ! Tu es déjà tombée de la branche et tu es encore en vie ! Tu es plus forte que ça !*

Secouant la tête pour me ressaisir, j'étendis mes vignes et parvins à descendre lentement vers le sol. Quand je regardai en contrebas, les points noirs revinrent devant mes yeux et je relevai la tête juste à temps pour voir le chat s'acharner sur l'endroit exact où mes lianes étaient enroulées autour de l'arbre.

J'accélérai ma descente tandis que ses énormes griffes déchiquetaient les vignes reliées à ma main gauche. Je me balançai avec l'énergie du désespoir, mais la liane de droite tenait bon. Maintenant, je n'étais plus qu'à trois mètres du sol et je redoublai de vitesse. Le chat lança à nouveau sa patte et, une fois de plus, l'apesanteur remplit son office. Je chutai sur les deux derniers mètres avant d'atterrir sur la terre couverte de mousse. Ma hanche heurta le sol et je poussai un juron en roulant à terre. Un objet rigide m'entama la cuisse. En me relevant, je cherchai le chat du regard.

Il était toujours perché sur sa branche. La lumière du soleil qui filtrait dans l'épaisse canopée fit scintiller ses magnifiques ailes rouges lorsqu'il les déploya, puis il bondit. J'étais incapable de distancer cette créature et même de me cacher, pensai-je alors que la douleur dans ma cuisse augmentait. Alors que le monstre se posait gracieusement juste devant moi, les feuilles tourbillonnant sur le sol au rythme du battement de ses ailes, la forêt autour de moi changea de forme, s'étirant avant de gonfler, puis disparut alors qu'un gong retentissait au loin.

Je pris une grande inspiration, intensément soulagée lorsque la vaste salle se précisa autour de moi. Le vertige nauséeux eut tôt fait de s'estomper. J'avais réussi. Les dix minutes étaient écoulées.

— Désolé, Persy, fit la voix de Dionysos.

Je clignai des paupières avant de le découvrir sur son trône en face de moi.

— Ce n'est pas comme ça que je voulais te montrer mon royaume, Taurus. Mais je n'avais pas le choix. Enfin, tu t'en es bien sortie, ajouta-t-il avec un petit sourire.

— Est-ce que le vin était drogué ? demandai-je en essayant de ralentir ma respiration et les battements de mon cœur.

— Je suis le dieu de la folie et du vin. En abondance, le vin tauréen provoque des hallucinations.

— Quoi, des hallucinations ?

— Oui. Qu'est-ce que tu as vu ?

J'en restai bouche bée.

— Vous voulez dire que l'énorme chat ailé avec une queue de scorpion n'était pas réel ?

Dionysos partit d'un petit rire.

— Quelqu'un t'aurait récemment décrit une manticore, par hasard ?

— Oui, balbutiai-je en me remémorant la brève conversation que j'avais eue avec Hédone avant l'épreuve.

— Alors, ton subconscient s'est rappelé cet échange et ton imagination a fait le reste.

— Donc je me suis enfuie sans raison ? J'ai failli me tuer dans cet arbre pour rien ?

— J'ai déjà vu bien pire, commenta-t-il.

Une douleur aiguë dans ma cuisse me fit détourner le regard. À travers ma jupe déchirée, j'aperçus une longue entaille luisante de sang sur ma peau nue. J'invoquai le pouvoir qu'Hécate m'avait appris à utiliser plus tôt, me concentrant sur la blessure. Des frissons d'excitation m'envahirent et ma peau prit une légère teinte verte avant de se reconstituer. La douleur disparut presque instantanément.

Ragaillardie, je regardai la plaie se refermer entièrement sur ma cuisse. J'avais la hantise des hauteurs et je venais de tomber d'un arbre, et malgré cela, j'avais survécu. Non seulement survécu, mais je n'avais pas baissé les bras. La dernière fois, au gouffre, j'avais abandonné. Cette fois, j'avais surmonté ma peur et j'avais gagné.

Une épreuve en moins, une graine assurée, sans compter qu'à présent, j'avais la certitude de pouvoir me guérir.

La suite, et que ça saute !

— Héra, déclarai-je en me relevant brusquement, avant même que le commentateur ait ouvert la bouche.

Je passai devant Hermès, puis Zeus, et m'arrêtai devant la reine des dieux. Elle portait une robe sarcelle qui ressemblait à une toge avec un aspect résolument moderne. Ses cheveux noirs formaient un ensemble intriqué de tresses et de nattes maintenues en place par un diadème étincelant au centre duquel brillait un œil de paon. Ses yeux sombres scintillaient alors qu'elle se penchait en avant et me tendait sa timbale.

— Bois à la coupe du mariage et de la naissance, et tu sauras si l'épreuve t'échoit, déclara-t-elle lorsque je pris le verre.

Prête au pire, je pris une gorgée. La boisson avait un goût de myrtilles. Comme rien ne se produisait, je lui rendis la timbale et elle hocha la tête.

— Qui sera le prochain, Perséphone ? demanda le présentateur.

— Poséidon, répondis-je.

Je me dirigeai vers le dieu, au bout de la rangée. Poséidon m'avait déjà soumise à une épreuve, alors je pouvais bien en affronter une seconde.

— Bois à la coupe de l'océan et tu sauras si l'épreuve t'échoit, dit-il en me tendant sa timbale.

Comme toujours, il avait sa tenue de dieu marin, une longue barbe et un petit trident à la main. Je vis les vagues onduler dans ses iris bleus alors que je buvais lentement. J'essayai de ne pas faire la grimace lorsque l'eau iodée emplit ma bouche, le sel dans ma gorge provoquant un haut-le-cœur. Mais il n'y eut aucun effet et je lui rendis le verre avec soulagement. Artémis et Apollon occupaient les deux trônes suivants. Ils avaient l'air nettement plus jeunes et plus guillerets que les autres dieux.

— Quel est ton prochain choix ? s'enquit le commentateur.

— Apollon.

Le dieu du soleil me regarda. Il était torse nu, vêtu d'une simple toge, et sa peau était presque dorée, comme s'il était sculpté dans du métal précieux. Son corps était une telle perfection que mon cerveau avait du mal à croire qu'il était bien réel. Son visage était du même acabit, avec ses traits raffinés à la symétrie exacte. Le torse musclé d'Hadès et son beau visage anguleux lui succédèrent soudain dans mon esprit. En dépit de la beauté de mannequin d'Apollon, celle d'Hadès me paraissait plus *juste*.

— Bois à la coupe du soleil et tu sauras si l'épreuve t'échoit, fit Apollon, penché en avant pour me tendre sa timbale.

Sa voix était plus grave et plus âgée que je ne l'aurais cru. Je bus à la coupe et poussai un cri lorsque le liquide me brûla la langue.

La chaleur aussi torride que celle d'un four m'engloutit tout entière. Avec un gémissement, je jetai un regard circulaire. La salle scintillait. Je venais d'entamer ma deuxième épreuve.

Le monde redevint clair et je me retrouvai sur un pont, un ciel azur au-dessus de ma tête. Instinctivement, j'agrippai les épaisses rampes en corde de part et d'autre de mon corps et je regardai autour de moi, la nuque en sueur. Le pont traversait une sorte de large cratère. Lorsque je baissai les yeux, la peur s'empara de moi. Entre les interstices des planches du pont, je devinais de la lave. Oh, merde ! J'étais au-dessus d'un volcan.

Le magma rouge formait de gros bouillons, certaines zones se teintant d'orange vif et même de blanc sous l'effet de l'intense chaleur. J'étais très proche de la surface brûlante, à quinze mètres à peine. Plus je la regardais, plus mon corps était trempé de sueur et plus la chaleur devenait oppressante. Je me tournai aussi prudemment que possible en regardant des deux côtés du pont. Il conduisait vers un étroit chemin longeant l'intérieur du cratère. Mais les planches en bois pouvaient-elles soutenir cette chaleur ? Si elles cédaient, j'étais grillée. Au premier sens du terme.

Un gong retentit soudain, accompagné par la voix du commentateur :

— Cinq minutes à partir de maintenant !

Cinq minutes ? Ce n'était pas très long. Mais au lieu de me réconforter, cette courte durée me déconcerta. Il allait forcément m'arriver malheur si je ne devais passer que cinq minutes dans cet endroit.

Avec une profonde inspiration d'air chaud chargé de soufre, je levai un pied. Mais il ne bougea pas. Mes sandales étaient collées aux planches et mon sang ne fit qu'un tour lorsque je tirai plus fort. Un craquement sinistre se fit entendre depuis le pont et je restai figée dans ma tentative de me libérer. Devais-je vraiment rester là pendant que la chaleur calcinait le bois sous mes pieds ? J'allais certainement mourir !

Alors que mon cœur s'emballait dans ma poitrine, je tentai de respirer profondément tout en évaluant ma situation. La sueur ruisselait le long de ma colonne vertébrale et à l'arrière de mes genoux. J'entendais la lave bouillonner en contrebas. Si le pont était déjà là, il devait être capable résister aux fortes températures, me dis-je avec raison. Un crépitement attira mon attention sur l'extrémité du pont et j'eus le temps de voir la dernière planche prendre feu. J'en eus le souffle coupé.

Un autre claquement retentit derrière moi et je fis volte-face pour découvrir la dernière planche dévorée elle aussi par les flammes.

Merde. Merde, merde, merde.

C'était une épreuve d'endurance, me rappelai-je alors que la latte suivante s'embrasait. Ils cherchaient à épouvanter le participant pour le pousser à abandonner, pas à le tuer. Je ne pouvais pas bouger et je n'avais nulle part où aller. Alors, je devais tenir bon, aussi proches que soient les flammes.

En fin de compte, c'était infiniment plus facile à dire qu'à faire. Le temps que les planches à quatre ou cinq mètres de la mienne prennent feu, j'étais trempée de sueur de la tête aux pieds. J'avais l'impression de suffoquer. La chaleur était un élément concret, tangible et lourd qui pesait sur tout mon corps et m'écrasait. Chaque souffle était difficile et la température brûlait mes poumons. Chaque planche qui craquait et se consumait accentuait la chaleur, et ma peur avec elle. Mes vignes ne pouvaient pas m'aider en pareilles circonstances. Pas plus que mes capacités de guérison si je tombais dans la lave brûlante en dessous. Il n'était question que de courage et j'en manquais cruellement.

À trois mètres de moi, sur la droite, une planche crépita sous l'effet de la chaleur, puis des flammes orangées l'engloutirent, d'abord lentement, puis avec plus d'intensité alors qu'elles léchaient avidement le bois sec. Je me retournai lentement, consciente que la planche opposée sur ma gauche serait la suivante. Bien sûr, le feu gagnait du terrain. Cinq minutes. Je devais garder mon sang-froid pendant cinq minutes, mais j'estimais à une trentaine de secondes le temps qu'il me restait avant que les planches ne s'épuisent et que la mienne ne disparaisse. Je n'avais absolument aucune idée du temps qui s'était déjà écoulé. La chaleur sur ma gauche augmenta et je commençai à sentir le duvet de mes bras partir en fumée. Je fermai les yeux, incapable de supporter les supplications de mon esprit tandis que la terreur l'emportait peu à peu sur ma volonté.

Tiens bon, tu dois tenir !

Comme si elle se moquait de mes encouragements silencieux, la chaleur explosa soudain sous mes doigts et j'ouvris brusquement les paupières en criant, plaquant les mains le long de mon corps. La rampe était en feu, et une seconde plus tard, la corde s'était désintégrée. Mes jambes se dérobèrent tandis que la deuxième planche sur ma droite était en proie aux flammes. La chaleur engourdissait tout mon corps, comme si l'intégralité de mes fluides s'était changée en transpiration. Je sentis le feu bondir sur ma gauche alors que la dernière planche était rongée.

Ils ne te tueront pas, garde ton sang-froid. C'est le seul moyen de gagner.

C'était évident. Ils n'infligeraient tout de même pas une épreuve impossible !

La peau de mon visage parut se tendre alors que la chaleur se propageait sur ma droite et je détournai les yeux, les fermant à nouveau. C'était la fin. Si la prochaine fois que j'ouvrais les paupières, je n'étais pas de retour dans la salle, alors ce serait la mort assurée.

VINGT-NEUF

PERSÉPHONE

Un gong retentit et le soulagement me frappa si vivement que mes jambes cédèrent tandis que le monde autour de moi se mettait à trembler. Mes genoux heurtèrent le marbre froid de la salle et une envie éperdue de m'allonger sur la pierre m'envahit. À genoux, je reprenais une grande bouffée d'air frais lorsqu'un satyre s'approcha en me tendant un grand verre d'eau. Je l'avalai d'un trait avec reconnaissance, essuyant la sueur de mon front pour constater que mon bras n'était guère plus sec. Je me dis que je devais avoir l'air d'une épave avec mes cheveux humides de sueur et ma robe en lambeaux, mais je n'avais pas brûlé vive, c'était déjà ça.

— Mon royaume, le Capricorne, est connu pour ses saisons extrêmes et je suis réputé pour ma chaleur, m'expliqua Apollon d'une voix grave et enjôleuse.

Toujours à genoux, je levai les yeux vers lui, mon corps encore en feu et ma peau brûlée par endroits. J'invoquai mon pouvoir de guérison, mais au lieu de me concentrer sur une blessure en particulier, je le dirigeai vers ma peau dans son ensemble. Un agréable picotement courut le long de mon corps, suivi par une sensation d'eau fraîche, d'abord sur le visage, puis sur les bras, la poitrine et le dos. C'était si agréable qu'un long soupir m'échappa. Le regard d'Apollon s'assombrit.

— Oui, c'est l'effet que je fais... observa-t-il à mi-voix.

Je m'empressai de me relever. Son regard de prédateur n'avait rien à voir avec celui d'Hadès lorsqu'il me dévisageait ainsi.

— Merci, mais ça va aller. J'ai seulement soif.

Aussitôt, je sentis quelque chose sur ma jambe à travers ma jupe déchirée et je baissai les yeux pour voir le satyre qui tenait une chope remplie à ras bord.

— Vous êtes un ange, lui dis-je en la prenant pour la vider d'un trait.

Deux épreuves réussies, deux graines préservées. Plus que deux.

— Quelle est la prochaine étape, Perséphone ? demanda le commentateur d'une voix forte.

Mon regard las parcourut l'enfilade de trônes d'un côté, puis de l'autre. Entre Poséidon et Apollon était assise la jumelle de ce dernier, Artémis, dont le visage juvénile m'attirait.

— Artémis, dis-je en m'avançant vers elle.

Un arc aussi grand qu'elle reposait sur le côté de son trône, et ses cheveux étaient aussi dorés que la peau de son frère. Elle portait une tenue de combat en cuir semblable à celle que j'avais dans ma garde-robe et j'éprouvai une pointe de jalousie. Une robe de bal et des sandales, c'était franchement la tenue la moins pratique au monde pour effectuer ces maudites épreuves sadiques.

Artémis était petite et elle dut se pencher en avant pour m'offrir sa timbale.

— Bois à la coupe de la chasse et tu sauras si l'épreuve t'échoit.

Elle ne semblait pas plus âgée qu'une adolescente. Je lui pris la coupe et bus une gorgée. Le mot « chasse » flottait dans mon esprit, déclenchant des alarmes. Le liquide avait un goût de terre, un peu comme la betterave, et lorsque je baissai le verre, mes membres furent saisis d'un frisson involontaire. Était-ce un contre-coup de la chaleur ? Je levai les yeux vers Artémis. À présent, ses yeux innocents brillaient d'une lueur cruelle. Oh non. Une autre épreuve.

Le monde autour de moi vacilla à nouveau et une lande vallonnée se matérialisa sous mes pieds, à perte de vue. L'herbe, d'un vert teinté de brun, m'arrivait aux genoux et une vague odeur de terre flottait dans l'air. J'avais l'impression qu'il n'avait pas plu depuis un moment. Mes vignes vertes me démangeaient les paumes et j'éprouvais une intense envie de nourrir et de faire croître la vie étouffée qui m'entourait. Un nouveau frisson me parcourut, et cette fois, je sentis quelque chose glisser sur ma peau. Mon souffle resta suspendu dans ma poitrine lorsque le gong retentit.

La voix du commentateur annonça :

— Dix minutes.

Avec horreur, je vis alors des milliers d'araignées sortir des herbes pour remonter le long de mon corps.

Un bruit étranglé s'échappa de ma gorge et je commençai à agiter fébrilement les bras. Des vignes jaillirent de mes paumes et se mirent à fouetter l'air environnant, au rythme de ma panique grandissante. En quelques secondes, les insectes avaient atteint ma poitrine et se propageaient sur ma peau nue. Je me secouai encore plus violemment tout en titubant sur l'herbe, me frappant les bras et le corps pour tenter de les chasser.

— Elles ont plus peur de toi que tu n'as peur d'elles, me répétai-je en haletant, évoquant les paroles de ma mère chaque fois que je découvrais une araignée dans la caravane.

Mais elles avaient atteint mon cou, maintenant. J'avais l'impression que ma peau était vivante et autonome, c'était insupportable. Ma propre vigne s'écrasa contre mon épaule alors que je me frappais sans relâche. La force du choc me fit tomber à la renverse. Cette accalmie fut juste assez longue pour me permettre de baisser les yeux sur ma jupe. Autrefois rouge, elle était à présent presque noire sous les centaines d'araignées, la plupart minuscules, mais d'autres énormes. Une bête avec des rayures rouges et d'énormes pattes velues remontait le long de ma jupe en direction de mon corsage et je hurlai en lui lançant mes vignes, me frappant à nouveau au passage. Mon cœur battait si fort dans ma poitrine que je craignais qu'il explose. J'allais faire une crise cardiaque et tomber raide morte, ensevelie sous une montagne de maudites araignées. Je me redressai péniblement et répétai ma litanie en boucle tout en tournant sur moi-même à la recherche d'un refuge quelconque. Il n'y avait rien, pas même un arbre à l'horizon, seulement l'océan d'herbes sèches de la lande. Je sentis un chatouillis de pattes sur ma lèvre inférieure et je gémis en serrant les dents.

Ils ne te tueront pas, c'est une épreuve d'endurance, me dis-je, usant de la même tactique qui avait fonctionné au-dessus du volcan. *Tu dois juste la surmonter.*

Mais ma peau grouillait d'araignées qu'il m'était impossible d'ignorer. La panique et le dégoût s'abattirent sur ma volonté comme un raz-de-marée engourdissant. Je voulais que ces créatures disparaissent, je voulais être n'importe où sauf ici. Elles rampaient sur le côté de mon visage, maintenant, et je savais qu'elles allaient bientôt atteindre mes cheveux. Je sentis une larme chaude glisser sur ma joue et je fermai les yeux. Le contraste avec les araignées rampantes était saisissant. Le dégoût me saisit aux tripes lorsque quelque chose s'infiltra dans mon oreille et je faillis ouvrir la bouche, prête à capituler. J'avais deux graines en sécurité, je pouvais bien me permettre d'en perdre une.

N'y pense même pas ! La voix péremptoire était de retour dans ma tête et j'essayai de m'y concentrer, ignorant la sensation des araignées qui s'enfonçaient maintenant sous mon crâne à travers mes oreilles. Si je perdais une graine, j'allais devoir en gagner une dans chaque épreuve suivante, ce qui me semblait très improbable. Que je le veuille ou non, quelque chose en moi avait changé. Je *voulais* gagner. Je voulais avoir le choix en fin de compte, une possibilité de rester sur l'Olympe. *Rester avec Hadès.*

Bon, Persy, qu'est-ce que tu peux faire ? Je canalisai toute ma détermination, m'efforçant de me concentrer. Mes pouvoirs pouvaient-ils me servir ici ? Les vignes n'éloigne-raient pas les araignées de mon corps, mais il y avait de l'herbe. J'ordonnai à mes lianes vertes de s'ancrer dans la terre, tout en gardant la bouche et les yeux soigneuse-ment fermés, mon corps figé sur place. Les créatures remontaient dans mon nez maintenant et je devais souffler par les narines pour les déloger. J'avais envie de vomir.

Enfin, mes vignes touchèrent le sol. La plénitude m'envahit et une sensation d'espace et de vie atténua un peu ma terreur. J'envoyai vers la terre la magie avide que je sentais monter en moi, lui demandant de trouver l'herbe et de la remplir de ce dont elle avait besoin pour s'épanouir. Je n'osais même pas ouvrir les yeux pour voir ce qui se passait, mais à présent, je ne sentais plus que les araignées qui essayaient encore de se faufiler dans mes oreilles et mon nez, ainsi que celles qui s'étaient glissées sous mon corset. Je parvenais à ignorer les autres. *Depuis combien de temps étais-je ici ?* Respirant le moins possible, je dirigeai ma peur vers le sol pour donner vie à l'herbe jaunissante. Cet acte simple me procura une joie pure qui compensa un tant soit peu mon dégoût.

Lorsque le gong de fin retentit, je commis l'erreur d'ouvrir la bouche pour un soupir de soulagement. La salle apparut autour de moi tandis que les araignées s'engouffraient dans ma bouche. Je toussai en m'étouffant et mes vignes s'estompèrent lorsque je portai les mains à ma bouche, mais les araignées ne cessaient d'affluer. De nouvelles larmes ruisselèrent sur mon visage et un sanglot monta de ma gorge. Soudain, je sentis une cascade chaude et apaisante se déverser sur mon corps, emportant les araignées avec elle. D'étranges picotements se firent sentir dans mon nez et ma bouche, après quoi les grattements de pattes s'arrêtèrent.

Je levai les yeux, toujours affolée, pour découvrir Artémis debout devant moi avec un sourire en coin.

— Je crois qu'il n'y en a plus, me dit-elle d'une voix douce. Et merci d'avoir reverdi ma prairie. Le Sagittaire aurait bien besoin de fleurs.

— De fleurs ? balbutiai-je en essayant de calmer les tremblements de mon corps et de ne pas rendre mon dîner.

Elle hocha la tête en tendant la main derrière elle. Un portail s'ouvrit en ondulant, à travers lequel s'étendait une prairie débordante de fleurs sauvages, certaines plus hautes que moi, de toutes les couleurs imaginables. L'herbe était d'un vert profond et luxuriant parsemé de pâquerettes.

— Est-ce que... c'est moi qui ai fait ça ?

— Oui. Et tu es venue à bout de mon épreuve. Bien joué.

Artémis s'assit et je pris une nouvelle inspiration en frissonnant, sans cesser de me frotter machinalement les bras et la poitrine, me frappant les oreilles de temps à autre. Je savais qu'elles étaient parties, mais j'avais toujours l'impression d'être couverte d'araignées. Je brûlerais cette maudite robe si je m'en sortais entière. Le satyre revint, m'offrant sur son plateau une petite timbale remplie de liquide. Je la pris avec précaution entre mes mains tremblantes et je bus une gorgée. C'était du nectar. Immédiatement, les frissons qui me contractaient la poitrine et les membres s'atténuèrent. Je sentis mes jambes se renforcer et mon pouls ralentir. Détournant mon regard des dieux, j'aperçus Hécate à l'avant de la salle. Elle levait vers moi ses deux pouces surmontés de flammes bleues en signe d'encouragement. Skop était assis à côté d'elle, remuant la queue.

Trois épreuves et autant de graines préservées. Plus qu'une et j'irai prendre une douche bien méritée.

— Encore une épreuve, Perséphone. De quel dieu s'agira-t-il ?

La voix du commentateur me fit sursauter et je reposai la coupe sur le plateau du satyre. Je laissai mon regard balayer la rangée de dieux, tous face à moi. Enfin, je rencontrai les yeux pétillants et la barbe rousse d'Hermès, assis entre Dionysos et Zeus.

— Hermès, déclarai-je en m'approchant de lui avec toute la dignité dont j'étais capable.

Les dieux seuls savaient à quoi ressemblaient mes cheveux, à présent, mais c'était sans importance. La seule chose qui comptait, c'était d'en finir au plus vite avec ces épreuves.

— Bois à la coupe des escrocs et tu sauras si l'épreuve t'échoit, dit Hermès en me tendant une timbale.

Le liquide à l'intérieur ressemblait à de la boue, mais lorsque j'en pris de petites gorgées, je constatai avec plaisir qu'il avait un goût de cerise. Je retins mon souffle, dans l'expectative, mais rien ne se produisit. Je lâchai alors un soupir en rendant son verre au dieu messager, rassurée par son expression encourageante.

Il me restait Zeus, Arès et Héphaïstos. Avec des frissons nerveux, je réfléchis à mon choix. Il me semblait très improbable que Zeus laisse ce round se terminer sans intervenir. Le roi des dieux cachait sûrement ma dernière épreuve. Dans ce cas, autant le découvrir tout de suite et en finir.

— Zeus, dis-je en faisant un pas sur ma gauche pour me placer en face du dieu.

Un lent sourire se dessina sur son visage. Ses traits hautains frémirent et il prit pendant une seconde l'apparence de la superbe blonde du café.

— Bois à la coupe des cieux et tu sauras si l'épreuve t'échoit, clama-t-il en me tendant une timbale.

Je sursautai lorsqu'un courant électrique fusa du bout de mes doigts. Voilà qui sentait l'épreuve. Tout en le regardant dans les yeux, je sirotai le liquide savoureux. Il ouvrit alors la bouche pour chuchoter :

— Je crains que ça fasse un peu mal.

Aussitôt, le couloir disparut.

TRENTE

PERSÉPHONE

Je m'attendais à me retrouver dans un espace ouvert, ou entourée d'éclairs comme lorsque Zeus m'avait enlevée, mais à ma grande surprise, j'étais dans une caverne souterraine. Elle ressemblait un peu à ce que je m'attendais à découvrir dans les Enfers. J'étais sur les rives d'un fleuve de feu liquide qui se déversait dans un boyau sombre devant moi. Je tournai lentement sur moi-même, étonnée par cet endroit qui ressemblait si peu à Zeus. Il n'y avait rien d'autre sur les berges rocheuses, et le haut plafond de la grotte descendait en pente douce vers l'entrée obscure devant moi. Je plongeai le regard dans la rivière. Ce n'était pas de la lave, mais du feu, qui grondait et roulait comme un torrent agité, hypnotique. Je détournai rapidement le regard avant de me laisser déconcentrer. Je n'avais pas d'autre choix que la caverne devant moi. Pour en finir avec ces épreuves, je m'enfonçai dans l'obscurité.

L'air était chaud et humide lorsque je franchis le seuil de la grotte au plafond voûté. Les ténèbres étaient épaisses. La seule lumière provenait de la rivière en fusion.

Je sus immédiatement que quelque chose n'allait pas. Pas du tout, même.

On aurait dit que mes sens étaient ramollis, seuls quelques sons parvenaient à mes oreilles et des bribes d'images à mes yeux. En dépit de la chaleur, tous mes poils se hérissèrent et je restai immobile. J'essayais d'entendre le gong, mais je n'entendais que des crissements aigus qui s'estompèrent avant que je comprenne le temps qui m'était imparti. Des ombres se mouvaient autour de moi, mais la lumière rouge vacillante ne brillait jamais assez longtemps pour me permettre de les voir. La peur se mit à bouillonner en moi. Mon estomac était crispé, retourné par la nausée, tandis que mes vignes noires jaillissaient instinctivement de mes paumes.

Soudain, les flammes du fleuve prirent du volume. Dans un cri, je tombai à la renverse alors que la scène s'illuminait devant moi.

Il y avait un bassin peu profond rempli d'eau avec un pommier au centre, et enchaînée au tronc étroit, la dépouille d'un homme. Il était si émacié que son corps était réduit à l'état de squelette, sa peau blême fine comme du papier à cigarette et couverte de plaies purulentes. Il était debout, rigide contre le tronc, avec ses orbites creuses, ses lèvres minces, flétries et retroussées sur ses dents.

— De l'eau, souffla-t-il soudain dans un râle, me faisant sursauter d'effroi.

Il était vivant ? Comment était-ce possible ? Atterrée, je vis l'homme se pencher vers le bassin, ses mains squelettiques essayant de former une coupe. Mais lorsqu'il atteignit le liquide, celui-ci se déroba comme une entité vivante. Il laissa échapper un sifflement perçant, puis il tenta un mouvement brusque, levant les bras vers une branche basse de l'arbre pour attraper une pomme. Aussitôt, la branche s'écarta et ses doigts effleurèrent le fruit qui échappa à sa portée.

— Ils m'ont maudit, dit-il d'une voix rauque, ses yeux creux fixant les miens.

Je déglutis péniblement.

— Je leur ai fait manger mon fils, et eux, ils m'ont maudit, m'empêchant à jamais de manger ou de boire.

— Vous leur avez fait manger votre fils ?

Je respirai lourdement alors qu'une peur bien réelle me martelait à présent, mes vignes s'enroulant spontanément. Avant qu'il puisse me répondre, les flammes de la rivière s'éteignirent et le bassin, l'arbre et l'homme moribond disparurent.

Quelque chose clochait. Où était le gong ? Et la voix du présentateur pour m'annoncer l'heure ? Qu'étais-je censée endurer ? Bien sûr, j'avais une trouille bleue, mais la peur était l'apanage d'Hadès, pas celui de Zeus. Je devais absolument quitter cet endroit.

Et si c'était l'épreuve ? Tu ne peux pas te permettre de perdre une graine.

Avec un grognement, je me tournai vers l'ouverture de la grotte, quelques mètres derrière moi. Mais il n'y avait plus rien. La panique succéda à la peur et des rigoles de sueur déferlèrent dans mon cou, rendant mes mains moites. J'étais prise au piège. Les flammes firent un nouveau bond avant que je puisse réagir, et à la place du bassin, je découvris une table en pierre. Un colosse musclé couvert de poils noirs gisait, prostré sur la table, son abdomen ouvert. Je soupirai lorsqu'un vautour surgit de nulle part, enfonçant son bec crochu dans les entrailles exposées de l'homme qui poussa un hurlement. Je tournai la tête pour ne pas voir et la terreur prit le dessus tandis que les cris d'agonie du géant continuaient. Bon sang, mais où étais-je ?

Une fois de plus, les flammes s'éteignirent. Aussitôt, je me mis à genoux. Il était hors de question que je m'enfonce à pied dans l'obscurité alors que j'étais entourée de victimes soumises à la torture. En rampant, au moins, je pourrais toucher ce qui se trouvait devant moi avant d'y arriver.

À peine avais-je commencé à avancer à quatre pattes que les flammes reprirent de plus belle. Ma bouche s'ouvrit lorsqu'une roue de feu commença à tournoyer au-dessus de moi comme un feu d'artifice. Au centre était attaché un homme nu, sa peau rouge et boursouflée. Il criait le nom d'Héra tout en tournant sans cesse, en proie aux flammes.

Quelque chose dans mon esprit horrifié réagit, un lointain souvenir de mes cours d'histoire antique. Un homme puni pour avoir essayé de séduire Héra, attaché à une roue en flammes symbole du feu de la luxure. Ainsi qu'un homme qui avait servi son propre fils lors d'un festin en l'honneur des dieux et avait été puni en étant entouré de nourriture et d'eau qu'il ne pouvait jamais atteindre. Tous deux avaient été envoyés dans les profondeurs des Enfers pour y subir leur châtiment éternel.

J'étais au Tartare.

PERSÉPHONE

Je ne devrais pas être ici. Cela ne faisait pas partie de l'épreuve, c'était impossible. Quelque part, une chose avait dû mal tourner. Je restai accroupie, les yeux fixés sur la roue en feu au-dessus de ma tête. Mon esprit s'emballait aussi vite que mon cœur hors de contrôle. Je devais sortir d'ici. J'étais prise au piège dans une fosse de torture infinie et je devais prendre mes jambes à mon cou.

Mais il n'y avait aucune échappatoire, aucun chemin, aucune lumière. J'étais si loin de mon élément que je perdais pied.

— Hadès, murmurai-je.

Son prénom était venu à mes lèvres malgré moi. C'était son royaume, après tout, il en était le responsable. Il pouvait me retrouver ici.

— Oh, ne sois pas triste. On va te trouver un tas de gens avec qui t'amuser ici, petite déesse, fit soudain une voix féminine suave dans la pénombre.

— Qui est-ce ? lançai-je, incapable de maîtriser les trémolos dans ma voix.

— Je m'appelle Campé et je suis la gardienne du Tartare, répondit-elle.

À ces mots, l'homme sur la roue enflammée tressaillit et une créature que je n'aurais jamais imaginée se glissa juste devant moi.

Mesurant au moins cinq fois ma taille, elle avait le buste et la tête d'une femme splendide, des seins ronds et lourds, un visage en forme de cœur avec des yeux bruns profonds et des lèvres voluptueuses. Or, à partir de la taille, elle se terminait en reptile. La partie inférieure de son corps était celle d'un serpent lové sur lui-même. Lorsque l'extrémité de sa queue se leva, je me rendis compte avec horreur qu'elle était composée d'une centaine de serpents plus petits. Mon regard fut ensuite attiré par ce qu'elle portait autour du cou. C'était le collier le plus hideux que j'aie jamais vu avec des pendentifs en forme de têtes terrifiantes.

— Tu admires mes bijoux ? Ce sont les têtes des cinquante créatures les plus dangereuses de l'Olympe, susurra-t-elle.

Je clignai des paupières en regardant les têtes – un lion, un ours, un dragon, et beaucoup d'autres bêtes que je n'avais jamais vues et que j'espérais ne jamais rencontrer.

— Qu'est-ce que je fais ici ? demandai-je d'une voix étranglée.

— Je m'en fiche, répondit-elle en me regardant fixement. Mais nous avons rarement du sang neuf dans le coin, ces jours-ci. Nos résidents seront ravis.

— Vos résidents ?

— Oui, tu as déjà rencontré Ixion, dit-elle en désignant le malheureux sur la roue enflammée. Et le pauvre Tantale qui a donné son fils en pâture aux dieux. Ce sont les Titans qui règnent sur le Tartare. Ils sont assez loin dans la fosse et ils ne t'ont pas encore sentie, mais ça ne saurait tarder.

La peur qui me tenaillait avait chassé mes larmes. J'avais atteint ce point de bascule entre la terreur paralysante que provoquait Hadès et qui me faisait perdre connaissance, et la fébrilité indécise d'un début de peur panique. C'était le combat ou la fuite, à présent, et je n'avais nulle part où aller.

Je me forçai à me relever.

— Je suis membre du palais des Enfers, mentis-je avec toute l'autorité que mon corps tremblant pouvait exprimer. J'exige que vous me libériez. Tout de suite.

Campé gloussa tout bas et les flammes du fleuve se mirent à danser en rythme avec ses éclats de rire.

— Membre du palais ? Tes vignes sont noires, certes, mais tu ne fais pas partie de la royauté.

— Si, autrefois, répondis-je avec humeur. Hadès sera furieux si vous ne me laissez pas partir.

— Hadès ne nous rend plus visite, observa-t-elle en passant une main sur sa joue pour feindre de sécher ses larmes. Quel dommage. J'aimerais tant que ta présence le ramène parmi nous.

Moi aussi. À vrai dire, je comptais là-dessus.

— Pourquoi ? demandai-je, décidant que la meilleure stratégie consistait encore à la faire parler.

Cela permettrait à Hadès de gagner du temps pour me trouver. *Pitié, faites qu'il vienne me chercher.*

— Il s'est trouvé une femme, répondit Campé en pliant son imposante stature, rapprochant son beau visage de moi, la tête ensanglantée d'un lézard à cornes rebondissant contre son sternum. Elle est devenue plus attirante que la torture à ses yeux.

— Je ne vois pas pourquoi, murmurai-je en regardant son collier morbide.

— Comment t'appelles-tu, petite déesse ? Il est rare d'acquérir ses pouvoirs à un âge aussi avancé, et à l'évidence, tu manques d'entraînement.

Je fronçai les sourcils. Allait-elle reconnaître mon nom ? Et dans ce cas, cela jouerait-il en ma défaveur ?

— Perséphone.

Elle émit un long sifflement et la colère se peignit sur son visage. Elle leva sa queue, dont l'extrémité se mit à onduler à mesure que les serpents se tortillaient.

— Tu es Perséphone ?

— Oui, je vous l'ai dit, j'ai déjà été membre de la royauté. Maintenant, laissez-moi partir.

— Ohhhh, comme j'ai attendu ce jour, s'écria-t-elle, les yeux brillants de colère. Je ne vais pas attendre que les Titans se réveillent, en fin de compte.

Je n'eus qu'une seconde pour m'écarter, par pure intuition, lorsque sa queue s'enroula autour de son corps avant de s'abattre sur moi. Je tentai un roulé-boulé pour m'éloigner du fleuve de flammes, mais je trébuchai sur la roche et me retrouvai à quatre pattes alors que le sol grondait sous l'impact de sa queue. Je me redressai à l'aide de mes vignes, puis je m'élançai à l'aveuglette alors qu'un ricanement grave et sinistre s'élevait derrière moi.

— Je me suis demandé où tu étais passée pendant toutes ces années, et maintenant, tu déboules par hasard dans mon domaine. Quel revirement de situation, ronronna Campé sans cesser de rire.

Il faisait trop noir et je n'y voyais rien. Je m'éloignai tant bien que mal de la rivière à la lueur de la roue d'Ixion, au-dessus de ma tête. Un cri perçant sur ma droite faillit me tétaniser. Une rangée d'hommes assis sur des chaises dorées m'apparut, leurs visages à l'agonie, tordus et déformés par la douleur. Je changeai de cap, mais un objet froid et dur me frappa brusquement par derrière. Je criai alors que mes pieds se décollaient du sol sous l'effet d'une force invisible. Je tournoyais dans les airs en m'élevant lentement, mes lianes noires voletant fébrilement autour de moi à la recherche de la menace. Après un vol plané dans l'air étouffant, je m'arrêtai devant Campé dont le visage affichait une joie malsaine. Je n'étais soutenue par rien du tout, exactement comme la roue d'Ixion. Mon cœur battait à tout rompre dans ma poitrine tandis que j'essayais toujours de trouver un moyen de sortir, mais elle avait raison. C'était son domaine. Sa magie surpassait de loin la mienne.

— Tu me l'as pris, salope ! tonna-t-elle.

Le doute s'insinua dans mon brouillard de terreur.

— Qui ça ? demandai-je d'une voix étranglée alors que je flottais, sans défense, devant elle.

— Le roi. Il commençait à changer. Il allait devenir ce qu'il était destiné à être. La bête glorieuse en lui était presque libérée, mais c'est à ce moment que tu me l'as pris.

— Vous voulez parler d'Hadès ?

Pendant tout ce temps, je me débattais à grands coups de pied pour essayer de me redresser, de cesser de tourner.

— Bien sûr que oui, siffla-t-elle en penchant son énorme visage vers moi.

Elle sentait la chair putréfiée, le goût du sang se mêlant à l'odeur.

Un rugissement retentit soudain sous nos pieds et se réverbéra dans toute la caverne. Tout ce qui m'entourait se mit à trembler, y compris Campé. Son visage se transforma et la peur transparut dans ses yeux. Elle perdit son sourire cruel.

— Il arrive, souffla-t-elle avant de reculer en glissant sur son énorme queue de serpent.

— Hadès ? demandai-je avec espoir.

— Non. Cronos.

Cronos ? S'agissait-il du Titan qui avait dévoré la plupart des Olympiens ? Le pire de tous ?

— Merde, merde, merde, balbutiai-je en dirigeant mes vignes vers le sol, cherchant éperdument quelque chose à quoi me raccrocher pour descendre.

Mais elles n'adhéraient pas à la surface qui changeait constamment et il faisait trop sombre pour que je puisse voir quoi que ce soit d'utile. Un autre rugissement retentit autour de moi et une nouvelle terreur, plus primale cette fois, s'infiltra dans mes veines.

— Relâche-la immédiatement !

Cet ordre me fit sursauter et je me retournai dans les airs pour essayer de voir qui venait de parler. Ce n'était pas Hadès, mais j'avais reconnu la voix.

— Kérato, comme c'est gentil de te joindre à nous, s'exclama Campé tout en reculant soigneusement.

Sa queue disparaissait dans les ténèbres, maintenant, son visage et son collier macabre scintillant toujours à la lueur de la roue d'Ixion.

— Le toutou d'Hadès est toujours le bienvenu ici.

— Je t'ai demandé de la libérer. Tout de suite ! tonna le minotaure.

Je ne le voyais pas dans l'obscurité, mais l'espoir revint à flot. Je n'étais plus seule.

— Si tu insistes.

Mon estomac remonta dans ma gorge alors que je tombais brutalement, mes vignes essayant au débotté de trouver quelque chose pour amortir ma chute. Mais j'étais trop désorientée. Soudain, une explosion de lumière bleu électrique m'aveugla et je me figeai en suspension pendant une fraction de seconde avant de basculer lentement vers l'avant pour flotter tout doucement jusqu'au sol.

— Tu vas t'expliquer, siffla une autre voix.

Cette fois, un soulagement sans bornes m'envahit. *Hadès.* Mes pieds touchèrent le sol et je me retournai. En le voyant, je frémis.

Il était en mode divin, presque aussi imposant que Campé, torse nu et solide sur ses jambes. Une lumière bleue émanait de lui, se mouvant sur les corps à ses pieds. Horrifiée, je vis les cadavres se relever et former des rangs derrière lui. Une armée de trépassés.

— Hadès, tu arrives juste à temps, susurra Campé. Cronos est en chemin.

Une crainte et une fureur que je n'avais jamais vues sur son visage déferlèrent dans les yeux bleus d'Hadès, soudain dépouillés de ses tons argentés habituels. La température grimpa en flèche et un jet de lumière bleue aveuglante s'abattit sur Campé. Elle hurla, projetée en arrière, et le collier autour de son cou se brisa, les têtes d'animaux s'envolant partout dans la caverne.

— Fais-la sortir d'ici tout de suite ! rugit Hadès.

Je sentis une main griffue se refermer autour de mon bras. Lorsque je me retournai, la tête à cornes de Kérato n'était qu'à quelques centimètres de la mienne.

— Désolée, madame, grogna-t-il.

Enveloppé d'une lumière blanche irradiante, il poussa

un beuglement et tituba en arrière, relâchant sa prise sur moi.

— Kérato ! criai-je alors que la lumière d'Hadès éclairait le sang écarlate qui coulait sur son épaule, autour de la pointe d'une lame.

Puis le visage d'une femme hilare apparut derrière le minotaure, son regard fou exsudant de malveillance.

— Ne le touchez pas ! m'égosillai-je, projetant mes vignes vers la nouvelle menace.

Un autre rugissement fendit la salle et le feu dans la rivière se changea brusquement en brasier incandescent, avec des flammes de plusieurs dizaines de haut. Les lumières rouges et bleues se croisèrent et je détournai les yeux de Kérato pour chercher ceux d'Hadès. Son visage était tendu, ses deux mains brandies comme s'il retenait quelque chose que je ne pouvais pas voir.

— Il est là. Kérato, fais-la sortir du Tartare, lança-t-il en serrant les dents.

Mais les yeux du minotaure étaient vitreux et sa main se crispait sur sa poitrine, en silence, alors qu'une femme d'apparence humaine s'avançait derrière lui. Elle portait une toge noire et ses cheveux d'un rouge vif formaient une coiffure sophistiquée sur sa tête.

— Non, il ne t'emmènera nulle part, dit-elle en haussant les épaules avant de frapper celles de Kérato du bout du doigt.

Le minotaure s'effondra sur le sol.

— Le patron a besoin de toi pour quelque chose de spécial.

— Qui êtes-vous ? bredouillai-je, mon regard alternant entre le corps de Kérato et elle.

— Anchiale, déesse Titan de la chaleur.

Elle s'inclina légèrement en parlant et sa toge noire s'embrasa.

— C'est moi qui m'occupe de la déco ici, ajouta-t-elle en souriant.

Elle avait l'air complètement folle.

— Anchiale, si tu poses un doigt sur elle, je te jure que ta vie deviendra un million de fois plus misérable qu'elle ne l'est déjà ! rugit Hadès, déclenchant son hilarité.

— Tu crois en être capable, ô, grand seigneur des Morts ? Pitié, à d'autres !

Elle se rapprochait de moi et je ne savais pas quoi faire. Devais-je utiliser mes vignes, essayer de lui voler son pouvoir ?

— Tu ne pourras plus retenir le roi Cronos très long-temps, Hadès. D'ailleurs, tu enfreins les règles en laissant entrer ici une jolie petite créature comme celle-ci. Il ne t'obéira pas, cette fois.

Lorsqu'Hadès poussa un grognement déchirant, je passai à l'action. D'un simple mouvement des poignets, je projetai les deux vignes sur la femme et hurlai lorsqu'elles entrèrent en collision avec elle, une chaleur insoutenable me traversant comme de l'acide. Je tins bon malgré tout et les lianes s'enroulèrent autour de ses épaules, propageant des dessins noirs sous sa peau flamboyante.

— Que... quoi... mais lâche-moi ! cria-t-elle, empoi-gnant mes vignes à deux mains.

Un nouvel élan de chaleur – aussi brûlant ou même plus que le volcan précédent – remonta le long de mes vignes pour se répandre dans mon corps, assorti d'une douleur presque insupportable.

— *Rejoins-moi vite*, tonna la voix désespérée d'Hadès dans mon esprit.

Je fis ce qu'il me demandait sans poser de questions,

laissant les vignes se désintégrer tandis que je me retournais. Le choc me coupa le souffle lorsque j'aperçus l'armée de cadavres bleus tout autour de moi. Je me ruai vers Hadès, ses cadavres formant un anneau protecteur. Je sentis un souffle de chaleur me brûler le dos et je redoublai de vitesse, lançant vers Hadès une vigne verte qui alla s'enrouler autour de l'épaisse jambe du dieu pour m'attirer auprès de lui. À la seconde où mes doigts touchèrent son corps, le monde devint blanc.

PERSÉPHONE

— Par l'Olympe, mais que se passe-t-il ? rugit Zeus alors que la salle du trône se matérialisait autour de nous.

J'aspirai de grandes goulées d'air tandis que des secousses ébranlaient mon corps. Toujours accrochée à Hadès, j'étais vaguement consciente qu'il avait dû retrouver son gabarit normal, car il me passait une main réconfortante dans le dos.

— Tu es en sécurité maintenant, me dit-il d'une voix douce en me serrant contre lui.

J'avais l'impression d'être en feu, ma peau encore brûlante et mes poumons endoloris. J'étais percluse de peur, de perplexité et de douleur.

— Réponds-moi, Hadès ! reprit Zeus d'une voix forte, nous enveloppant d'un crépitement presque électrique.

— Laisse-moi une minute, merde ! Je ne sais pas ce qui s'est passé, c'est dans ton verre qu'elle a bu.

Il resserra sa poigne autour de mes épaules et je sentis un picotement magique me parcourir, apportant à ma peau une fraîcheur bienvenue.

Tu es en sécurité, maintenant. Je me répétai ces mots en

boucle jusqu'à véritablement les croire, mon cœur cessant enfin son sprint effréné dans ma cage thoracique.

— Le Tartare est le pire endroit au monde, murmurai-je contre son torse en essayant de ravaler les sanglots que l'adrénaline et la tension avaient fait remonter à la surface.

— C'est le principe. Et tu n'aurais jamais dû t'en approcher.

Avec une profonde inspiration, je m'écartai lentement de son corps, clignant des yeux vers son visage. Son enveloppe de fumée l'engloutit au moment où je reculai, mais j'eus le temps d'apercevoir ses yeux argentés et la rage qu'ils contenaient relança mon pouls au galop. Ce n'était pas fini.

— Tu sous-entends que c'est quelqu'un d'autre que nous qui l'a envoyée au Tartare ? fit la voix de Poséidon.

Je me tournai vers le dieu de la mer. Zeus, Athéna, Arès et Apollon étaient tous debout avec lui, manifestement furieux et alarmés.

— À moins que l'un d'entre vous n'avoue sa mauvaise farce, ajouta Hermès.

Son sourire habituellement enjoué était absent, à présent. Personne ne lui répondit.

— Nous allons mener l'enquête, mon frère, reprit Zeus sur un ton accusateur.

De la fumée s'éleva autour d'Hadès, teintée de lumière bleue.

— Pourquoi est-ce que je ferais une chose pareille ? rugit-il. Au-delà du fait que je ne souhaite pas sa mort, Campé ne m'aurait pas obéi et Cronos sait que Perséphone est ici. Tu crois que je foutrais le bordel dans mon propre royaume ?

Un air glacial souffla sur moi alors que sa voix devenait plus forte, la froideur prenant le dessus dans sa voix. Sous mon regard, l'expression de Zeus passa de la colère à la méfiance. *Zeus avait-il peur d'Hadès ?*

Une longue pause s'ensuivit, la tension presque palpable.

— Nous allons régler ça en privé, conclut enfin Zeus en se rasseyant sur son trône, aussitôt imité par les autres.

Hécate apparut à côté de moi.

— Allons-y, me dit-elle en jetant un coup d'œil à Hadès.

Ce dernier hocha la tête et elle nous projeta hors de la salle du trône.

De retour dans ma chambre, la première chose que fit Hécate fut de me servir un énorme verre de nectar.

— Merde, Persy ! Hadès a parlé de Campé et de Cronos. S'il te plaît, dis-moi que tu n'es pas allée au Tartare.

Je levai les yeux et elle secoua la tête, s'asseyant sur le lit à côté de moi.

— *C'est une blague*, dit Skop en sautant de l'autre côté. *Tu étais dans ce putain de Tartare ?*

— Une gigantesque femme-serpent a essayé de me tuer, puis une déesse du feu a tué Kérato pendant qu'Hadès retenait Cronos avant de nous sortir de là. Pour la faire courte.

Un hoquet m'échappa lorsque je revis Kérato s'effondrer sur le sol.

— Il a donné sa vie pour tenter de m'aider, murmurai-je en frottant ma joue crasseuse.

— Les gardes d'Hadès sont immortels, ne t'inquiète pas, répondit rapidement Hécate.

Soudain, son visage retrouva sa lividité et elle me dévisagea, les yeux écarquillés.

— Hadès a retenu Cronos ?

— Oui.

— Persy, ça craint. C'est terrible. C'est une chose de mourir pendant une épreuve, mais devenir le jouet d'un Titan dans une fosse de torture éternelle... ?

— C'est pour ça que Cronos me voulait en vie ? Pour que je lui serve de jouet ?

Hécate garda le silence pendant un long moment.

— Hadès en saura peut-être plus une fois qu'il aura parlé aux autres, dit-elle enfin. Bon, prends une douche, tu te sentiras mieux.

J'acquiesçai et me levai, terminant le contenu de mon verre. C'était bon et je sentis mes forces revenir.

— Tu vas rester avec moi ?

— Bien sûr.

— Merci. Je n'ai vraiment aucune envie d'être seule en ce moment, admis-je à mi-voix.

— Je n'irai nulle part, Persy.

— *Moi non plus*, renchérit Skop.

Avec une éternelle reconnaissance, je me dirigeai vers ma salle de bain, m'attardant encore un moment devant la porte.

— Tu es certaine que Kérato va s'en sortir ?

— Oui. Il mettra peut-être du temps à se régénérer, mais c'est un démon. Il s'en sortira.

— D'accord.

Sur ce, je tournai les talons et franchis la porte de ma salle de bain.

Tout à coup, je m'arrêtai net.

. . .

Mon appartement. Je me trouvais dans ma chambre, dans mon appartement de New York. Le cerveau balbutiant, je clignai des paupières en regardant autour de moi. On aurait dit que je n'étais jamais partie. Le lit était bien fait, un jean pendait sur le dossier de mon fauteuil et mon ordinateur portable était ouvert sur le petit bureau, produisant un ronronnement de fond.

Je tournai lentement sur moi-même. Hadès était là, debout derrière moi. J'ouvris la bouche pour lui demander ce qui se passait, mais mes mots vacillèrent devant son regard.

HADÈS

En voyant ses yeux s'arrondir de surprise, je me sentis poignardé en plein cœur. Elle ouvrit la bouche, mais ne dit rien, son regard toujours rivé sur mon visage. Mes sentiments devaient y être exprimés sans fard.

L'abattement.

Aucun autre mot n'aurait pu décrire ce qui agitait mon corps.

— Je suis désolé, dis-je d'une voix éraillée.

Son beau visage se plissa et elle fronça les sourcils. Elle avait vécu l'enfer, ce soir, et elle méritait d'être traitée comme une reine victorieuse. Et pourtant, nous étions là.

— Désolé pour quoi ? demanda-t-elle avec une lenteur douloureuse.

Elle savait ce que j'allais dire. Je pouvais voir la peur dans ses yeux d'un vert éclatant.

— C'est fini.

— Quoi donc ?

— Les épreuves. L'Olympe, pour toi. C'est terminé.

Ma voix était sur le point de se briser et l'émotion que

j'avais passé plus de vingt années à refouler s'ouvrait pour former un gouffre de tourments sans fond.

— Non...

Elle s'approcha en secouant la tête.

— Non, tu ne peux pas faire ça.

Elle n'avait pas idée. Si je n'agissais pas au plus vite, je ne pourrais jamais la laisser ici, dans le monde des mortels.

Mais je n'avais pas le choix.

— Tu voulais rentrer chez toi. Voilà, tu y es. C'est fini.

Ses yeux s'emplirent de larmes et elle m'assena un coup de poing sur le bras.

— Arrête de dire ça, putain ! Ce n'est pas fini !

J'avais les yeux brûlants, mais un dieu, ça ne pleurait pas.

— Si je dis que c'est fini, alors c'est fini.

— Pourquoi ? Pourquoi tu fais ça ? Tu as dit que tu voulais que je gagne, que je sois ta reine ! Tu as dit que Zeus ne me permettrait pas de terminer les épreuves.

À présent, les larmes coulaient sur ses joues, creusant des sillons dans la crasse des Enfers. En l'imaginant là-bas, dans les recoins les plus sombres de l'endroit le plus dangereux du monde... Le monstre en moi rugit. Il s'était réveillé depuis que je l'avais perdue, depuis qu'elle avait bu à la coupe de Zeus. Il s'était délecté du combat avec Cronos. Et maintenant, j'avais du mal à le contenir.

Cronos savait que Perséphone était sur l'Olympe. Elle ne pouvait plus rester.

— Zeus, j'en fais mon affaire, lui dis-je posément.

— Alors, tu aurais pu me renvoyer il y a longtemps ? Quand je voulais vraiment partir ? Et tu as menti en me disant que tu en étais incapable ?

— Non. Les autres dieux me soutiendront sur ce point. Zeus n'aura pas d'autre choix que d'abandonner les épreuves.

— Tu veux... tu veux épouser Menthé ?

Ses paroles étaient à peine audibles, la douleur sur son visage insupportable.

Je ne pouvais pas lui répondre.

— Je n'en reviens pas. Je n'en reviens pas que tu m'aies donné envie de gagner, d'être avec toi, et que maintenant, tu m'abandonnes ici.

Elle criait, les joues toujours baignées de larmes et le visage furieux.

J'avais envie de mourir, de me jeter dans le fleuve enflammé du Tartare et d'y être réduit en cendres, plutôt que de la perdre à nouveau. C'était au-delà de mes forces. Je ne pouvais pas la voir comme ça, être la cause de sa douleur.

Elle causera la fin de l'Olympe. Les mots que Poséidon m'avait hurlés dix minutes plus tôt résonnaient encore dans ma tête. *Si elle rencontre Cronos, nous sommes tous condamnés.*

Je n'avais pas le choix.

— Dis quelque chose, espèce de connard ! hurla-t-elle.

Un autre morceau de mon cœur brisé vola en éclats, échappant à la bête affamée qui m'habitait.

— Tu ne pourrais pas briller dans l'obscurité, murmurai-je, puisant dans ce qu'il me restait de maîtrise devant son visage aux traits défaits. Je suis désolé.

Puis, avec un effort déchirant qui anéantit mes dernières bribes de contrôle, je m'en allai.

Quelqu'un allait mourir, ce soir. Les dégâts seraient colossaux. Parce que la bête en moi venait de se libérer.

TRENTE-QUATRE
MERCI !

Merci d'avoir lu *La Passion d'Hadès*. J'espère que ce livre vous a plu ! Si c'est le cas, je vous serais très reconnaissante de me donner votre avis. Cela m'aide beaucoup ! Il vous suffit de cliquer ici et d'écrire quelques mots. Ce serait super de votre part !

Vous pouvez commander le prochain livre, *La Promesse d'Hadès,* ici.

Vous pouvez également découvrir en exclusivité des aperçus d'œuvres et des idées de futures histoires, ainsi que des nouvelles et des livres audio gratuits, en vous inscrivant à ma newsletter sur elizaraine.com. Pour passer du temps avec moi, obtenir des infos et des extraits (ainsi que des photos de mes animaux de compagnie) rejoignez ici mon groupe de lecteurs sur Facebook.